o caderninho de desafios de
DASH & LILY

Obras dos autores publicadas pela Galera Record:

Nick & Norah: Uma noite de amor e música
Naomi & Ely e a lista do não beijo
O caderninho de desafios de Dash & Lily

DAVID LEVITHAN & RACHEL COHN

o caderninho de desafios de
DASH & LILY

Tradução
Regiane Winarski

5ª edição

Galera

RIO DE JANEIRO

2022

CIP-BRASIL. CATALOGAÇÃO NA FONTE
SINDICATO NACIONAL DOS EDITORES DE LIVROS, RJ

L647c
5ª ed.

Levithan, David
O caderninho de desafios de Dash & Lily / David Levithan, Rachel Cohn; tradução Regiane Winarski. – 5ª ed. – Rio de Janeiro: Galera Record, 2022.

Tradução de: Dash & Lily's book of dares
ISBN 978-65-5587-174-6

1. Ficção americana. I. Cohn, Rachel. II. Winarski, Regiane. III. Título.

21-68503

CDD: 813
CDU: 82-3(73)

Meri Gleice Rodrigues de Souza - Bibliotecária - CRB-7/6439

Título original
Dash & Lily's Book of Dares

Copyright © 2010 Rachel Cohn e David Levithan

Copyright da edição em português © 2015 Editora Record LTDA.

Todos os direitos reservados.

Proibida a reprodução, no todo ou em parte, através de quaisquer meios.

Os direitos morais dos autores foram assegurados.

Texto revisado segundo o novo Acordo Ortográfico da Língua Portuguesa.

Editoração eletrônica: Abreu's System

Direitos exclusivos de publicação em língua portuguesa somente para o Brasil adquiridos pela
EDITORA RECORD LTDA.

Rua Argentina, 171 – Rio de Janeiro, RJ – 20921-380 – Tel.: 2585-2000, que se reserva a propriedade literária desta tradução.

Impresso no Brasil

ISBN 978-65-5587-174-6

EDITORA AFILIADA

Seja um leitor preferencial Record.
Cadastre-se e receba informações sobre nossos lançamentos e nossas promoções.

Atendimento e venda direta ao leitor:
sac@record.com.br.

Para a mãe do verdadeiro Dash.

um

–Dash–

21 de dezembro

Imagine o seguinte:

Você está na sua livraria favorita, olhando as prateleiras. Chega à seção onde ficam os livros de um de seus autores favoritos, e ali, aninhado confortavelmente entre as lombadas incrivelmente familiares, há um caderninho vermelho.

O que você faz?

Acho que a escolha é óbvia:

Pega o caderninho vermelho e o abre.

E faz o que ele mandar você fazer.

O Natal chegava à cidade de Nova York, a mais detestável época do ano. As multidões bovinas, as visitas sem fim de parentes malas, a alegria falsificada, as tentativas desanimadas de demonstrar animação... Minha aversão natural ao contato humano só poderia se intensificar nesse contexto. Aonde quer que fosse, eu sempre ficava do lado errado do estouro da manada. Não estava disposto a conquistar a "salvação" por meio de nenhum "exército". Jamais me importaria com a brancura do Natal. Era dezembrista, bolchevique, criminoso de carreira, um filatelista encurralado por uma angústia desconhecida; qualquer coisa que todo mundo não fosse, eu estava disposto a ser. Andava o mais invisivelmente que conseguia pelas hordas pavlovianas de gastadores e bêbados, pelos desestudantes duros de férias, pelos estrangeiros que atravessaram meio mundo para ver uma árvore ser acesa, sem perceber o quanto aquele ritual era completamente pagão.

O único lado bom desse período sombrio era que a escola estava fechada (presumivelmente para que todos pudessem comprar *ad nauseam* e descobrir que a família, assim como o arsênico, funciona melhor em pequenas doses... a não ser que você prefira morrer). Este ano, consegui me tornar órfão voluntário no Natal, após dizer para minha mãe que passaria a data com meu pai e, para ele, que ficaria com minha mãe, de forma que os dois planejaram viagens não reembolsáveis com seus amantes pós-divórcio. Meus pais não se falavam havia oito anos, o que dificultava a determinação da verdade precisa e me proporcionava bastante tempo para mim mesmo.

Eu pulava de um apartamento para o outro enquanto eles viajavam, mas passava a maior parte do tempo na Strand, aquele bastião de titilante erudição, que não parecia tanto uma livraria, mas uma colisão de cem livrarias diferentes, com destroços literários espalhados por quase 30 quilômetros de prateleiras. Ali, os funcionários vagavam encurvados e distraídos, de jeans skinny e camisas de botão compradas em brechós, como irmãos mais velhos que nunca, jamais se darão ao trabalho de falar ou de se importar com você, ou até mesmo de reconhecer sua existência se os amigos estiverem por perto... e eles sempre estão. Algumas livrarias querem fazer você acreditar que são um centro comunitário, como se precisassem organizar cursos de confeitaria para conseguir vender Proust. Mas a Strand o deixa completamente sozinho, preso entre as forças opostas da organização e da idiossincrasia, com a última vencendo todas as vezes. Em outras palavras, era meu tipo de cemitério.

Normalmente, meu humor era o de não procurar nada em particular quando ia à Strand. Em alguns dias, decidia que a tarde seria patrocinada por uma determinada letra e visitava toda e cada seção para ver os autores cujos sobrenomes começavam com ela. Em outros, resolvia me atirar sobre uma única seção, ou investigava os volumes recém-incluídos, enfiados em montes que nunca se encaixavam na ordem alfabética. Ou então, procurava apenas por livros com capas verdes, porque fazia muito tempo que não lia algo de capa verde.

Poderia passar meu tempo com amigos, mas a maioria estava passando tempo com as famílias ou os Wiis. (*Wiis? Wiii?* Qual é o plural?) Eu preferia ficar com os livros mortos, moribundos ou desesperados; *usados* é como os chamamos, de uma forma que jamais chamaríamos ninguém, a não ser que quiséssemos falar de forma cruel. ("Vejam Clarissa... ela é uma garota tão *usada*.")

Era incrivelmente livresco, a ponto de simplesmente o anunciar em voz alta, o que eu sabia não ser socialmente aceitável. Amava o adjetivo *livresco*, que descobri ser uma palavra usada por outras pessoas com tanta frequência quanto *fuste, assecla* ou *abstêmio*.

Nesse dia específico, decidi verificar alguns dos meus autores favoritos em busca de alguma edição irregular adquirida com a compra da biblioteca de alguma pessoa recém-falecida. Estava observando um desses favoritos (vou deixá-lo anônimo, porque posso me voltar contra ele algum dia) quando vi uma coisa vermelha. Era um Moleskine vermelho, que não era mole nem *skinny*, mas era o caderninho preferido de meus semelhantes que sentiam a necessidade de escrever de forma não eletrônica. Dá para saber muita coisa pelo tipo de página que uma pessoa escolhe para escrever; eu era rigidamente um homem de folhas pautadas, portador de talento algum para ilustração e de um garrancho microscópico que fazia as pautas largas parecerem espaçosas. As páginas lisas costumavam ser as mais populares; só tinha um amigo, Thibaud, que preferia as pautadas. Ou preferiu, até que os orientadores educacionais confiscaram seus caderninhos para provar que ele planejava matar nosso professor de história. (Essa é uma história real.)

Não havia nada escrito na lombada desse caderninho em particular. Precisei tirá-lo da prateleira para ver a frente, onde havia um pedaço de fita crepe com as palavras "VOCÊ TEM CORAGEM?" escritas com caneta permanente preta. Quando abri a capa, encontrei um bilhete na primeira página.

Deixei algumas pistas para você.
Se as quiser, vire a página.
Se não, coloque o caderninho de volta na prateleira, por favor.

A caligrafia era de menina. Ah, dá para saber. Aquela encantadora letra cursiva.

De uma forma ou de outra, me empenharia em virar a página.

Aqui estamos.

1. Vamos começar com Pianismo francês.
Não sei bem o que é isso,
mas imagino
que ninguém vá tirá-lo da prateleira.
Charles Timbrell é o cara.
88/7/2
88/4/8

Não vire a página
enquanto não preencher as lacunas
(só não escreva no caderninho, por favor).

_____   _____

Não posso dizer que já tenha ouvido falar de pianismo francês, embora, se um homem na rua (usando chapéu-coco, claro) me perguntasse se eu acreditava que os franceses faziam o estilo pianístico, teria facilmente respondido que sim.

Como os corredores da Strand eram mais familiares para mim que a(s) casa(s) da minha família, sabia exatamente onde começar: na seção de música. Parecia até trapaça ela ter me dado o nome do autor. Será que pensava que eu era simplório, preguiçoso, *tacanho*? Queria um pouco de crédito antes mesmo de o merecer.

O livro foi encontrado com facilidade (ao menos, para alguém que tinha 14 minutos sobrando) e era exatamente como imaginei que seria: o tipo de livro que pode permanecer em uma prateleira durante anos. A editora não tinha se dado ao trabalho sequer de colocar uma ilustração na capa. Só as palavras *Pianismo francês: uma perspectiva Histórica, Charles Timbrell*, e depois (em uma nova linha), *Introdução de Gaby Casadesus*.

Imaginei que os números no Moleskine fossem datas. 1988 deve ter sido um ano e tanto para o pianismo francês, mas não consegui encontrar nenhuma referência a 1988... nem a 1888... ou 1788... e nem a nenhum outro ano de 88, na verdade. Fiquei entravado... até me dar conta de que minha fornecedora de pistas tinha recorrido ao antigo mantra dos livrescos, *página/linha/ palavra*. Fui até a página 88 e verifiquei a linha 7, palavra 2 e depois a linha 4, palavra 8.

Você vai

Eu ia o quê? Precisava descobrir. Preenchi as lacunas (mentalmente, respeitando os espaços virgens como ela pediu) e virei a página do caderninho.

Tudo bem. Nada de roubar.
O que incomodou você na capa desse livro
(fora a falta de arte)?

Pense nisso, então vire a página.

Bem, essa foi fácil. Odiei terem usado letra maiúscula em *perspectiva Histórica* quando tudo deveria estar em minúscula, porque o adjetivo não leva letra maiúscula.
Virei a página.

Se disse que foi o uso enganoso da maiúscula em
"perspectiva Histórica",
continue.

Se não, faça o favor de colocar o caderninho
de volta na prateleira.

Mais uma vez, virei a página.

2. Rainha do baile gorda e promíscua
64/4/9
119/3/8

Nada de autor desta vez. Isso não ajudou.

Levei *Pianismo francês* comigo (acabamos ficando íntimos, não podia abandoná-lo) e fui até a mesa de informações. O cara sentado atrás dela parecia que tinha tomado uma Coca Zero na qual alguém colocara alguns comprimidos de lítio.

— Estou procurando *Rainha do baile gorda e promíscua* — declarei.

Não respondeu.

— É um livro — falei. — Não uma pessoa.

Não. Nada.

— Pode ao menos me dizer quem é o autor?

Ele olhou para o computador, como se houvesse um jeito de a máquina falar comigo sem que ele tivesse que digitar nada.

— Está usando fones de ouvido que não consigo ver? — perguntei.

Ele coçou a parte interna do cotovelo.

— Você me conhece? — insisti. — Dei uma surra em você no jardim de infância e agora está tendo um prazer sádico com essa vingança mesquinha? Stephen Little, é você? É? Eu era muito mais novo e fui um idiota de quase afogá-lo naquele chafariz. Em minha defesa, o fato de ter destruído meu trabalho sobre aquele livro foi um ato de agressão completamente gratuito.

Finalmente, uma resposta. O funcionário da mesa de informações balançou a cabeça desgrenhada.

— Não? — indaguei.

— Não tenho permissão de informar a localização de *Rainha do baile gorda e promíscua* — explicou. — Nem para você nem para ninguém. E apesar de não ser Stephen Little, você devia ter vergonha do que fez com ele. *Vergonha.*

Tudo bem, isso ia ser mais difícil do que eu pensava. Tentei carregar a página da Amazon no meu celular para fazer uma busca rápida, mas não havia sinal dentro da loja. Concluí que *Rainha do baile gorda e promíscua* não deveria ser não ficção (imagine se fosse!), então segui para a seção de literatura e comecei a olhar as prateleiras. Como o resultado foi infrutífero, lembrei-me da seção adolescente no andar de cima e me dirigi até lá. Passei direto por qualquer lombada que não tivesse algum detalhe rosa. Todos os meus instintos diziam que *Rainha do baile gorda e promíscua* teria ao menos alguns desenhos cor-de-rosa. E eis que, de repente, cheguei à parte do M, e ali estava.

Abri nas páginas 64 e 119, e encontrei

mesmo querer

Virei a página do Moleskine.

Muito habilidoso.

Agora que encontrou isso na seção adolescente,
tenho que perguntar:
Você é um garoto adolescente?

Se for, vire a página.
Se não, devolva o caderninho para o local onde o encontrou.

Tinha 16 anos e me identificava com o gênero exigido, então me livrei desse obstáculo com facilidade.

Página seguinte.

3. A alegria do sexo gay
(terceira edição!)
181/18/7
66/12/5

Bem, não havia dúvida de em qual seção *esse* estaria. Assim, fui até as prateleiras de Sexo e Sexualidade, onde os olhares eram alternadamente furtivos e desafiadores. Pessoalmente, a ideia de comprar um manual de sexo usado (de qualquer orientação sexual) me parecia meio desagradável. Talvez fosse por isso que houvesse quatro exemplares de *A alegria do sexo gay* nas prateleiras. Abri na página 66, desci até a linha 12, palavra 5 e encontrei:

pinto

Recontei. Verifiquei.

Está na hora do pinto?

Talvez, pensei, pinto estivesse sendo usado no sentido de verbo (como em *Se você quiser, eu pinto seu vestíbulo*).

Fui até a página 181, e não sem certo sobressalto.

Fazer amor sem barulho é igual a tocar um piano mudo; é ótimo como treino, mas você rouba de si mesmo a possibilidade de ouvir os resultados gloriosos.

Nunca achei que uma única frase pudesse, ao mesmo tempo, tirar tão enfaticamente a graça da ideia de fazer amor *quanto* de tocar piano, mas ali estava.

Não havia nenhuma ilustração acompanhando o texto, felizmente, e eu tinha minha sexta palavra:

brincar

O que me deixava com:

Você vai mesmo querer brincar pinto

Não me parecia certo. Fundamentalmente, em termos de gramática, não parecia certo.

Olhei de novo a página do caderninho e resisti à vontade de virar para a próxima. Ao observar a caligrafia feminina, percebi que confundi um 6 com um 5. A página que deveria olhar era a 65 (não a versão júnior do número do diabo).

disso

Fazia bem mais sentido.

Você vai mesmo querer brincar disso...

— Dash?

Virei-me e encontrei Priya, uma garota da escola; mais que conhecida, menos que amiga. Uma *conhemiga*, na verdade. Era amiga da minha ex-namorada, Sofia, que agora estava na Espanha. (Não por minha causa.) Priya não tinha traços de personalidade que eu conseguisse discernir, embora, para ser justo, nunca tenha tentado procurar.

— Oi, Priya — cumprimentei.

Ela olhou para os livros que eu estava segurando: um Moleskine vermelho, *Pianismo francês*, *Rainha do baile gorda e promíscua* e, aberto em um desenho bem explícito de dois homens fazendo algo que, até então, eu não sabia ser possível, *A alegria do sexo gay* (terceira edição).

Depois de avaliar a situação, concluí que era necessária uma explicação.

— É para um trabalho que estou fazendo — comentei, com a voz tomada de uma falsa segurança intelectual —, sobre o pianismo francês e seus efeitos. Você ficaria impressionada com a abrangência do pianismo francês.

Priya, abençoada seja, parecia estar arrependida de sequer ter dito meu nome.

— Vai ficar por aqui durante as festas de fim de ano? — perguntou.

Se admitisse que sim, ela poderia me convidar para tomar gemada numa festa ou para ir com um grupo ver o filme *Vovó foi atropelada por uma rena*, com um comediante negro fazendo todos os papéis, exceto o de um Rudolph fêmea, que se supunha ser o objeto de interesse amoroso. Como eu murchava sob o brilho de um convite, era devoto ardoroso da prevaricação preventiva; em outras palavras, mentir cedo para me livrar de alguma coisa mais tarde.

— Viajo amanhã para a Suécia — respondi.

— Suécia?

Eu não parecia (nem pareço) nem um pouco sueco, então férias para visitar a família estavam fora de cogitação. Como explicação, apenas disse:

— Adoro a Suécia em dezembro. Os dias são curtos... as noites são longas... e o ambiente não tem ornamentação alguma.

Priya assentiu.

— Parece divertido.

Ficamos ali. Sabia que, de acordo com as normas de conversação, era minha vez agora. Mas também sabia que uma recusa a me conformar a tais regras poderia resultar na partida de Priya, coisa que eu queria muito.

Depois de trinta segundos, ela não aguentou mais.

— Bem, preciso ir — falou.

— Feliz Chanuca — desejei-lhe, pois sempre gostava de mencionar o festejo errado, só para ver como a outra pessoa reagiria.

Priya saiu andando.

— Divirta-se na Suécia — disse ela.

E foi embora.

Rearrumei os livros para que o caderninho ficasse no topo da pilha novamente, então virei a página.

O fato de que esteja disposto a estar aí
no meio da Strand com A alegria do sexo gay na mão
é um bom presságio para nosso futuro.

No entanto, se você já possui esse livro
ou o acha útil para sua vida,
infelizmente nosso tempo juntos
deve terminar aqui.
Essa garota deseja apenas um relacionamento garoto-garota,
e, se você é do tipo

garoto-garoto, dou todo o meu apoio,
mas não tenho como me encaixar na situação.

Agora, um último livro.
4. O que os vivos fazem, *de Marie Howe*
23/1/8
24/5/9, 11, 12, 13, 14, 15

_____   _____   _____

_____   _____   _____   _____?

Segui imediatamente para a seção de poesia, completamente intrigado. Quem era essa estranha leitora de Marie Howe que havia me invocado? Parecia conveniente demais que nós dois conhecêssemos a mesma poetisa. Falando sério, a maioria das pessoas no meu círculo social não conhecia nenhum poeta. Tentei me lembrar de ter conversado sobre Marie Howe com alguém, qualquer pessoa, mas não me ocorreu ninguém. Só Sofia, provavelmente, mas essa caligrafia não era a dela. (Além do mais, estava na Espanha.)

Verifiquei a letra *H*. Nada. Procurei por toda a seção de poesia. Nada. Estava prestes a gritar de frustração quando vi, bem no alto da prateleira, a mais de 3 metros do chão. Estava com uma pontinha para fora, mas sabia pela finura e pela cor ameixa-escura que era o livro que procurava. Puxei uma escada e executei a subida perigosa. Foi um caminho poeirento, as alturas extremas enevoadas de desinteresse, tornando o ar difícil de respirar. Finalmente, peguei o exemplar. Mal podia esperar, então virei para as páginas 23 e 24 e encontrei as sete palavras de que precisava.

pela pura emoção do desejo sem resistência
Quase caí da escada.

Você vai querer brincar disso pela pura emoção do desejo sem resistência?

Fiquei, para colocar de uma forma branda, excitado pela formulação da pergunta.

Desci com cuidado. Quando cheguei ao chão, peguei o Moleskine vermelho e virei a página.

Então, aqui estamos.
Agora, depende de você
o que vamos (ou não) fazer.

Se estiver interessado em continuar essa conversa,
escolha um livro, qualquer livro, e
deixe uma folha de papel com seu e-mail dentro dele.
Entregue-o para Mark, na mesa de informações.

Se fizer qualquer pergunta sobre mim para Mark,
ele não vai me entregar seu livro.
Portanto, nada de perguntas.

Quando tiver dado o livro a Mark,
recoloque este caderninho na prateleira
onde o encontrou.

Se fizer todas essas coisas,
é bem provável que receba uma mensagem minha.
Obrigada.
Lily

De repente, pela primeira vez que conseguia me lembrar, estava ansioso pelas férias de inverno e aliviado por não estar realmente viajando para a Suécia na manhã seguinte.

Não queria pensar demais sobre qual livro deixar. Se começasse a ficar em dúvida, isso só levaria a mais e mais dúvida, e eu jamais sairia da Strand. Portando, escolhi um livro impulsivamente e, em vez de deixar meu e-mail dentro dele, decidi deixar outra coisa. Achei que demoraria um tempo para Mark (meu novo amigo da mesa de informações) dar o livro a Lily, então eu teria uma pequena vantagem. Entreguei-o a ele sem dizer nada; ele assentiu e o colocou em uma gaveta.

Sabia que o próximo passo seria devolver o caderninho vermelho, para dar a outra pessoa a chance de encontrá-lo. Mas fiquei com ele. Além disso, fui até o caixa para comprar os exemplares de *Pianismo francês* e *Rainha do baile gorda e promíscua* que estavam em minhas mãos.

Decidi que duas pessoas podiam fazer esse jogo.

dois

(Lily)

21 de dezembro

Eu adoro o Natal.

Adoro tudo que tem a ver com essa data: as luzes, a alegria, as grandes reuniões de família, os biscoitos, os presentes em pilhas altas ao redor da árvore, a *paz na terra a todos de boa vontade*. Sei que tecnicamente é *paz na terra aos homens de boa vontade*, mas, na minha cabeça, tiro a parte dos *homens*, pois isso me parece segregacionismo/elitismo/machismo/qualquer *ismo* bem ruim. A *paz* não deveria ser só para os homens. Deveria se aplicar a mulheres e crianças, e todos os animais, até os nojentos, como os ratos do metrô. Até mesmo a estenderia não só às criaturas vivas, mas aos queridos falecidos, e, se os incluirmos, talvez devêssemos incluir os mortos-vivos, os supostos seres míticos, como vampiros, e, se eles estiverem na lista, então também estão os elfos, fadas e gnomos. Caramba, já que estamos sendo tão generosos com nosso grande abraço grupal, por que também não abraçar os objetos supostamente inanimados, como bonecas e bichos de pelúcia (com atenção especial para minha sereia Ariel, que reina sobre a almofada velha e chique de *flower power* em cima da cama — amo você, garota!)? Tenho certeza de que Noel concordaria. *Paz a todos.*

Amo tanto o Natal que este ano organizei minha própria sociedade de cantigas. Não é porque moro na boemia gentrificada do East Village que me considero *cool* e sofisticada demais para sair entoando cantigas natalinas. Pelo contrário. Gosto tanto disso que, quando *os próprios membros da minha família* decidiram abandonar nosso grupo de cantigas este ano porque todo mundo ia "viajar" ou estava "ocupado demais" ou "tem vida" ou "achava que você já teria crescido e deixado isso para trás, Lily", procurei resolver as coisas de forma tradicional: fiz meu próprio folheto e pendurei em cafés ao longo da rua.

Ei!
Você aí, cantor de chuveiro!
Gostaria de espalhar músicas de Natal?
É mesmo? Eu também! Vamos conversar.*
Atenciosamente, Lily

*Pessoas mal-intencionadas não precisam
se candidatar; meu avô conhece todo mundo
no bairro, e você vai conquistar muita antipatia
se não for sincero na resposta.**
Mais uma vez, obrigada. Atenciosamente, Lily

Desculpem o cinismo, mas estamos em Nova York.

Foi com esse folheto que formei meu grupo de canções natalinas deste ano. Somos eu, Melvin (nerd de computador), Roberta (professora aposentada de coral do ensino médio), Shee'nah (drag queen e coreógrafa meio período/garçonete meio período) e o namorado dela, Antwon (assistente de gerente na Home Depot), a furiosa Aryn (estudante de cinema da NYU, vegana e garota-rebelde) e Mark (meu primo, porque deve um favor a vovô, e foi isso que ele pediu). O grupo me chama de Lily da Terceira

Estrofe, porque sou a única que lembra o que vem depois da segunda estrofe de qualquer cantiga natalina. Além de Aryn (que não se importa), também sou a única que não tem idade para beber, e, com a quantidade de chocolate quente batizado com licor de menta que o grupo feliz de cantores compartilha na garrafinha de Roberta, não é surpresa alguma que eu seja a única a se lembrar da terceira estrofe.

> *Ele nos ensinou a amarmos uns aos outros.*
> *Sua lei é o amor, e Sua palavra é a paz.*
> *Correntes vai quebrar, pois a pessoa escravizada é nossa irmã.*
> *E no nome Dele com toda opressão vai acabar.*
> *Doces cantos de alegria em corais gratos cantamos,*
> *Com todo o coração louvamos o nome sagrado.*
> *Cristo é o Senhor! E sempre O louvaremos*
> *O poder e a glória proclamaremos!*

Aleluia, a terceira estrofe!

Para ser bem sincera, devo admitir que pesquisei boa parte das evidências científicas que refutam a existência de D-us, e, como resultado, desconfio que acredito Nele tanto quanto acredito no Papai Noel. Mas não hesito em cantar com alegria o nome Dele entre o Dia de Ação de Graças e a véspera de Natal, com a compreensão mútua de que, a partir do momento em que os presentes estiverem abertos, nosso relacionamento entra em hiato até que eu esteja procurando a melhor vista do desfile da Macy's do ano seguinte.

Eu gostaria de ser a pessoa que fica em frente à Macy's na temporada de festas de fim de ano, usando uma roupinha vermelha fofa e tocando um sino, pedindo doações para o Exército da Salvação, mas mamãe disse não. Ela falou que essas pessoas do sino devem ser fanáticos religiosos e que somos católicos apenas nas datas especiais, que apoiamos a homossexualidade e o direito de escolha das mulheres. Não ficamos na frente da Macy's implorando por dinheiro. Sequer *compramos* na Macy's.

Talvez eu vá pedir uns trocados na porta da Macy's apenas como forma de protesto. Pela primeira vez na história da vida, ou seja, todos os meus 16 anos, nossa família vai passar o Natal separada. Meus pais abandonaram a mim e meu irmão para irem a Fiji, onde vão comemorar o aniversário de 25 anos de casamento. Quando se casaram, eram estudantes pobres que não tinham dinheiro para uma viagem de lua de mel decente, então capricharam nas bodas de prata. Acredito que aniversários de casamento foram feitos para ser comemorados com os filhos, mas parece que minha opinião é minoritária nesse caso. De acordo com todo mundo além de mim, se fôssemos com eles, não seria tão "romântico". Não vejo o que há de tão "romântico" em passar uma semana em um paraíso tropical com o cônjuge que você já vê quase todos os dias há um quarto de século. Não consigo imaginar que alguém jamais queira ficar sozinho comigo por tanto tempo assim.

Meu irmão, Langston, falou:

— Lily, você não compreende, pois nunca se apaixonou. Se tivesse um namorado, entenderia.

Langston tem um namorado novo, e tudo que apreendo é um lamentável estado de codependência.

E não é completamente verdade que nunca me apaixonei. Tive um hamster de estimação no primeiro ano, Spazzy, a quem amava loucamente. Jamais vou deixar de me culpar por ter levado Spazzy para uma apresentação na escola, na qual Edgar Thibaud abriu a gaiola em um momento em que eu estava distraída, e Spazzy deu de cara com Tiger, o gato de Jessica Rodriguez, e, bem, o resto é história. Paz a Spazzy no paraíso dos hamsters. Desculpe, desculpe, desculpe. Parei de comer carne no dia do massacre como penitência por Spazzy. Sou vegetariana desde os 6 anos de idade, por amor a um hamster.

Desde que tinha 8 anos, sou literariamente apaixonada pelo personagem Sport, de *A espiã*. Faço um diário no estilo do de Harriet, Moleskines vermelhos que vovô compra na Strand, desde que li o livro pela primeira vez, só que não escrevo observações maldosas sobre as pessoas nos meus cadernos, como Harriet fazia às vezes. Em geral, faço desenhos e escrevo citações memoráveis ou passagens de livros que li, ou ideias de receitas, ou historinhas que invento quando estou entediada. Quero poder mostrar ao Sport adulto que me esforcei muito para não me divertir escrevendo fofocas cruéis e coisas do tipo.

Langston já se apaixonou. Duas vezes. Seu primeiro grande romance terminou tão mal que ele teve que deixar Boston depois do primeiro ano de faculdade e voltar para casa até que o coração estivesse curado; foi terrível nesse nível. Espero nunca amar tanto a ponto de que possam me magoar da forma que Langston fora magoado, de tal maneira que só conseguia chorar e definhar pela casa, pedindo-me para fazer sanduíches de manteiga de amendoim com banana, no pão descascado, ou jogar Parole com ele, o que eu sempre fazia, pois costumo fazer tudo que Langston quer que eu faça. Langston acabou se recuperando, e agora está apaixonado de novo. Acho que esse novo cara é legal. O primeiro encontro deles foi em uma apresentação da orquestra sinfônica. Como alguém que gosta de Mozart pode ser uma má pessoa? É o que espero, pelo menos.

Infelizmente, agora que Langston tem namorado de novo, esqueceu-se de mim completamente. Precisa estar com Benny *o tempo todo*. Para Langston, o fato de nossos pais e avô estarem viajando no Natal é um presente, e não o ultraje que é para mim. Protestei com Langston por ter basicamente oferecido residência permanente a Benny em nossa casa durante as festas. Lembrei a ele que, se mamãe e papai iam passar o Natal longe, e vovô iria para o apartamento de inverno na Flórida, era responsabilidade de Langston me fazer companhia. Afinal eu estava ao lado dele quando precisou.

Mas Langston repetiu:

— Lily, você não entende. O que precisa é de alguém para mantê-la ocupada. Precisa de um namorado.

Ah, claro, quem *não* precisa de um namorado? Mas, para ser realista, essas criaturas exóticas são difíceis de encontrar. Pelo menos, os de qualidade. Estudo em uma escola só de meninas e, sem querer desrespeitar minhas irmãs lésbicas, não tenho interesse algum em encontrar uma companhia romântica ali. As raras criaturas masculinas que encontro e não são parentes ou gays costumam ser apegadas demais aos Xbox para repararem em mim, ou têm a noção de como uma adolescente deve ser e agir construída diretamente a partir das páginas da revista *Maxim* ou da figura sensual de uma personagem de videogame.

Tem também o problema do vovô. Muitos anos atrás, ele era dono de uma mercearia na Avenue A, no East Village. Vendeu o negócio, mas ficou com o prédio do canto do quarteirão, onde criou a família. Moramos nesse prédio agora, com vovô na "cobertura" do quarto andar, como ele chama o espaço convertido que já foi um sótão. Há um restaurante japonês no térreo, onde antes ficava a lojinha. Vovô se tornou uma figura importante no bairro em sua transição de refúgio para famílias imigrantes a métier yuppie. Todo mundo o conhece. Todas as manhãs, ele se junta aos amigos na padaria italiana, onde uns caras enormes e fortes bebem espresso em xicrinhas minúsculas. A cena parece coisa de *A família Soprano* misturado com *Rent*. Isso quer dizer que, como todo mundo tem carinho pelo vovô, todos cuidam da favorita dele, eu, o bebê da família, a mais nova de seus dez netos. Os poucos garotos do bairro que demonstraram algum interesse em mim foram rapidamente "persuadidos" de que sou nova demais para namorar, de acordo com Langston. É como se usasse uma capa invisível da indisponibilidade para garotos bonitos quando ando pelo bairro. É um problema.

Portanto, Langston decidiu iniciar um projeto a fim de (1) dar-me um projeto que me mantenha ocupada e o permita ter um Natal de paz com Benny e (2) levar esse projeto para o oeste da Primeira Avenida, longe do escudo protetor de nosso avô. Pegou o último Moleskine vermelho que vovô me dera e, com a ajuda de Benny, criou uma série de pistas para encontrar meu companheiro perfeito. Ao menos, foi o que disseram. Porém, as pistas não poderiam ser mais distantes de quem sou. Quero dizer, pianismo francês? Parece malicioso. *A alegria do sexo gay?* Fico vermelha só de pensar. Definitivamente malicioso. *Rainha do baile gorda e promíscua?* Por favor. Diria que promíscua é o tipo de xingamento menos "paz a todos" que existe no mundo. Jamais me ouviria dizer essa palavra, muito menos ler um livro com ela no título.

Achei que o caderninho era a ideia mais idiota que Langston já tivera, até ele mencionar *onde* pretendia deixá-lo: na Strand, a livraria em que nossos pais nos levavam aos domingos e nos deixavam andar pelos corredores como se fosse nosso parquinho particular. Além do mais, ele o colocou ao lado do livro que é meu hino pessoal, *Franny e Zooey*.

— Se existe um garoto certo para você — comentou Langston —, ele vai ser encontrado caçando edições antigas de Salinger. Começaremos por lá.

Se fosse uma temporada normal de Natal, com meus pais em casa e as tradições de sempre acontecendo, jamais teria concordado com a ideia do caderninho vermelho de Langston. Mas havia algo vazio demais na perspectiva de um Natal sem abrir presentes e outras formas menos importantes de alegria. Na verdade, não sou muito popular na escola, então não era como se tivesse outras escolhas de companhia para as festas. Precisava de algo para aguardar com ansiedade.

Mas jamais pensei que alguém — muito menos um prospecto daquele altamente desejado, mas extremamente elusivo, Adolescente que Lê e Passa Seu Tempo na Strand — fosse encontrar o caderninho e responder o desafio. E, assim como nunca imaginei que meu recém-formado grupo de cantigas natalinas fosse me trocar, depois de apenas duas noites de cantoria na rua, por músicas irlandesas de bebedeira em um pub na Avenida B, jamais achei que alguém fosse decifrar as pistas enigmáticas de Langston e retribuir o favor.

Contudo, ali estava, no meu celular, uma mensagem do meu primo Mark confirmando que essa pessoa talvez existisse.

Mark: Lily, você tem um interessado na Strand. Ele deixou algo em troca. Está aqui à sua espera em um envelope pardo.

Não consegui acreditar. Escrevi em resposta: COMO ELE ERA?!?!?

Mark respondeu: Hostil. Metido a hipster.

Tentei me imaginar fazendo amizade com um metido a hipster hostil e não consegui. Sou uma garota legal. Uma garota tranquila (exceto pelas cantigas natalinas). Tiro boas notas. Sou a capitã do time de futebol da escola. Amo minha família. Não sei nada do que é considerado "cool" na cena *downtown*. Na verdade, sou bem chata e nerd, e não de um jeito hipster irônico. É como se imaginasse Harriet, uma espiã incrível de 11 anos, meio moleca, alguns anos depois, com os seios escondidos sob a camisa do uniforme que usa e a calça que o irmão não quis mais, até em dias de folga. Para acrescentar ao visual, colares com pingentes de animais, All Star gastos e óculos de armação preta de nerd. Aí você me visualizou. Lily do campo, vovô diz às vezes, pois todos me acham tão doce e delicada.

Às vezes, pergunto-me como seria me aventurar em um lado mais sombrio do espectro de Lily. Talvez.

Corri até a Strand para buscar o que o descobridor misterioso do caderninho deixou para mim. Mark já havia ido embora, mas deixara um recado no envelope: *É sério, Lily. O cara é muito hostil.*

Abri o pacote e... o quê?!?! Hostil deixara para mim um exemplar de O *poderoso chefão*, junto a um menu de entrega da Two Boots Pizza. O cardápio tinha marcas de sapato, o que indicava que provavelmente estava no chão da Strand. Além do tema nada higiênico, o livro não era um exemplar novo de O *poderoso chefão*, mas sim um volume gasto e usado, com cheiro de fumaça de cigarro, páginas amassadas e uma lombada à beira da morte.

Liguei para Langston, a fim de que decifrasse aquele absurdo. Sem resposta. Agora que nossos pais já tinham mandado mensagem avisando que chegaram ao paraíso de Fiji em segurança, Benny provavelmente se mudara lá para casa, a porta do quarto de Langston estava trancada e o celular, desligado.

Não tinha outra escolha além de comer uma fatia de pizza e refletir sobre o caderninho vermelho sozinha. O que mais poderia fazer? Quando em dúvida, ingira carboidratos.

Fui até a Two Boots do folheto, na Avenida A, perto da Houston, e perguntei à pessoa na bancada:

— Conhece algum rapaz hostil que gosta de O *poderoso chefão*?

— Bem que eu queria — disse a pessoa no balcão. — Mozarela ou pepperoni?

— Um calzone, por favor — solicitei.

A Two Boots faz pizzas esquisitas com sabores *cajun*. Não são para mim e meu sensível sistema digestivo.

Sentei-me em uma mesa de canto e folheei o livro que Hostil deixou para mim, mas não consegui encontrar pistas viáveis. *Bem*, pensei, *acho que esse jogo acabou na hora que começou*. Eu era ingênua demais para decifrar aquilo.

Mas, então, o cardápio que estava enfiado dentro do livro caiu no chão e vislumbrei um Post-it grudado nele que não vira antes. Peguei o bilhete. Era o garrancho de um garoto: mal-humorado, estranho e quase ilegível.

Eis a parte assustadora: *consegui* decifrar a mensagem. Continha um poema de Marie Howe, uma das poetas favoritas da minha mãe. Ela é professora universitária de inglês, com especialização em literatura americana do século XX, e torturava com regularidade a mim e Langston com trechos de poesia em vez de historinhas de ninar quando éramos crianças. Somos assustadoramente bem versados em poesia americana moderna.

O bilhete era um trecho de seu poema favorito de Marie Howe, do qual também sempre gostei, pois continha uma passagem sobre a poeta se vendo na vitrine de esquina de uma locadora de vídeo, o que sempre achei engraçado: imaginar uma poeta maluca vagando pelas ruas e se olhando em uma vitrine de locadora, talvez refletida ao lado de pôsteres de Jackie Chan ou Sandra Bullock, ou de alguém superfamoso e provavelmente nada poético. Gostei mais ainda do Garoto Mal-humorado quando vi que sublinhara meu verso favorito:

Estou vivendo. Lembro-me de você.

Não fazia ideia de que ligação poderia haver entre Marie Howe, Two Boots Pizza e O *poderoso chefão*. Tentei ligar para Langston de novo. Ainda não obtive resposta.

Li e reli a passagem. *Estou vivendo. Lembro-me de você.* Não entendo poesia direito, mas tinha que dar crédito à escritora: legal.

Havia duas pessoas na mesa ao lado colocando vídeos alugados sobre a mesa. Foi aí que me dei conta da ligação: *a vitrine da videolocadora da esquina.* Nessa filial da Two Boots também funcionava uma videolocadora.

Corri até a seção de vídeo como se fosse o banheiro depois de ingerir acidentalmente molho de pimenta Louisiana por cima do calzone. Fui diretamente para O *poderoso chefão*. O filme não estava lá. Perguntei à atendente onde encontrá-lo.

— Está alugado — informou-me.

Voltei para a seção da letra *P* e encontrei na prateleira errada *O poderoso chefão 3*. Abri a caixa e — oba! — outro Post-it com o garrancho do Hostil.

Ninguém olha O poderoso chefão 3. *Principalmente quando está no lugar errado. Quer outra pista? Se quiser, encontre* As patricinhas de Beverly Hills. *Também está no lugar errado, onde a dor encontra a piedade.*

Voltei para o balcão de atendimento.

— Onde a dor encontra a piedade? — perguntei, esperando uma resposta existencial.

A atendente nem ergueu o olhar dos quadrinhos que estava lendo sob a bancada.

— Documentários estrangeiros.

Ah.

Fui até a seção de documentários estrangeiros e, sim, ao lado de um filme chamado *A dor e a piedade*, havia uma fita de *As patricinhas de Beverly Hills*. Dentro da caixa, encontrei outro bilhete.

Não esperava que fosse chegar tão longe. Você também gosta de filmes franceses deprimentes sobre assassinato em massa? Se a resposta for sim, já gosto de você. Se não, por que não? Também despreza os filmes de Woody Allen? Se quiser seu Moleskine vermelho de volta, sugiro que deixe instruções no filme de sua escolha com Amanda, do atendimento. Por favor, nada de filmes de Natal.

Voltei para o balcão de atendimento.

— Você é Amanda?

Ela ergueu o rosto e uma sobrancelha.

— Sou.

— Posso deixar uma coisa com você para outra pessoa? — sugeri, e quase acrescentei uma piscadela, mas não consegui ser tão óbvia.

— Pode — confirmou.

— Você tem aí *Milagre na rua 34*?

três

–Dash–

22 de dezembro

— Isso é piada? — questionei Amanda.

E, pelo jeito como ela olhou para mim, percebi que a piada era eu.

Ah, que impertinência! Não deveria ter mencionado filmes de Natal. Estava claro que nenhum convite era pequeno demais para o sarcasmo de Lily. E o bilhete:

> 5. *Procure as luvinhas quentes forradas*
> *com desenho de renas, por favor.*

Poderia haver qualquer dúvida sobre qual seria meu próximo destino?

Macy's.

Dois dias antes da véspera de Natal.

Daria na mesma se tivesse embrulhado meu rosto para presente e bombeado dióxido de carbono dentro do pacote. Ou me enforcado em uma corda feita de recibos de cartão de crédito. Uma loja de departamento dois dias antes da véspera de Natal é como uma cidade em estado de sítio, com consumidores de olhares vidrados brigando nos corredores para decidir quem comprará o último globo de neve de cavalo-marinho para dar à tia-avó Mary.

Eu não podia.

Eu não queria.

Eu tinha que ir.

Tentei me distrair debatendo sobre a diferença entre *com forro* e *forrada*, e expandi de forma a incluir *de madeira* e *amadeirada* e *de ouro* e *dourada*. Mas essa distração só durou o tempo necessário para subir a escada do metrô, pois quando saí na Herald Square, quase fui derrubado pela turba e suas sacolas. O som de um sino do Exército da Salvação deixava tudo mais sombrio, e não havia dúvida de que, se não fugisse logo, um coral de crianças apareceria entoando cantigas natalinas até que eu morresse.

Entrei na Macy's e encarei o espetáculo patético de uma loja de departamentos cheia de gente, sendo que ninguém estava fazendo compras para si mesmo. Sem a gratificação imediata de uma compra, todos andavam de um lado para o outro no estupor tático dos financeiramente comprometidos. Em uma data tão próxima das festas, os últimos recursos estavam sendo usados. Papai ia ganhar uma gravata; mamãe, um lenço; e as crianças, suéteres, quer gostassem ou não. Eu já tinha feito minhas compras online entre as 2h e 4h da madrugada do dia 3 de dezembro; os presentes estavam nas respectivas casas, esperando para serem abertos no Ano-Novo. Minha mãe deixara os presentes na casa dela, e meu pai me dera uma nota de cem dólares e me mandou sair para curtir com ela. Na verdade, as palavras exatas foram: "Não gaste tudo com bebida e mulheres", sendo que a implicação era que eu deveria gastar ao menos *parte* com bebida e mulheres. Se houvesse como me dar um vale-presente de bebida e mulheres, tenho certeza de que ele teria mandado a secretária comprar um para mim durante sua hora de almoço.

Os vendedores estavam tão estupefatos que uma pergunta como "Onde encontro luvas quentinhas e forradas com desenho de renas?" não pareceu nem um pouco estranha. Acabei indo parar na seção de Acessórios Externos enquanto me perguntava o que além de plugues de ouvido poderia contar como Acessórios Internos.

Sempre achei que luvinhas sem separação dos dedos estavam alguns passos atrás na escala evolutiva. Por que, me perguntava, iríamos querer nos tornar uma versão menos ágil de uma lagosta? Mas meu desdém por esse tipo de luva ganhou uma nova profundidade quando olhei para as ofertas de festas de fim de ano da Macy's. Havia luvinhas desse tipo em forma de homem-biscoito e decoradas com ouropel. Um par simulava o polegar de um sujeito pedindo carona; o destino, aparentemente, era o Polo Norte. Diante de meus próprios olhos, uma mulher de meia-idade pegou um par da estante e colocou na pilha que crescia em seus braços.

— É sério? — indaguei em voz alta, de repente.

— Como? — retrucou ela, com irritação.

— Deixando as considerações estéticas e utilitárias de lado — prossegui —, essas luvas não fazem sentido. Por que você iria querer pegar carona até o Polo Norte? O grande barato do Natal não é a entrega em casa? Se for até lá, só vai encontrar um bando de elfos exaustos e mal-humorados. Supondo, claro, que você aceite a presença mítica de uma oficina por lá, quando todos sabemos que nem polo existe no Polo Norte e que, se o aquecimento global continuar, não vai haver gelo algum também.

— Por que não vai se foder? — respondeu a mulher. Em seguida, pegou as luvas e foi embora.

Esse era o milagre da temporada de festas: a forma como priorizava o *vai se foder* em nossos corações. Qualquer um explodia com estranhos ou com as pessoas mais próximas. Podia ser um *foda-se* por um motivo qualquer: *Você pegou minha vaga,* ou *Você questionou minha escolha de luvas*, ou *Passei 16 horas procurando o taco de golfe que você queria, e você me deu um vale-presente do McDonald's*. Ou podia trazer à tona o *foda-se* que esperava para eclodir havia tanto tempo. *Você sempre insiste em cortar o peru apesar de ter sido eu quem passou horas na cozinha*, ou *Não posso passar mais um fim de ano fingindo estar apaixonado por você*, ou *Você quer que eu herde seu amor por bebida e mulheres, nessa ordem, mas você está mais para antiexemplo que para pai*.

Era por isso que eu não deveria ter permissão para entrar na Macy's. Pois quando você transforma um período curto de tempo em "temporada", cria uma câmara de eco para todas as associações ao mesmo tempo. Quando se entra, é difícil escapar.

Começo a dar apertos de mão em todas as luvinhas com renas, seguro de que Lily escondera algo em alguma delas. E, sem dúvida, o quinto aperto de mão me fez encontrar um obstáculo. Puxei uma tirinha de papel.

6. Deixei algo debaixo do travesseiro para você.

Próxima parada: roupa de cama. Pessoalmente, prefiro quando essas duas palavras são unidas pela preposição *na* e não pela preposição *de*. *Você pode me mostrar a roupa de cama?* não podia se comparar a *você pode tirar minha roupa na cama?* Na verdade, sabia que essas frases funcionavam melhor na minha mente que em qualquer outro lugar; Sofia nunca entendia de verdade o que eu estava dizendo, embora costumasse botar a culpa no fato de inglês não ser sua língua nativa. Até mesmo a encorajei a usar jogos de palavras em espanhol, mas ela também nunca sabia sobre o que eu estava falando quando dizia isso.

Mas ela era linda. Como uma flor. Eu sentia saudades disso.

Quando cheguei à seção de roupa de cama, perguntei-me se Lily achou graça da quantidade de camas que havia ali para ser investigadas. Dava para abrigar um orfanato inteiro, com algumas camas extras para as freiras se divertirem. (*Puxe meu véu! PUXE MEU VÉU!*) O único jeito em que conseguiria fazer aquilo era dividindo o andar em quadrantes e, então, seguir no sentido horário a partir do norte.

A primeira cama tinha uma estampa cachemir e quatro travesseiros. Imediatamente enfiei a mão sob eles em busca do bilhete.

— Senhor, posso ajudar?

Virei-me e encontrei um vendedor de roupas de cama, com expressão parcialmente divertida e parcialmente alarmada. Ele parecia um pouco com Barney Rubble, mas com os resquícios de um bronzeamento artificial que não existira na era pré-histórica. Eu me solidarizei. Não por causa do bronzeamento artificial — jamais faria uma merda dessas —, mas porque achei que ser vendedor de roupa de cama era um emprego ruim de forma biblicamente paradoxal. Afinal, ali estava ele, obrigado a passar oito ou nove horas por dia de pé, e o tempo todo cercado de camas. E não só isso, cercado de fregueses que veem as camas e não conseguem deixar de pensar *cara, adoraria me deitar nessa cama por um segundo*. Portanto, ele não só precisa se controlar para não deitar, mas também deve impedir todas as outras pessoas de o fazer. Sabia que, se fosse ele, estaria desesperado por companhia humana. Portanto, decidi confiar naquele homem.

— Estou procurando uma coisa — contei-lhe, então olhei para seu dedo anelar. Bingo. — Você é casado, certo?

Ele assentiu.

— Bom, a questão é a seguinte — prossegui. — Minha mãe, sabe? Ela estava olhando roupas de cama e deixou a lista de compras cair debaixo de um dos travesseiros. Ela está lá em cima, na seção de facas, chateada porque não consegue se lembrar do que tem que comprar para as pessoas, e meu pai está prestes a explodir, porque ele gosta de fazer compras tanto quanto gosta de terrorismo e dos impostos estaduais. Por isso, me mandou aqui embaixo para encontrar a lista, e, se não encontrá-la depressa, vai haver uma explosão gigantesca no quinto andar.

O Barney Rubble superbronzeado chegou a colocar o dedo na têmpora para conseguir pensar melhor.

—Acho que me lembro dela — comentou. — Vou olhar debaixo daqueles travesseiros se quiser olhar nesses aqui. Mas, *por favor*, tome o cuidado de colocar os travesseiros no lugar, e evite bagunçar os lençóis.

—Ah, pode deixar! — garanti.

Decidi que, se algum dia fosse me meter com bebida e mulheres, minha cantada seria *com licença, moça, mas adoraria tirar sua roupa na cama e bagunçar você... Por ventura estaria livre esta noite?*

Agora, correndo o risco de falar algo capaz de me custar um processo, tenho que comentar: foram incríveis as coisas que encontrei debaixo dos travesseiros da Macy's. Barras de chocolate pela metade. Mordedores de bebê. Cartões de visita. Havia uma coisa que podia ser tanto uma água-viva morta quanto uma camisinha, mas tirei a mão antes que pudesse ter certeza. O pobre Barney soltou um gritinho quando encontrou um roedor em decomposição; só depois que saiu correndo para um enterro rápido e uma assepsia completa foi que encontrei o pedaço de papel que procurava.

7. Desafio você a pedir a próxima mensagem a Papai Noel.

Não. Não, porra, não não não.

Se não tivesse apreciado o nível de sadismo de Lily, teria corrido direto para as montanhas.

Acabei correndo direto para o Papai Noel.

Mas não foi tão fácil. Cheguei ao andar principal e à Terra Encantada de Papai Noel, e a fila era de pelo menos umas dez salas de aula. Crianças se mexiam e se agitavam enquanto pais falavam no celular, balançavam carrinhos, ou oscilavam como mortos-vivos.

Por sorte, sempre ando com um livro, só para o caso de ter que esperar na fila do Papai Noel ou alguma outra inconveniência. Mais do que apenas alguns pais, principalmente os homens, me olharam de um jeito estranho. Podia vê-los fazendo a matemática mental: eu era muito velho para acreditar em Papai Noel, mas jovem demais para estar interessado em suas crianças. Portanto, estavam em segurança, mesmo que eu parecesse suspeito.

Demorei 45 minutos para chegar à frente da fila. Havia crianças sacudindo listas e biscoitos e câmeras digitais, enquanto eu só tinha *Vile Bodies* comigo. Finalmente chegou minha vez. Vi a garota à minha frente encerrando o encontro, e comecei a me aproximar.

— Um segundo! — ordenou uma voz rouca ditatorial.

Olhei para baixo e encontrei o clichê menos satisfatório da história do Natal: um elfo com sede de poder.

— QUANTOS ANOS VOCÊ TEM? — berrou.

— Treze — menti.

Seu olhar era tão afiado quanto seu chapéu verde idiota.

— Sinto muito — falou, com voz de quem não sente nadinha —, mas 12 é o limite.

— Prometo que não vou demorar.

— DOZE É O LIMITE!

A garota havia terminado a conversa com Papai Noel. Era minha vez. Por direito, era minha vez.

— Só preciso perguntar uma coisa a Papai Noel — insisti. — Só isso.

O corpo do elfo bloqueou minha passagem.

— Saia da fila agora — ordenou.

— Me obrigue — desafiei.

Agora, a fila toda estava prestando atenção. Crianças arregalavam os olhos com medo. A maioria dos pais e algumas das mães estavam se preparando para pular sobre mim caso eu tentasse qualquer coisa.

— Preciso da segurança — disse o elfo, mas não consegui perceber com quem ele falava.

Comecei a andar e empurrei o ombro dele com a coxa. Estava quase no Papai Noel quando senti um puxão na bunda; o elfo tinha segurando o bolso de trás da minha calça e tentava me puxar.

— Me. Larga! — exclamei, dando um coice.

— Você é MAU! — gritou o elfo. — Muito MAU!

Conseguimos chamar a atenção de Papai Noel. Ele me olhou de cima a baixo e deu uma gargalhada.

— Ho ho ho! Qual é o problema?

— Lily me mandou aqui — expliquei.

Em algum lugar por trás daquela barba, ele entendeu a mensagem. Enquanto isso, o elfo estava quase abaixando minha calça

— Ho! Ho! Ho! Largue-o, Desmond!

O elfo obedeceu.

— Vou chamar a segurança — persistiu.

— Se chamar — murmurou o Papai Noel —, vai voltar a dobrar toalhinhas de mão tão rápido que não vai ter tempo de tirar os sinos das botas nem as bolas da cueca de elfo.

Ainda bem que o elfo não estava carregando nenhuma das ferramentas de esculpir brinquedos naquela hora, pois caso contrário, o dia na Macy's provavelmente acabaria sendo bem diferente.

— Muito bem — disse Papai Noel quando o elfo se afastou.

— Venha se sentar no meu colo, garotinho.

Essa barba de Papai Noel era de verdade, e o cabelo também. Ele não estava de sacanagem.

— Não sou um garotinho, na verdade — observei.

— Sente-se no meu colo então, *garotão*.

Andei até ele. Não havia muito colo debaixo da barriga, e, apesar de ter tentado disfarçar, posso jurar que, quando me sentei, ele ajeitou as partes íntimas.

— Ho ho ho! — gargalhou.

Sentei-me cautelosamente no joelho, como se fosse uma cadeira de metrô com chiclete grudado.

— Você foi um bom menino este ano? — perguntou ele.

Não achava que eu era a pessoa certa para determinar minha bondade ou maldade, mas, no interesse de acelerar o encontro, disse que sim.

Ele sacudiu de alegria.

— Que bom! Que bom! E o que posso dar a você nesse Natal?

Achei que era óbvio.

— Um recado de Lily — falei. — É isso que quero de Natal. Mas quero agora.

— Tão impaciente! — reprimiu-me, então baixou a voz e sussurrou em meu ouvido: — Mas Papai Noel tem uma coisinha para você — ele se mexeu um pouco na cadeira — debaixo do casaco. Se quiser seu presente, vai ter que fazer carinho na barriga do Papai Noel.

— O quê?

Ele indicou a barriga com um olhar.

— Vá em frente.

Olhei melhor e vi o leve contorno de um envelope sob o casaco vermelho de veludo.

— Você sabe que quer — sussurrou.

O único jeito de sobreviver a isso era pensar em tudo como o desafio que era.

Vá se foder, Lily. Você não consegue me intimidar.

Enfiei a mão debaixo do casaco de Papai Noel. Para meu horror, descobri que ele não estava usando nada por baixo. Estava quente, suado, carnudo, peludo... e a barriga era um obstáculo enorme que bloqueava o envelope. Precisei me inclinar para virar o braço e conseguir pegá-lo, o tempo todo ouvindo Papai Noel rir "Oh ho ho, ho ho oh ho!" em meu ouvido. Pude escutar o elfo berrando "Mas que diabos?", e vários pais começarem a gritar. Sim, eu estava apalpando o Papai Noel. E, agora, o canto do envelope estava na minha mão. Ele tentou se contorcer e empurrá-lo para longe de mim, mas segurei o envelope com força e o puxei, arrancando junto alguns pelos brancos da barriga de Papai Noel.

— AI ho ho! — gritou.

Pulei do colo daquele homem.

— A segurança chegou! — proclamou o elfo.

A carta estava na minha mão: úmida, mas intacta.

— Ele apalpou o Papai Noel! — gritou uma criancinha.

Saí correndo. Esquivei. Desviei. Joguei-me entre turistas até estar seguro na seção de roupas íntimas masculinas, abrigado em um provador. Sequei a mão e o envelope em um conjunto de calça e casaco roxo de veludo que alguém havia deixado ali, então o abri para ler as próximas palavras de Lily.

8. Esse é o espírito!
Agora, tudo o que quero de Natal
(ou de 22 de dezembro)
é sua melhor lembrança de Natal.
Também quero meu caderninho vermelho de volta,
então deixe-o com sua lembrança incluída
na minha meia no segundo andar.

Abri a primeira página vazia do Moleskine e comecei a escrever.

Meu melhor Natal foi quando tinha 8 anos. Meus pais haviam acabado de se separar e me disseram que eu tinha muita

sorte, porque naquele ano eu teria dois Natais em vez de um.
Chamaram de Natal australiano, pois ganharia presentes na
casa da minha mãe à noite e na do meu pai na manhã seguinte, e
não haveria problema, porque as duas ocasiões seriam no dia de
Natal na Austrália. Isso me pareceu ótimo, e senti que tinha sorte
de verdade. Dois Natais! E se esforçaram. Jantares completos,
todos os parentes dos dois lados em cada Natal. Devem ter
dividido minha lista de presentes ao meio, pois ganhei tudo que
queria, sem nada repetido. E depois, na segunda noite, meu pai
cometeu o grande erro. Fiquei acordado até tarde, bem tarde, e
todo mundo já havia ido para casa. Ele estava bebendo alguma
coisa marrom-dourada, provavelmente conhaque, e me puxou
para perto para perguntar se gostei de ter dois Natais. Falei que
sim, e ele me disse de novo o quanto eu tinha sorte. Então me
perguntou se tinha mais alguma coisa que eu queria.

Disse que queria que mamãe estivesse conosco também. Ele
nem piscou. Disse que veria o que podia fazer. E acreditei nele.
Acreditei que tinha sorte, e que dois Natais eram melhores que
um, e que, apesar de Papai Noel não ser de verdade, meus pais
ainda eram capazes de fazer mágica. E foi por isso que aquele foi
meu melhor Natal. Pois foi o último em que realmente acreditei.

Faça uma pergunta e receba uma resposta. Pensei que, se Lily não conseguisse entender aquilo, não haveria motivo para continuar.

Encontrei o local, no segundo andar, onde estavam vendendo meias de Natal personalizadas, passando longe da área do Papai Noel e de todos os seguranças. E havia mesmo uma meia de Lily pendurada, logo antes da meia de LINA e de LIVINIA. Deixaria o caderninho vermelho ali…

…mas antes tinha que ir até o AMC e comprar para Lily um ingresso para a exibição de 10h da manhã do dia seguinte de *Vovó foi atropelada por uma rena.*

quatro

(Lily)

23 de dezembro

Nunca fui ao cinema sozinha. Normalmente, quando vejo um filme, é com meu avô ou meu irmão e meus pais ou muitos primos. O melhor é quando vamos todos juntos, como um exército de zumbis de pipoca que riem as mesmas risadas e ofegam os mesmos ofegos, e não são tão germofóbicos a ponto de não compartilhar uma Coca gigantesca com um só canudo. A família é útil para essas coisas.

Planejava insistir para que Langston e Benny me acompanhassem à sessão de 10h de *Vovó foi atropelada por uma rena*. Achei que era responsabilidade deles, já que começaram essa coisa toda. Acordei-os pontualmente às 8h para avisá-los, dando tempo suficiente para que escolhessem as camisetas irônicas e preparassem os penteados desgrenhados de "não ligo, mas na verdade ligo muito" antes de sairmos de casa.

Só que Langston jogou o travesseiro em mim quando tentei acordá-lo. Nem sequer se mexeu da cama.

— Saia do meu quarto, Lily! — resmungou. — Vá ao cinema sozinha!

Benny rolou e olhou para o relógio ao lado da cama de Langston.

— *Ay, mamacita*, são que horas da madrugada? Oito? *Merde merde merde*, e durante as férias de Natal quando a lei é dormir até meio-dia? *Ay, mamacita*... VOLTE PARA A CAMA!

Benny rolou de barriga para baixo de novo e colocou o travesseiro sobre a cabeça para começar imediatamente, creio eu, a sonhar em espanglês.

Eu mesma estava muito cansada, pois acordei às 4h para fazer um presente especial para meu misterioso amigo hostil. Não me importaria de cochilar no chão ao lado de Langston como fazia quando éramos crianças, mas achava que, se sugerisse uma coisa dessas em uma manhã como aquela, com aquela companhia em particular, Langston repetiria o refrão de sempre:

— Não me ouviu, Lily? SAIA DO MEU QUARTO!

Ele realmente disse aquilo. Eu não estava imaginando que talvez o dissesse.

— Mas não tenho permissão para ir ao cinema sozinha — lembrei a Langston.

Pelo menos, essa era a regra quando eu tinha 8 anos. Nossos pais nunca esclareceram se a regra tinha mudado conforme cresci.

— É claro que pode ir ao cinema sozinha. E, mesmo que não possa, sou o responsável enquanto mamãe e papai estão viajando, e agora autorizo você. E quanto mais rápido sair do quarto, mais rápido seu horário de voltar para casa aumenta de onze para meia-noite.

— Minha hora de voltar para casa é dez horas e não tenho permissão de ficar na rua sozinha tarde da noite.

— Adivinhe! Seu novo horário de voltar para casa é nenhum horário, e você pode ficar na rua o quanto quiser, com quem quiser ou sozinha, não ligo; só preste atenção para manter o celular ligado para que eu possa ligar e ver se ainda está viva. E sinta-se à vontade para encher a cara e pegar uns meninos e...

— LA LA LA LA LA — cantarolei, com as mãos sobre os ouvidos para bloquear a profanação de Langston. Virei, já saindo do quarto, mas me inclinei para dentro de novo ao perguntar:

— O que vamos fazer de jantar para a antevéspera de Natal? Estava pensando em torrar umas castanhas e...

— SAIA! — gritaram Langston e Benny.

Era o fim da alegria no dia antes do dia antes do Natal. Quando éramos pequenos, a contagem regressiva para o Natal começava uma semana antes e sempre com Langston ou eu cumprimentando o outro no café da manhã dizendo:

— Bom dia! E feliz dia antes do dia antes do dia antes do dia antes do Natal!

E assim por diante, até o dia real.

Perguntei-me que tipo de monstros se esgueirava pelos cinemas esperando para atacar pessoas sozinhas por conta de irmãos que se recusavam a sair da cama para levá-las. Achei que era melhor me arrumar logo e ficar pronta para qualquer situação perigosa. Vesti-me, embrulhei meu presente especial e parei na frente do espelho do banheiro, onde treinei caretas assustadoras que afastariam qualquer monstro do cinema querendo atacar pessoas sentadas sozinhas.

Enquanto treinava minhas caretas mais cruéis, com a língua para fora, o nariz enrugado e os olhos com a expressão mais odiosa, vi Benny parado atrás de mim no corredor do banheiro.

— Por que está fazendo cara de gatinho no espelho? — perguntou, bocejando.

— São caras de má! — protestei.

Benny falou:

— Olha, essa sua *roupa* vai assustar mais os *papi* do que sua cara de gatinha má. O *que* está vestindo, senhorita *Quinceañera* ruim da cabeça?

Olhei para baixo, analisando minha roupa: camisa do uniforme da escola para dentro de uma saia de um tipo de feltro verde-limão, na altura dos joelhos e com uma rena bordada, uma meia-calça vermelha e branca de espirais e um All Star surrado.

— Qual é o problema com minha roupa? — questionei, tentando sorrir com os cantos da boca para baixo, o que resultou em uma... carranca. — Acho minha roupa bastante festiva para o dia antes do dia antes do Natal. E para um filme sobre uma rena. E, de qualquer modo, achei que tinha voltado a dormir.

— Pausa para o banheiro. — Benny me inspecionou da cabeça aos pés. — Não. Os sapatos não combinam. Se for usar essa roupa, tem que ir com tudo. Vamos lá.

Pegou minha mão e me levou até meu armário, então observou as pilhas de All Star.

— Você não tem outro tipo de sapato? — perguntou.

— Só no nosso velho baú de fantasias — rebati, brincando.

— Perfeito — disse ele.

Benny foi até o velho baú no canto do meu quarto e tirou tutus de tule, metros de vestidos havaianos, bonés escritos FÃ Nº 1, chapéus de bombeiro, sapatinhos de princesa, plataformas e um número alarmante de Crocs, até finalmente encontrar as botas brancas de sapateado, com pompons, de nossa tia-avó Ida; os pedaços de metal ainda presos às pontas e saltos.

— Cabem em você?

Experimentei-as.

— Ficaram um pouco grandes, mas acho que dá para usar.

As botas destacavam bem a meia-calça vermelha e branca. Gostei.

— Incrível. Vão ficar perfeitos com o gorro de inverno.

Meu acessório de inverno preferido para aquecer a cabeça é um gorro vintage de tricô, vermelho com pompons pendurados nas orelhas. É "vintage" no sentido de ser um gorro que fiz no quarto ano da escola, para a produção de Natal de *Um cântico de Natal(ino) A-go-go*, o musical disco inspirado em Dickens que exigiu uma campanha intensa a fim de convencer o diretor da escola a permitir sua encenação. Algumas pessoas são tão rigidamente laicas.

Com o look completo, saí de casa e fui em direção ao metrô. Quase voltei para trocar as botas pelos familiares All Star, mas o som metálico dos pés batendo na calçada era festivo de uma forma reconfortante, então não o fiz, embora as botas fossem grandes demais e meus pés ficassem quase saindo delas. (*Essas botas foram feitas para... sair do pé... la la la... ha ha ha.*)

Tive que reconhecer: apesar de minha empolgação para seguir a trilha do hostil misterioso, qualquer garoto que me deixasse um ingresso para *Vovó foi atropelada por uma rena* dificilmente seria namorável. Para explicar de forma bem simples, o título me ofendia. Langston diz que preciso de um senso de humor melhor quanto a essas coisas, mas não vejo graça na ideia de uma rena indo atrás de uma de nossas amigas idosas. É um fato sabido que renas são herbívoras que subsistem a partir de vida vegetal e evitam carne, então acho difícil que elas atacassem a avó de alguém. Achava perturbador pensar em uma rena fazendo mal à vovó, porque todos sabemos que, se isso acontecesse na vida real e não no cinema, o Serviço de Vida Selvagem a caçaria e sumiria com a pobre chifruda, quando na verdade devia ter sido culpa da vovó por ter ficado na frente do animal assim! Ela sempre se esquece de colocar os óculos, e a osteoporose faz com que ande encurvada e vá devagar demais. É como um alvo ambulante para o pobre Bambi!

Concluí que o sentido em me dar ao trabalho de ir ao cinema era a possibilidade de conferir o garoto misterioso. Mas o desafio que ele deixara dentro de minha meia, com o caderninho, em um Post-it colado no ingresso do cinema, dizia:

NÃO leia o que escrevi no caderninho até estar no cinema
ESCREVA sua pior lembrança de Natal no caderninho.
NÃO deixe os detalhes mais horríveis de fora.
DEIXE o caderninho para mim, atrás do traseiro da vovó
Obrigado.

Acredito em honra. Não li o caderninho antes da hora, o que seria o mesmo que espiar dentro do armário dos pais para ver a pilha de presentes de Natal, e jurei esperar para ler só depois do filme.

Por mais preparada que eu estivesse para não gostar de *Vovó foi atropelada por uma rena*, estava completamente despreparada para o que encontraria no cinema. Em frente à sala que exibia esse filme em particular, havia fileiras de carrinhos em intervalos uniformes contra a parede. Dentro, estava um pandemônio total. A sessão de 10h, aparentemente, era a exibição Mamãe e Eu, em que as mães podiam levar bebês e crianças pequenas para ver filmes nada apropriados enquanto os pequenos faziam barulhos e arrotavam e choravam o quanto tivessem vontade. O cinema era uma cacofonia de "Dada" e "Mamãe, eu quero..." e "Não!" e "Meu!" Quase não tive oportunidade de prestar atenção no filme, com biscoitos e cereais sendo jogados no meu cabelo das fileiras de trás, vendo Legos voarem pelo ar e desgrudando os metais das botas da tia-avó Ida do vazamento líquido dos copinhos plásticos.

Crianças me assustam. Quero dizer, as admiro em um nível fofo estético, mas elas são criaturas muito exigentes e irracionais e costumam ter um cheiro estranho. Nem consigo acreditar que já fui uma delas. É difícil crer, mas fiquei mais incomodada pelo cinema do que pelo filme. Só consegui chegar a vinte minutos assistindo ao comediante negro fazendo o papel da avó gorda — em meio a fileiras de mães tentando negociar com os filhos nas cadeiras — até que eu não aguentasse mais.

Levantei-me da cadeira e saí do cinema em busca de um pouco de paz e sossego no saguão, para finalmente poder ler o caderninho. Mas duas mães, voltando de uma visita dos filhos pequenos ao banheiro, me abordaram antes que conseguisse começar.

— *Adorei* suas botas. São *fofas!*

— *Onde* você comprou esse chapéu? É *tão fofo!*

— EU NÃO SOU FOFA! — gritei. — SOU SÓ UMA LILY!

As mães deram um passo para trás. Uma delas recomendou:

— Lily, diga para sua mamãe arrumar uma receita de Adderall.

A outra só fez *tsc-tsc*, então elas levaram seus pestinhas de volta ao cinema e para longe da Escandalosa Lily.

Encontrei um esconderijo atrás de um enorme display de papelão de *Vovó foi atropelada por uma rena*. Sentei-me de pernas cruzadas atrás do anúncio e abri o caderninho. Finalmente.

As palavras dele me deixaram tão triste.

Mas me deixaram especialmente feliz por ter acordado às 4h da madrugada e feito biscoitos para ele. Mamãe e eu preparamos as massas ao longo de todo o mês e as guardamos no freezer, então só precisei separar os sabores, colocar no cortador de biscoitos e assar. *Voilà!* Fiz uma latinha variada de biscoitos de todos os sabores disponíveis (uma forte afirmação de fé de que Hostil valeria o esforço): flocos de chocolate, gemada, gengibre, lebkuchen com especiarias, toque de menta e abóbora. Decorei-os com confeitos e doces de acordo com cada sabor e amarrei um laço ao redor da lata.

Peguei os fones de ouvido e selecionei O *Messias*, de Handel, no iPod, para me concentrar em escrever. Resisti à vontade de debochar usando a caneta em minha mão. O que fiz foi responder a pergunta do Garoto Misterioso.

Meu único Natal ruim foi quando tinha 6 anos.

Foi o ano em que meu hamster de estimação morreu em um incidente horrível na escola, uma semana antes das férias de Natal.

Eu sei, eu sei, parece engraçado. Não foi. Na verdade, foi um massacre horrível.

Sinto muito, mas apesar de seu pedido de NÃO o fazer, preciso deixar de fora os detalhes horríveis. A lembrança ainda é vívida e muito perturbadora.

A parte que mais me assustou, fora a culpa e a perda de meu animalzinho, claro, foi que ganhei um apelido depois do incidente. Gritei loucamente quando aquilo aconteceu, mas minha fúria e dor eram tão grandes e tão reais, até para uma pessoa tão pequena, que não consegui me fazer PARAR de gritar. Se alguma pessoa na escola tentasse tocar em mim ou falar comigo, eu gritava. Foi como um instinto primordial. Não conseguia evitar.

Essa foi a semana em que passei a ser conhecida na escola como Escandalily. Esse apelido ficaria comigo durante todo o fundamental I e II, até meus pais me colocarem em uma escola particular no ensino médio.

Mas aquele Natal específico foi minha primeira semana como Escandalily. Naquelas festas de fim de ano, lamentei não só a perda de meu hamster, mas também a do tipo bizarro de inocência que as crianças têm na sua capacidade de adaptação.

Aquele foi o Natal em que finalmente entendi o que sempre ouvi pessoas da família sussurrarem, preocupadas, sobre mim: que era "sensível demais, delicada demais. Diferente."

Foi o Natal em que percebi que Escandalily era o motivo por que não era convidada para festas de aniversário, e o motivo de sempre ser escolhida por último para os times.

Foi o Natal em que percebi que era a garota esquisita.

Quando terminei de escrever minha resposta, levantei. Percebi que não fazia ideia do que o Garoto Misterioso quis dizer quando me pediu que deixasse o caderno atrás do traseiro da vovó. Deveria deixar no palco, na frente da tela?

Olhei para a bombonière e me perguntei se deveria pedir ajuda. A pipoca parecia bem gostosa, então fui comprar um saco e quase derrubei o display do filme com a urgência de meu estômago faminto. Foi nessa hora que o vi: o traseiro da vovó. Já estava atrás dele. O display era uma imagem do homem negro no papel da avó gorda; o traseiro era particularmente enorme.

Escrevi novas instruções no caderno e coloquei atrás do traseiro da vovó, onde era provável que ninguém visse além de quem fosse ali procurá-lo. Deixei o Moleskine vermelho junto à lata de biscoitos e um cartão-postal turístico que estava preso em um chiclete no chão do cinema. Era do museu de cera de Madame Tussauds, minha cilada turística favorita da Times Square.

Escrevi no cartão:

O que quer de Natal?

Não, sério, não seja espertinho. O que você realmente supercalifragilistiquer de verdade?

Deixe informações sobre isso no caderninho com a segurança que cuida do Honest Abe.*

Obrigada.
Atenciosamente,
Lily

*PS Não se preocupe, prometo que a segurança não vai tentar apalpar você como o tio Sal na Macy's deve ter feito. Garanto que não foi nada sexual, pois ele é uma pessoa que gosta genuinamente de abraços.

PPS Qual é seu nome?

cinco

–Dash–

23 de dezembro

A campainha tocou por volta do meio-dia, na hora em que *Vovó foi atropelada* estaria acabando. Portanto, meu primeiro (admito que irracional) pensamento foi o de que Lily arrumara um modo de me encontrar. O tio dela na CIA teria investigado minhas digitais, e estavam aqui para me prender por fingir ser alguém que valia o interesse de Lily. Ensaiei uma caminhada pelo corredor dos condenados até o olho mágico. Olhei e, em vez de ver uma garota ou a CIA, dei de cara com Boomer se mexendo de um lado para o outro.

— Boomer — falei.

— Estou aqui fora! — respondeu.

Boomer. Abreviação de Bumerangue. Um apelido dado a ele não pela propensão a voltar depois de ser atirado, mas pela semelhança temperamental ao tipo de cachorro que corre atrás dos ditos bumerangues repetidas vezes. Ele também era meu amigo mais velho; em termos do tempo que nos conhecíamos, não de maturidade. Tínhamos um ritual pré-Natal desde os 7 anos: íamos ao cinema no dia 23. Os gostos de Boomer não tinham mudado muito desde então, logo, tinha certeza do filme que iria escolher.

E, como esperado, assim que entrou pela porta, ele gritou:

— Ei! Está pronto para ver *Colagem*?

Colagem, obviamente, era o novo filme de animação da Pixar sobre um grampeador que se apaixona loucamente por uma folha de papel, fazendo com que todos os outros materiais de escritório amigos se unissem para conquistá-la. Oprah Winfrey fazia a voz do suporte de fita adesiva, e uma versão animada de Will Ferrell era o zelador que ficava atrapalhando os jovens amantes.

— Olhe — comentou Boomer, esvaziando os bolsos —, estou comendo McLanches Felizes há semanas. Já consegui todos eles, exceto Lorna, a adorável furadeira de papel de três buracos!

Ele chegou a colocar os brinquedos de plástico nas minhas mãos para que eu pudesse examiná-los.

— Isso aqui não é a furadeira de três buracos? — indaguei.

Ele bateu na testa.

— Cara, achei que era a pasta expansível, Frederico!

Pela força do destino, *Colagem* estava passando no mesmo cinema para onde mandei Lily. Assim, podia manter o compromisso com Boomer e interceptar a próxima mensagem de Lily antes que algum traste ou patife pudesse pegá-la.

— Onde está sua mãe? — perguntou Boomer.

— Na aula de dança — menti.

Se fizesse ideia de que meus pais estavam fora da cidade, contaria para a mãe tão rápido que eu estaria garantindo para mim mesmo um Natal muito cheio de Boomer.

— Ela deixou dinheiro? Se não tiver, acho que posso pagar.

— Não se preocupe, meu amigo sincero — retruquei, passando o braço pelos ombros dele antes mesmo que pudesse tirar o casaco. — Hoje, o filme é por minha conta.

* * *

Não ia contar a Boomer sobre minha outra tarefa, mas não consegui escapar quando me agachei atrás do traseiro de papelão da vovó para procurar o despojo.

— Você está bem? — preocupou-se. — Perdeu suas lentes de contato?

— Não. Uma pessoa deixou algo para mim aqui.

— Aah!

Boomer não era um sujeito grande, mas costumava ocupar muito espaço, porque estava sempre se mexendo. Ficou olhando por cima do ombro da vovó de papelão, e eu tinha certeza de que era só uma questão de tempo até que os vendedores de pipoca com salário mínimo viessem nos expulsar.

O Moleskine vermelho estava exatamente onde pedi. Também havia uma lata ao lado.

— Era isso que estava procurando — falei para Boomer, mostrando o caderninho.

Ele esticou a mão em direção à lata.

— Uau — exclamou, abrindo a tampa e espiando. — Deve ser um esconderijo especial. Não é engraçado alguém ter deixado biscoitos no mesmo lugar que deixaram o caderno para você?

— Acho que os biscoitos também foram deixados por ela.

(Isso foi confirmado por um Post-it em cima do caderninho dizendo: Os *biscoitos são para você. Feliz Natal! Lily.*)

— É mesmo? — indagou, pegando um biscoito de dentro da lata. — Como sabe?

— É só um palpite.

Boomer hesitou.

— Seu nome não devia estar escrito na lata? — teimou. — Quero dizer, se é para você...

— Ela não sabe meu nome.

Boomer colocou o biscoito de volta na lata na mesma hora, fechando a tampa.

— Não pode comer biscoitos de uma pessoa que não sabe seu nome! — alertou-me. — E se tiver, sei lá, lâminas dentro?

Crianças e pais estavam entrando no cinema, e eu sabia que teríamos que sentar na primeira fila para ver *Colagem* se não agíssemos um pouco mais rápido.

Mostrei a ele o bilhete.

— Está vendo? São de Lily.

— Quem é Lily?

— Uma garota.

— Aah... uma garota!

— Boomer, não estamos mais no terceiro ano do ensino fundamental. Não se diz "Aah... uma garota!"

— O quê? Você está comendo ela?

— Tudo bem, Boomer, você está certo. Gostei bem mais de "Aah... uma garota!" do que disso. Vamos ficar com "Aah... uma garota!"

— Ela é da sua escola?

— Acho que não.

— Acha que não?

— Olha, é melhor irmos logo, senão não vai sobrar lugar.

— Você gosta dela?

— Estou vendo que alguém tomou as pílulas da persistência hoje de manhã. Claro, gosto dela. Mas ainda não a conheço direito.

— Não uso drogas, Dash.

— Sei disso, Boomer. É uma expressão. Como colocar o chapéu do pensamento. Não existe chapéu do pensamento de verdade.

— É claro que existe — rebateu Boomer. — Não se lembra?

E, sim, de repente me *lembrei*. Havia dois antigos gorros de esqui, o dele azul e o meu verde, que usávamos como chapéu do pensamento quando estávamos no primeiro ano. Isso era estranho em Boomer: se perguntasse a ele sobre os professores de seu colégio interno nesse último semestre, ele já teria esquecido os nomes. Mas conseguia se lembrar da marca e cor exatas de cada carro Matchbox com os quais já brincamos.

— Exemplo ruim — admiti. — Sem dúvida existem gorros do pensamento. Aceito a correção.

Quando encontramos nossos lugares (um pouco à frente demais, mas com uma boa barreira de casaco entre mim e a ferinha melequenta à esquerda), mergulhamos na lata de biscoito.

— Uau! — exclamei, depois de comer um floco de chocolate. — Isso é o "feliz" da música "Noite feliz".

Boomer deu mordidas em todos os seis tipos, olhou para cada um e refletiu sobre em que ordem comeria.

— Gostei do marrom, e do marrom mais claro, e do quase marrom. Estou em dúvida sobre o de menta. Mas acho que o lebkuchen com especiarias é o melhor.

— O o quê?

— O lebkuchen com especiarias. — Ele ergueu o biscoito em minha direção. — Este.

— Você está inventando. O que é lebkuchen com especiarias? Parece um cruzamento entre um elfo da Keebler e uma stripper. *Oi, meu nome é Lebkuchen e quero mostrar meus biscooooitos...*

— Não seja grosseiro! — protestou Boomer, como se o biscoito pudesse ficar ofendido.

— Foi mal, foi mal.

Os comerciais pré-filme começaram, então, enquanto Boomer prestava atenção demais aos "trailers exclusivos" de séries de crime da TV a cabo básica, com estrelas que ascenderam (não muito alto) nos anos 1980, tive oportunidade de ler o que Lily escrevera no caderninho. Achei que até Boomer gostaria da história de Escandalily, embora provavelmente fosse se sentir mal por ela, mas eu sabia a verdade: era tão mais legal ser a garota esquisita. Estava tendo uma percepção tão boa de Lily e seu senso de humor distorcido e perverso, incluindo o *super-califragilistiquer*. Na minha mente, ela era uma lebkuchen com especiarias: irônica, germânica, sexy e excêntrica. E, *mein Gott*, a garota sabia fazer um senhor biscoito… a ponto de eu ter vontade de responder a *O que você quer de Natal?* com um simples *Mais biscoitos, por favor!*

Mas não. Ela me avisou para não ser espertinho, e, embora essa resposta fosse totalmente sincera, tinha medo de ela achar que eu estava brincando ou, pior, puxando seu saco.

Era uma pergunta difícil, principalmente se fosse abandonar o sarcasmo. Havia a clássica resposta de concurso de miss — a paz mundial —, mas aí teria de escrever com a ortografia de tais eventos: pás mundial. Podia jogar a carta de órfão abandonado e desejar que minha família toda estivesse junta, mas essa era a última coisa que queria, principalmente tão perto do Natal.

Logo *Colagem* começou. Algumas partes eram engraçadas, e gostei da ironia de um filme distribuído pela Disney caçoar da cultura corporativa. Mas a história de amor era fraca. Depois de todas as heroínas Disney marginalmente feministas do começo ao meio dos anos 1990, a da vez era literalmente uma folha em branco. Tudo bem que ela era capaz de se dobrar em forma de avião de papel para levar o namorado grampeador em um passeio romântico por uma sala de reuniões mágica, e a exibição final no pedra-papel-tesoura com o zelador infeliz demonstrou uma espécie de dignidade… Mas não consegui me encantar com ela da forma com que Boomer e o grampeador e a maioria das crianças e pais da plateia estavam se encantando.

Perguntei-me se o que realmente queria de Natal não seria encontrar alguém que fosse a folha de papel do meu grampeador. Ou, espere, por que *eu* não podia ser o pedaço de papel? Talvez estivesse mesmo atrás de um grampeador. Ou da pobre mouse pad, que estava claramente apaixonada pelo grampeador, mas não conseguia fazer com que ele olhasse para ela duas vezes. Só havia conseguido namorar até agora uma série de apontadores, com exceção de Sofia, que era mais como uma borracha agradável.

Concluí que a única forma de realmente descobrir o significado das minhas necessidades pessoais de Natal era indo até o Madame Tussauds. Afinal de contas, que barômetro melhor poderia existir do que um bando de turistas tirando fotos de estátuas de cera de figuras públicas?

Sabia que Boomer toparia um passeio, então, depois que o grampeador e a folha de papel estavam brincando em segurança junto aos créditos finais (com o tom açucarado de Celine Dion cantando "Você fornece meu amor"), carreguei-o do saguão até a rua 42.

— Por que tem tanta gente aqui? — perguntou Boomer, enquanto desviávamos e contornávamos as pessoas para seguir em frente.

— Compras de Natal — expliquei.

— Já? Não está meio cedo para devolver presentes?

Eu realmente não fazia ideia de como a mente dele funcionava.

A única vez que fui ao Madame Tussauds fora no ano anterior, quando três amigos e eu tentamos ganhar o recorde mundial de poses mais sugestivas com estátuas de cera de subcelebridades e figuras históricas. Para ser sincero, me deu calafrios simular sexo oral com tantas imagens de cera, principalmente com Nicholas Cage, que já me dava calafrios na vida real. Mas minha amiga Mona queria que aquilo fosse parte de seu projeto de formatura. Os guardas não pareceram se importar, desde que não houvesse contato físico. E isso me fez expor uma de minhas teorias mais antigas, a de que Madame Tussauds fora uma verdadeira madame que começara os negócios com um prostíbulo de cera perto de Paris, Texas. Mona amou a teoria, mas não conseguimos encontrar provas, e, por isso, não acabou virando uma bolsa de estudos de verdade.

Uma réplica de cera de Morgan Freeman estava montando guarda na entrada, e me perguntei se isso era algum tipo de vingança cósmica, que cada vez que um ator com talento módico vendia a alma para participar de um grande filme de ação de Hollywood sem nenhum valor social, seu rosto era moldado em cera e colocado na porta do Madame Tussauds. Ou, talvez, as pessoas do museu tenham concluído que todo mundo ama Morgan Freeman, e quem não iria querer fazer uma pose com ele para uma foto rápida antes de entrar?

Estranhamente, as duas estátuas seguintes foram de Samuel L. Jackson e Dwayne "The Rock" Johnson, o que confirmava minha teoria de terem se vendido, além de me fazer questionar se o Madame Tussauds estava deliberadamente deixando todas as estátuas negras no saguão. Muito estranho. Boomer pareceu não reparar nisso. Agia como se estivesse vendo celebridades de verdade, exclamando com alegria cada vez que via alguém.

— Uau, é a Halle Berry!

Tive vontade de gritar que era assalto quando vi o preço do ingresso; prometi a mim mesmo não esquecer de falar para Lily que, da próxima vez em que quisesse que eu gastasse 25 pratas para ver uma estátua de cera de Honest Abe, ela devia colocar uma graninha no caderno para cobrir minhas despesas.

Lá dentro, o museu era um show de horrores. Quando o visitei da outra vez, estava quase vazio. Mas era claro que as festas de fim de ano provocaram muito desespero familiar, e havia todos os tipos de grupos ao redor das figuras mais improváveis. Afinal, valia a pena lutar por Uma Thurman? Por Jon Bon Jovi?

Para ser sincero, o lugar me deprimia. As figuras de cera eram realistas, claro. Mas, caramba, era só falar em *cera* que eu já pensava em *derreter*. Existe algo de permanente em uma estátua de verdade. Não ali. E não só por causa da cera. Era inevitável saber que, em algum lugar daquele prédio, havia um armário cheio de estátuas descartadas, das pessoas cujo holofote chegou e passou. Como os integrantes do *NSYNC cujas iniciais não eram JT, ou todos os Backstreet Boys e as Spice Girls. As pessoas ainda se juntavam na frente da estátua do Seinfeld? Keanu Reeves visitava sua própria estátua para se lembrar de quando as pessoas ainda se importavam?

— Olha, Miley Cirus! — gritou Boomer, e pelo menos uma dezena de garotas pré-adolescentes o seguiram para embasbacar-se com essa pobre garota congelada em uma adolescência constrangedora (mesmo que lucrativa).

A estátua sequer parecia Miley Cirus; havia algo meio estranho, de forma que parecia ser a prima do terceiro mundo, Riley, fantasiada e tentando fingir ser a Miley. Atrás dela, os Jonas Brothers estavam paralisados no meio de um show. Eles não precisavam saber que o Armário das Estátuas Esquecidas os chamaria um dia?

É claro que, antes de encontrar Honest Abe, eu precisava decidir o que queria de Natal.

Um pônei.

Um bilhete ilimitado do metrô.

Uma promessa de que o tio de Lily, Sal, jamais trabalharia com crianças de novo.

Um sofá verde-limão elegante.

Um novo chapéu do pensamento.

Parecia que eu era incapaz de pensar em uma resposta séria. O que realmente queria de Natal era que o Natal passasse. Talvez Lily fosse entender isso... mas talvez não. Já tinha visto até as garotas mais duronas ficarem sensíveis quando o assunto era Papai Noel. Não conseguia recriminá-la por acreditar, porque precisava imaginar que era bom manter a ilusão ainda intacta. Não a crença em Papai Noel, mas a crença de que um único dia festivo podia trazer a paz entre os homens.

— Dash?

Ergui o rosto, e ali estava Priya, com pelo menos dois irmãos mais novos atrás de si.

— Oi, Priya.

— É ela? — Empertigou-se Boomer, de alguma forma desviando a atenção da estátua de Jackie Chan por tempo suficiente para deixar a situação constrangedora para mim.

— Não, essa é Priya — esclareci. — Priya, esse é meu amigo Boomer.

— Pensei que você estivesse na Suécia — disse Priya.

Não consegui identificar se estava irritada comigo ou com a forma como um dos irmãos puxava a manga de sua blusa.

— Você estava na Suécia? — perguntou Boomer.

— Não — expliquei. — A viagem foi cancelada na última hora. Por causa da tensão política.

— Na Suécia? — Priya parecia descrente.

— Sim. Não é estranho o *Times* não estar cobrindo? Metade do país está em greve por causa daquilo que o príncipe disse sobre Píppi Meialonga. O que significa nada de almôndegas no Natal, se é que me entende.

— Que triste! — disse Boomer.

— Bem, se estiver por aqui — comentou Priya —, vou receber umas pessoas no dia depois do Natal. Sofia vai estar lá.

— Sofia?

— Sabe que ela está em Nova York, não é? Para as festas de fim de ano.

Juro, parecia que Priya estava curtindo aquilo tudo. Até os irmãos tagarelas pareciam estar curtindo.

— É claro que sabia — menti de novo. — Eu só... Bem, achei que estaria na Suécia. Sabe como é.

— Começa às seis. Pode trazer seu amigo aqui. — Os irmãos começaram a puxá-la de novo. — Espero vê-los lá.

— Sim — concordei. — Claro. Sofia.

Não pretendia dizer essa última palavra em voz alta. Sequer tinha certeza de que Priya tinha ouvido, pois fora carregada rápido demais pelos puxões na roupa.

— Eu gostava de Sofia — disse Boomer.

— É... — admiti. — Eu também.

Parecia meio estranho esbarrar duas vezes com Priya no meio de minha caça à Lily, mas tinha que aceitar aquilo como coincidência. Não sabia como ela e Sofia poderiam se encaixar no que Lily estava fazendo. Claro, poderiam estar tentando me pregar uma grande peça, mas a questão sobre Sofia e as amigas era que, embora todas fossem uma peça, nenhuma delas era de pregar nada.

Naturalmente, a consideração seguinte foi: será que eu queria Sofia de Natal? Enrolada em um laço de fita. Debaixo da árvore. Falando o quanto eu era incrível.

Não. Na verdade, não.

Gostei dela, claro. Fomos um bom casal, na medida em que nossos amigos (bem, amigos mais dela que meus) criaram um molde de como um casal deveria ser, e nos encaixamos perfeitamente. Éramos o quarto casal acrescentado ao encontro quádruplo. Éramos bons parceiros de jogos de tabuleiro. Conseguíamos ficar trocando mensagens durante a noite até pegarmos no sono. Ela estava em Nova York havia apenas três anos, então pude explicar todo tipo de referência pop para ela, enquanto ela me contava histórias sobre a Espanha. Fomos até os amassos mais ousados, mas paramos ali. Como se soubéssemos que seria o fim da brincadeira se fôssemos mais longe.

Fiquei aliviado (um pouco) quando me disse que precisava voltar à Espanha. Prometemos manter contato, e isso aconteceu durante um mês. Eu lia as atualizações em seu perfil online e ela lia as minhas, e era isso que éramos um para o outro agora.

Queria desejar de Natal alguma coisa que fosse mais que Sofia.

E seria Lily? Não sabia. Sem dúvida, a última coisa que iria escrever para ela era *Só o que quero de Natal é você.*

— O que eu quero de Natal? — perguntei a Angelina Jolie.

Os lábios carnudos não se abriram para me dar uma resposta.

— O que quero de Natal? — interpelei Charlize Theron. Até acrescentei: — Ei, que vestido bonito. — Mas ela não respondeu. Inclinei-me na direção do decote e falei: — São de verdade? — Ela não se mexeu nem para me dar um tapa.

Finalmente, me virei para Boomer.

— O que eu quero de Natal?

Ele pareceu pensativo por um segundo, então sugeriu:

— Paz mundial?

— Você não está ajudando!

— Bem, o que há no seu baú amazônico da esperança? — questionou-me.

— No meu O QUÊ?

— Você sabe, da Amazon. Seu baú da esperança.

— Quer dizer "lista de desejos"?

— É, isso.

E, de repente, soube o que queria. Algo que sempre quis. Mas era tão irreal que sequer havia chegado a minha lista de desejos.

Precisava de um banco onde me sentar, mas o único que estava à vista já abrigava Elizabeth Taylor, Hugh Jackman e Clark Gable esperando um ônibus.

— Só preciso de um segundo — pedi a Boomer, antes de me esconder atrás de Ozzy Osbourne e toda sua família (*circa* 2003) para escrever no Moleskine.

Nada de esperteza aqui.

A verdade?

O que quero de Natal é um OED. Completo.

Caso você não seja uma nerd das palavras como eu:

O = *Oxford*
E = *English*
D = *Dictionary*

Não o conciso. Não o que vem em CDs. (Por favor!) Não.

Vinte volumes.

22 mil páginas.

600 mil verbetes.

Basicamente, a maior realização da língua inglesa.

Não é barato, custa quase mil dólares, creio eu. E admito que é muito a se pagar por um livro. Mas, caramba, que livro. É a genealogia completa de todas as palavras que usamos. Nenhuma palavra é grandiosa ou infinitesimal demais para ser considerada.

Sabe, lá no fundo eu desejo ser misterioso, esotérico. Adoraria confundir as pessoas com a língua delas.

Aqui está um enigma para você.

Meu nome é um conector entre palavras em inglês.

Sei que é uma provocação infantil — a verdade é que adoraria deixar o mistério se prolongar, mesmo que por pouco tempo. Toco no assunto apenas para enfatizar a questão que, apesar de meus pais não terem a menor ideia (e tenho certeza de que meu pai argumentaria enfaticamente contra), de alguma forma, eles deram meu nome por saberem que, embora alguns sujeitos encontrem conforto nos esportes ou nas drogas ou em conquistas sexuais, eu estava destinado a conseguir isso nas palavras. Preferivelmente lidas ou escritas.

Atenção: caso você seja uma herdeira rica querendo conceder um desejo de Natal a um garoto misterioso/agitador linguístico, não quero realmente ganhar um OED de presente, embora fosse adorar ter um. Na verdade, quero consegui-lo, ou ao menos conseguir o dinheiro (através das palavras, de alguma forma) para comprá-lo. Vai ser ainda mais especial se for assim.

Isso é o máximo que consigo sem permitir que o sarcasmo interfira. Mas, antes que isso aconteça, preciso dizer com a maior sinceridade do mundo que seus biscoitos são bons o bastante para trazer algumas dessas estátuas de cera à vida. Obrigado por isso. Uma vez, fiz muffins de milho para um projeto do quarto ano sobre Williamsburg, e eles ficaram parecendo bolas de beisebol. Portanto, não sei bem como reciprocar... Mas, acredite, farei isso.

Tinha medo de estar sendo nerd demais com as palavras... mas aí concluí que uma garota que deixara um Moleskine vermelho nas estantes da Strand entenderia.

Logo chegou a parte difícil. A próxima tarefa.

Olhei para a família Osbourne (era uma família surpreendentemente baixa, ao menos a de cera) e vi Boomer batendo com o punho no do presidente Obama.

Olhando de cima para o resto dos políticos estava Honest Abe, Abraham Lincoln, cuja expressão fazia parecer com que os turistas europeus tirando foto dele eram pior companhia do que John Wilkes Booth. Ao lado de Abe estava uma pessoa que supus ser Mary Todd... até ela se mexer e eu perceber que era a guarda que precisava procurar. Parecia uma versão mais velha e menos barbada do amante de carinhos, tio Sal. Parecia não haver limite ao número de parentes que Lily era capaz de empregar.

— Ei, Boomer — chamei-o. — O que acha de fazer uma coisa para mim na FAO Schwarz?

— A loja de brinquedos?

— Não, o boticário.

Ele ficou me olhando, sem entender.

— Sim, a loja de brinquedos.

— Que máximo!

Só precisava me certificar de que ele estaria livre na véspera de Natal...

seis

(Lily)

24 de dezembro

Acordei na manhã da véspera de Natal e meu primeiro instinto foi de pura empolgação: *Viva! Finalmente chegou o dia antes do Natal, o dia antes do melhor dia do ano!* Minha segunda reação foi uma lembrança deplorável: *Ugh, e não tenho ninguém aqui para dividi-lo comigo.* Por que concordei em deixar meus pais viajarem em lua de mel com 25 anos de atraso? Esse egoísmo todo não é digno da época de Natal.

O gato cálico de vovô, Grunt, parecia concordar comigo que o dia estava começando de forma nada auspiciosa. Esfregou-se agressivamente contra a parte da frente do meu pescoço, colocou a cabeça em meu ombro e rosnou seu típico grunhido indicativo de "Saia da cama e me alimente, pessoa!"

Como havia perdido Langston para Benny, passei a noite em meu "cantinho da Lily" especial do apartamento de vovô. Trata-se de um divã antigo coberto por uma colcha, sob uma claraboia na cobertura que vovô transformou em seu lar de aposentado depois que vendeu a loja no térreo e minha família se mudou para o apartamento do terceiro andar, onde ele e vovó criaram minha mãe e meus tios. Vovó morreu pouco antes de eu nascer, e deve ser por isso que sou a garota especial do vovô. Fui batizada em homenagem a ela e cheguei ao apartamento de baixo na mesma época que vovô estava passando para o de cima. Portanto, apesar de ter perdido uma Lily, ganhou outra. Vovô disse que decidiu reformar o apartamento de cima para sua vida de solteiro tardia, pois subir a escada todos os dias ajudaria a mantê-lo jovem.

Cuido do gato de vovô, Grunt, quando ele vai à Flórida. Grunt é um gato ranzinza, mas atualmente gosto mais dele que de Langston. Desde que eu lhe dê comida e não cubra sua cabeça peluda com beijos indesejados demais, Grunt jamais me trocaria por um garoto. É o mais próximo de um bicho de estimação que posso ter em nosso espaço.

Quando era pequena, adotamos dois gatos chamados Holly e Hobbie, que desapareceram muito de repente. Os dois morreram de leucemia felina, mas não entendi aquilo na época. Disseram para mim que eles se formaram e foram para a "faculdade", e que era por isso que eu não os via mais. Holly e Hobbie foram para a faculdade apenas dois anos depois do incidente do hamster, então acho que entendo por que o verdadeiro motivo foi escondido de mim. Porém, muita dor teria sido poupada a todos os envolvidos se houvessem sido sinceros na época, pois, quando eu tinha 8 anos e acompanhei vovô numa visita a meu primo Mark, que era calouro na Williams College, passei o fim de semana todo correndo em direção a becos e espiando em todas as estantes da biblioteca para tentar encontrar meus gatos. Foi então que Mark precisou me contar, e no refeitório público, por que os pobrezinhos não estavam de fato na sua faculdade, ou em nenhuma outra, exceto pela grande universidade que deve existir no céu. Aí começou o incidente Escandalily, fase 2. Apenas direi que a Williams College provavelmente agradeceria se eu não me candidatasse a alguma de suas vagas no ano que vem.

Nos anos seguintes, pedi várias vezes para adotar um gatinho, cachorro, papagaio, tartaruga e um lagarto, mas todos os pedidos foram negados. E, mesmo assim, permiti que meus pais viajassem de férias no Natal, sem culpa. Quem foi o lado prejudicado aqui?, pergunto-me.

Gosto de me ver como uma pessoa otimista, principalmente nas festas, mas não podia negar a porcaria fria e cruel que esse Natal tinha virado. Meus pais curtiam em Fiji, Langston só queria saber de Benny, vovô estava na Flórida e a maioria dos primos se espalhou por toda a parte, bem longe de Manhattan. Dia 24 de dezembro, o que deveria ser o Dia Mais Empolgante Antes do Dia Realmente Mais Empolgante do Ano estava parecendo um grande *bleh*.

Acho que, a essa altura, ter amigas com quem sair seria bastante útil, mas sou confortavelmente considerada uma ninguém na escola, exceto no campo de futebol, onde sou uma superestrela. Estranhamente, meu status de goleira-que-já-salvou-muitos-jogos jamais se traduziu em popularidade. Em respeito, sim. Em convites para o cinema e socialização depois da aula, não. (Meu pai é o vice-diretor da escola, o que não deve ajudar; desconfio ser um risco político fazer amizade comigo.) Minha habilidade atlética misturada à completa apatia social são o que me fizeram ser eleita capitã do time. Sou a única pessoa que se dá bem com todo mundo; no sentido de não ser amiga de ninguém.

Na manhã da véspera de Natal, decidi que talvez devesse trabalhar nessa deficiência como resolução de Ano-Novo. Um plano menos Escandalily e mais Empolgalily. Aprender a ser mais aberta a garotas para poder contar com seu apoio nos feriados importantes, no caso de minha família voltar a me abandonar.

Não me importaria de ter uma pessoa especial com quem passar o Natal.

Mas só tinha um caderninho Moleskine vermelho.

E mesmo o Sem Nome da Brincadeira do Caderninho, embora estivesse me deixando intrigada a ponto de fazer meu corpo formigar cada vez que era alertada de que o caderninho havia sido devolvido para Ela Que Educadamente *Disse* o Nome, também era motivo de preocupação. Quando não um, não dois, mas três parentes (o primo Mark na Strand, tio Sal na Macy's e a tia-avó Ida no Madame Tussauds), sem saber uns dos outros, usavam a mesma palavra — *hostil* — para descrever o garoto enigmático do caderninho, que se acha "esotérico" e "misterioso" demais para me contar uma coisa tão simples quanto o próprio nome, eu tinha que me questionar por que estava me dando ao trabalho de ir em frente com essa brincadeira. Ninguém sequer cogitou me dizer se ele é bonito.

É errado desejar aquele tipo idealista e puro de amor como o da animação *Colagem*? Ah, como gostaria de ser o pedaço de papel levando o grampeador pela sala de reuniões, presenteando-o com vistas incríveis de arranha-céus e relatórios anuais com previsões de lucro enquanto fugiria do malvado interfone de conferência da sala de reuniões, Dante — dublado por Christopher Walken —, o investidor que planeja secretamente uma tomada hostil da empresa. Secretamente, quero ser aprisionada por Dante e salva por um heroico Swingline. Acho que quero ser... grampeada. (Isso é grosseiro de minha parte? Ou antifeminista? Não é minha intenção.)

Hostil não deve ser nenhum grampeador dos sonhos, mas acho que, talvez, eu goste dele mesmo assim. Mesmo se for presunçoso demais para me dizer seu nome.

Achei legal ele querer um *OED* de Natal. É tão nerd! Fico me perguntando como ele reagiria se soubesse que conheço um jeito de dar a ele o que quer, e de graça. Mas precisaria se provar digno do presente. Se não é capaz de sequer me dizer seu nome, não sei, não.

Meu nome é um conector entre palavras em inglês.

O que *isso* significava?!?!? Não sou Einstein, Hostil. Nem o Homem do Trem (conector da Amtrak e do metrô?), quem quer ele seja. Condutor? É esse seu nome?

A única outra coisa que quero de Natal além do OED é que você me conte o que realmente quer de Natal. Mas não um objeto, mais para um sentimento. Algo que não pode ser comprado em uma loja ou embrulhado em uma caixa bonita. Escreva no caderninho e deixe com as abelhas operárias no departamento de Faça Seu Próprio Muppet da FAO Schwartz ao meio-dia da véspera de Natal. Boa sorte. (E sim, gênio do mal, pode considerar a FAO Schwarz na véspera de Natal como vingança pela Macy's.)

O Condutor Hostil devia se considerar sortudo por esse ano ter acabado sendo o do Natal Porcaria, pois normalmente nesse dia eu estaria (1) ajudando mamãe a picar e descascar comida para a ceia de Natal na noite seguinte enquanto ouvíamos e cantarolávamos músicas natalinas, (2) ajudando papai a embrulhar presentes e a organizar a montanha que formavam ao redor da árvore, (3) perguntando-me se deveria colocar um sedativo na garrafa de água de Langston, para que ele dormisse cedo e não tivesse dificuldade em acordar às 5h da manhã para abrir presentes comigo, (4) indagando se vovô iria gostar do suéter que tricotei para ele (não muito bem, mas melhoro a cada ano, e ele o usa mesmo assim, ao contrário de Langston) e (5) torcendo e rezando para ganhar uma BICICLETA NOVINHA ou qualquer outro Grande Presente de Extravagância Comparável na manhã seguinte.

Senti calafrios quando reli que Hostil me chamara de "gênio do mal". Apesar de não ser nada disso, o elogio foi bastante pessoal, como se ele estivesse pensando em mim. Em mim *de verdade*, não na personagem do caderninho.

Depois que dei comida a Grunt, segui até a porta de vidro que levava ao jardim do apartamento do vovô para molhar as plantas. Do meu local quentinho atrás do vidro, olhei para a cidade fria, na direção norte do Empire State Building, que, à noite, deveria se acender de vermelho e verde pelo Natal. Depois olhei para o leste, para o Chysler Building em Midtown, mais perto de onde a FAO Schwarz ficava, caso decidisse aceitar o desafio. (É claro que aceitaria. A quem eu queria enganar? Escandalily bancando a difícil com uma tarefa em um Moleskine vermelho deixado para ela no Madame Tussauds? Improvável.)

Reparei que meu antigo saco de dormir estava do lado de fora; era o mesmo no qual eu e Langston nos aconchegávamos na véspera de Natal quando éramos bem pequenos e papai podia, nas palavras dele, "prender a empolgação lá dentro até o amanhecer do dia de Natal". Vi Langston e Benny abraçados no saco de dormir, com o edredom azul da cama de Langston sobre eles.

Fui lá para fora. Eles estavam acordando.

— Feliz véspera de Natal! — cantarolei alegremente. — Dormiram aqui fora esta noite? Não ouvi vocês entrarem. Devem ter congelado! Vamos fazer um grande café da manhã agora, o que acham? Ovos e torradas e panquecas e...

— Suco de laranja. — Langston tossiu. — Por favor, Lily. Vá até a loja da esquina e compre suco de laranja fresco.

Benny também tossiu.

— E equinácea!

— Dormir ao ar livre no meio do inverno não foi uma ideia muito inteligente, hein! — cacoei.

— Ontem à noite, sob as estrelas, parecia algo romântico. — suspirou Langston. Então espirrou. De novo. E de novo, dessa vez seguido de uma tosse profunda. — Faça uma sopa para nós, por favor, ursinha Lily?

Parecia que, ao se permitir ficar doente, meu irmão tinha finalmente arruinado o Natal de vez. Toda a esperança de qualquer coisa parecida com um Natal decente fora por água abaixo. Parecia também que, como ele fez a escolha de dormir ali fora com o namorado na noite anterior em vez de jogar Parole com a ursinha Lily, como ela havia pedido especificamente que fizesse e que ela especificamente fazia por ele quando precisava, o Langston doente teria que lidar com sua crise sozinho.

— Façam sua própria sopa — avisei aos rapazes. — E comprem seu próprio suco. Tenho algo a fazer em Midtown.

Virei-me para entrar e deixei os garotos com recém-adquiridos megarresfriados para trás. Idiotas. Isso ensinaria os dois a não sair para a balada quando podiam ficar em casa jogando Parole comigo.

— Você vai se arrepender disso no ano que vem, quando estiver morando em Fiji e eu ainda estiver em Manhattan, onde posso pedir comida e suco da loja da esquina a qualquer momento que queira! — exclamou Langston.

Dei meia-volta.

— Como é? O que acabou de dizer?

Langston puxou o edredom por cima da cabeça.

— Nada. Deixe para lá — murmurou.

Isso queria dizer que era coisa séria.

— DO QUE ESTÁ FALANDO, LANGSTON? — gritei, sentindo um momento de pânico Escandalily se aproximando.

Benny também enfiou a cabeça debaixo do edredom. Pude ouvi-lo dizer para Langston:

— Tem que contar a ela agora. Não pode deixá-la no vácuo assim se já deixou escapar.

— ESCAPAR O QUÊ, LANGSTON?

Estava quase prestes a chorar. Mas tinha decidido tentar ser menos Escandalily como resolução de Ano-Novo e, apesar de ainda faltar uma semana, sentia que precisava começar em algum momento. Esta era uma hora tão boa quanto qualquer outra. Tentei me manter forte, tremendo… mas não chorando.

A cabeça de Langston emergiu de sob o edredom.

— Nossos pais estão em Fiji para a segunda lua de mel, mas também para visitar um colégio interno que ofereceu ao papai um emprego de diretor para os próximos dois anos.

— Mamãe e papai jamais iriam querer morar em Fiji! — rebati, furiosa. — Paraíso das férias, talvez. Mas as pessoas não *moram* lá.

— Muita gente mora lá, Lily. E essa escola atende crianças como papai já foi, com pais no serviço diplomático, como na Indonésia e na Micronésia...

— Pare com todas essas ésias! — cortei. — Por que pais diplomatas mandariam os filhos para uma escola idiota em Fiji?

— É uma escola incrível, pelo que ouvi. É para pais que não querem mandar os filhos para escolas nos lugares onde estão trabalhando, mas também não querem mandá-las para muito longe, como os Estados Unidos ou a Inglaterra. Para eles, é uma boa alternativa.

— Eu não vou — anunciei.

Langston prosseguiu:

— Seria uma boa oportunidade para mamãe também. Ela poderia tirar um ano sabático e se dedicar à pesquisa e ao livro.

— Eu não vou — repeti. — Gosto de morar aqui em Manhattan. Posso morar com vovô.

Langston puxou o edredom por cima da cabeça novamente.

O que só poderia significar que havia algo a mais na história.

— O QUÊ?!?!? — exigi, agora sentindo medo de verdade.

— Vovô vai pedir vovló em casamento. Na Flórida.

Vovló, como gosta de ser chamada, é a namorada da Flórida de vovô e o motivo pelo qual ele nos abandonou no Natal. Grunhi:

— O nome dela é Mabel! Nunca vou chamá-la de vovló!

— Chame-a do que quiser, mas ela vai ser a Sra. Vovô em breve. E quando isso acontecer, meu palpite é de que ele vai se mudar para lá de uma vez por todas.

— Não acredito em você.

Langston se sentou, e consegui ver seu rosto. Mesmo doente, era pateticamente sincero.

— Acredite.

— Por que ninguém me contou?

— Estavam tentando proteger você; não causar preocupação até terem certeza de que essas coisas iriam mesmo acontecer.

Foi assim que Escandalily nasceu, de pessoas se esforçando tanto para me "proteger".

— QUE PROTEJAM ISSO! — gritei, enquanto levantava o dedo do meio para Langston.

— Escandalily! — repreendeu-me. — Isso não é nem um pouco sua cara.

— O que é a minha cara? — questionei.

Saí da varanda batendo os pés, rosnei para o pobre Grunt, que estava lambendo as patas depois de seu café da manhã, e continuei batendo os pés escada abaixo, até *meu* apartamento, *meu* quarto, na *minha* cidade: Manhattan.

— Ninguém vai me mandar para Fiji — murmurei, enquanto me vestia para sair.

Não conseguia pensar nessa catástrofe de Natal. Não conseguia. Aquilo era demais.

Sentia-me especialmente grata agora por ter o Moleskine vermelho em quem confiar. Só de saber que Hostil estava do outro lado para ler, e possivelmente se importar, inspirava minha caneta a se mover mais rápido em resposta à pergunta dele. Enquanto esperava o metrô para seguir para o destino de Hostil em Midtown, tive bastante tempo livre no banco na estação Astor Place, pois o notoriamente lento metrô da linha 6 parecia levar sua costumeira eternidade para chegar.

Escrevi:

O *que quero de Natal é acreditar.*

Quero acreditar que, apesar de todas as evidências em contrário, há motivo para se ter esperança. Escrevo isso enquanto um sem-teto dorme no chão sob um cobertor sujo a poucos metros do banco onde estou sentada, na estação do metrô Astor Place, onde consigo ver, no sentido sul, do outro lado dos trilhos, a entrada do Kmart. Isso é relevante? Na verdade, não, só que, quando comecei a escrever isto para você, reparei nele e parei de escrever por tempo o suficiente para correr até o Kmart e comprar para o homem um saco de minichocolates Snickers, que empurrei para baixo do seu cobertor. Isso me deixou ainda mais triste, porque os sapatos dele estão muito gastos, e ele está sujo e fedido, e acho que esse saco de Snickers não vai fazer muita diferença para esse cara, no fim das contas. Os problemas dele são bem maiores do que aquilo que um saco de Snickers possa resolver. Não entendo como processar essas coisas, às vezes. Aqui em Nova York, vemos tanto esplendor e grandiosidade, principalmente nessa época do ano, mas também vemos tanto sofrimento... Todas as outras pessoas aqui na plataforma estão ignorando esse cara, como se não existisse, e não sei como isso é possível. Quero acreditar que não é loucura ter esperanças de que ele vai acordar e um assistente social vai levá-lo a um abrigo para tomar um banho quente, fazer uma refeição e dormir em uma cama, e que o assistente social vai ajudá-lo a conseguir um emprego e um apartamento e... Está vendo? É coisa demais para processar. Toda essa esperança por alguma coisa — ou alguém — que talvez seja irreal.

Estou tendo dificuldade para entender no que devo acreditar, e mesmo se devo acreditar. Há informações demais, e não gosto da maior parte delas.

Mesmo assim, por algum motivo que toda evidência científica deveria tornar impossível, sinto que realmente tenho esperança. Tenho esperança de que o aquecimento global acabe. De que as pessoas não fiquem sem teto. Tenho esperança de que o sofrimento não exista. Quero acreditar que minha esperança não é em vão.

Quero acreditar que, apesar de ter esperança em relação a coisas tão magnânimas (boa palavra do OED, hein?), não sou uma pessoa ruim só porque aquilo em que realmente quero acreditar é puramente egoísta.

Quero acreditar que existe alguém por aí só para mim. Quero acreditar que existo para estar aqui para esse alguém.

Você se lembra de Franny e Zooey (que, suponho, tenha lido e adorado, considerando onde encontrou o Moleskine na Strand), no qual Franny era uma garota dos anos 1950 que surtou sobre o sentido da vida, pois achava que ele estava embutido em uma oração sobre a qual alguém havia contado a ela? E apesar de nem ela nem seu irmão Zooey nem a mãe deles entenderem pelo que Franny estava passando, acho que eu entendi. Pois gostaria do sentido da vida explicado para mim em uma oração, e eu provavelmente surtaria também se achasse que a possibilidade de obter essa oração existisse, mas estivesse fora do meu alcance de compreensão. (Principalmente se ser Franny significasse que poderia usar lindas roupas vintage, embora eu esteja em dúvida se gostaria de ter um namorado chamado Lane, que é possivelmente meio babaca, mas que faz com que as pessoas me admirem por estar com ele; acho que preferiria estar com alguém mais... er... misterioso.) No final do livro, quando Zooey liga para Franny fingindo ser o irmão deles, Buddy, tentando animá--la, tem uma fala em que ele menciona Franny indo até o telefone e ficando "mais jovem a cada passo", porque ela está passando para o outro lado. Ela vai ficar bem. Pelo menos, foi isso que achei que significava.

Eu quero isso. Ficar mais jovem a cada passo por causa da expectativa, da esperança e da crença.

Com ou sem oração, quero acreditar que, apesar de todas as evidências do contrário, é possível para qualquer pessoa encontrar

*aquele alguém especial. A pessoa para passar o Natal com, ou
para envelhecer com, ou apenas para fazer uma caminhada
boba no Central Park com. Uma pessoa que não julgaria a outra
pelas preposições mal posicionadas no final das frases, nem pelas
frases mal conectadas, e que por sua vez não fosse ser julgada por
esnobismo das inclinações da etimologia linguística. (Peguei você
com as escolhas de palavras, não é? Eu sei, às vezes surpreendo
até a mim mesma.)*

*Crença. É isso que quero de Natal. Pesquise. Talvez haja
mais significado aí do que consigo entender. Quem sabe você pode
me explicar?*

Continuei escrevendo no caderninho quando o metrô chegou, e terminei minha parte bem na hora que chegamos na 59
com Lex. Quando os zilhões de pessoas saíram comigo do metrô e subiram para a Bloomingdale's ou para a rua, concentrei-me em não pensar no que estava determinada a não pensar.

Mudança. Nos dois sentidos.

Só que não estava pensando nisso.

Desviei da Bloomingdale's e estava indo direito para a FAO
Schwartz quando me dei conta do que Hostil quis dizer com
"vingança". Uma fila na rua, em frente à loja, me recebeu. Uma
fila só para *entrar* na loja! Tive que esperar vinte minutos para
chegar à porta.

Mas não importa, eu amo o Natal, amo mesmo mesmo mesmo, não ligo de estar espremida entre dois milhões de consumidores natalinos em pânico, não, não ligo nem um pouco; adorei
cada momento da experiência depois que entrei: os sinos tocando nos alto-falantes, a empolgação de disparar o coração ao
ver todos os brinquedos e jogos coloridos em um ambiente tão
grandioso. Corredor após corredor e andar após andar de densa
experiência divertida^{divertida}. Hostil já devia me conhecer bem,

talvez em algum nível psíquico, se me mandou à FAO Schwarz, apenas a meca de tudo que há de Grande e Lindo nas festas. Hostil deve amar o Natal tanto quanto eu, concluí.

Fui até o balcão de informações.

— Onde fica a Oficina "Faça Seu Próprio Muppet"? — perguntei.

— Desculpe — disse a pessoa do balcão. — A oficina de Muppets está fechada durante as festas. Precisávamos do espaço para a estante de bonecos de *Colagem*.

— Há bonecos de folhas de papel e grampeadores? — questionei. Como não pensei em incluir isso na minha lista para o Papai Noel?

— Sim. Uma dica: vai ter mais sorte em encontrar os Fredericos e os Dantes na Office Max da Terceira Avenida. Eles acabaram aqui no primeiro dia de venda. Mas você não ouviu isso de mim.

— Mas, por favor — insisti. — Tem que haver uma oficina de Muppets aqui hoje. O Moleskine dizia que tinha.

— Como?

— Deixe para lá. — suspirei.

Passei pela Loja de Doces e pela Sorveteria e pela Galeria da Barbie. Subi e passei por todos os brinquedos de armas e mundos de guerra de Lego, percorri labirintos de gente e de produtos até ir parar no canto do filme *Colagem*.

— Por favor — falei para a vendedora. — Tem uma oficina de Muppets por aqui?

— Não mesmo — grunhiu. — Isso é em *abril*.

Ela falou isso com o desprezo de quem diz *Dã, quem* não *sabe disso?*

— Perdão! — exclamei.

Torci para que os pais de alguém *a* mandassem para Fiji no Natal seguinte.

Estava prestes a desistir e ir embora da loja, com minha crença no Moleskine derrotada, quando senti uma batidinha no ombro. Virei-me e encontrei uma garota que parecia ser universitária, vestida como Hermione Granger. Supus que fosse funcionária da loja.

— Você é a garota que está procurando a oficina de Muppets? — perguntou.

— Sou?

Não sei por que respondi àquilo com uma pergunta, exceto pelo fato de que não queria que Hermione soubesse de meus interesses. Sempre me ressenti de Hermione, pois queria tanto ser ela, e ela nunca parecia apreciar tanto quanto eu achava que deveria o fato de poder ser quem era. Ela teve a oportunidade de morar em Hogwarts e ser amiga de Harry e beijar Rony, o que deveria acontecer comigo.

— Venha comigo — exigiu Hermione.

Como seria burrice não fazer o que uma garota inteligente como Hermione mandava, deixei que me guiasse até o canto mais distante e escuro da loja, onde ficavam as coisas para as quais ninguém ligava mais, como massinha Silly Putty e o jogo Parole. Paramos em frente a uma prateleira gigante de girafas de pelúcia, e ela tateou a parede atrás dos animais. De repente, a parede se abriu, pois na verdade era uma porta camuflada pelas girafas (*giraflada?* — preciso botar esse termo no *OED*).

Segui Hermione para dentro de uma salinha pequena como um armário, onde uma mesa com cabeças e partes de Muppet (olhos, narizes, óculos, camisas, cabelos etc.) estava montada. Um adolescente que parecia um chihuahua humano, agitadamente compacto, mas com ar grandioso, sentado a uma mesa de cartas, aparentemente me esperava.

— É VOCÊ! — disse ele, apontando para mim. — Não se parece com o que eu pensava, mesmo não imaginando realmente como você seria!

A voz dele até mesmo parecia a de um chihuahua: trêmula e hiperativa ao mesmo tempo, mas, de certa forma, cativante.

Minha mãe sempre me ensinou que não era educado apontar para os outros.

Mas como ela estava em Fiji em sua própria missão secreta, e não aqui para chamar minha atenção, apontei de volta para o garoto.

— Sou EU! — falei.

Hermione nos pediu para falarmos baixo.

— Por favor, baixem as vozes e sejam discretos! Só posso deixar que usem a sala por 15 minutos. — Ela me inspecionou com desconfiança. — Você não fuma, não é?

— É claro que não!

— Não tentem nada. Pensem nesse armário como um banheiro de avião. Façam o que têm que fazer, mas saibam que detectores de fumaça e outros aparelhos os estão monitorando.

O garoto exclamou:

— Alerta de terrorista! Alerta de terrorista!

— Cale a boca, Boomer — disse Hermione. — Não a assuste.

— Você não me conhece bem o bastante para me chamar de Boomer — rebateu Boomer (aparentemente). — Meu nome é John.

— Minhas instruções diziam *Boomer*, Boomer — retrucou Hermione.

— Boomer — interrompi. — Por que estou aqui?

— Você tem um caderninho para devolver a alguém? — perguntou.

— Talvez. Qual é o nome dele? — interpelei.

— Informação proibida!

— Sério? — suspirei.

— Sério! — afirmou.

Olhei para Hermione na esperança de invocar alguma solidariedade feminina. Ela balançou a cabeça negativamente.

— Hã-hã. Não vai arrancar nada de mim.

— Então qual é o sentido disso tudo? — perguntei.

— É Fazer Seu Próprio Muppet! — respondeu Boomer. — Preparado especialmente para você. Seu amigo especial planejou isso.

Meu dia estava muito ruim até o momento, e, apesar das aparentes boas intenções, eu não tinha certeza se estava com vontade de brincar. Nunca desejei um cigarro na vida, mas, de repente, quis acender um, ao menos para disparar o alarme que poderia me tirar daquela situação.

Havia coisa demais em que não pensar. Estava cansada de não pensar em tudo. Queria ir para casa e ignorar meu irmão e ver *Agora seremos felizes* e chorar quando a pequena e doce Margaret O'Brien destrói o boneco de neve em pedacinhos (melhor parte). Queria não pensar em Fiji nem na Flórida, e em mais nada nem ninguém. Se "Boomer" não revelaria o nome de Hostil e provavelmente mais nada sobre ele, qual era o sentido de eu estar ali?

Como se soubesse que eu talvez precisasse de uma injeção de ânimo, Boomer me entregou uma caixa de Sno-Caps. É meu doce de cinema favorito.

— Seu amigo — anunciou Boomer. — Ele mandou isso para você. Como depósito para um presente maior em potencial.

Ok ok ok, vou brincar. (*Hostil me mandou doces! Ah, pode ser que eu o ame!*)

Sentei-me à mesa. Decidi fazer um Muppet que parecesse com o que imaginava ser a aparência de Hostil. Escolhi uma cabeça e um corpo azul, pelo preto na forma de um penteado Beatles-começo-de-carreira, óculos pretos estilo Buddy Holly (não muito diferentes dos meus) e uma camisa roxa de boliche. Colei um nariz rosa a la Grover, no formato de uma bola de golfe peluda. Em seguida, cortei feltro vermelho para fazer os lábios em um esgar hostil, e os coloquei na posição da boca.

Lembrei-me de quando tinha 10 anos, não muito tempo atrás, agora que penso nisso, e amava ir até o salão de beleza da loja American Girl para ajeitar o cabelo de minha boneca, e de que uma vez perguntei para o gerente se poderia criar minha própria American Girl. Já tinha decidido como seria: LaShonda Jones, campeã de roller boogie de 12 anos nascida em Skokie, Illinois, por volta de 1978. Sabia a história dela e que roupas usaria, e tudo mais. Porém, quando perguntei ao gerente da loja se eles me ajudariam a criar LaShonda bem ali, dentro do palácio da American Girl, ele me olhou com uma expressão de sacrilégio tão grande que parecia que eu era uma revolucionária júnior perguntando se podia explodir a Mattel, a Hasbro, a Disney e a Milton Bradley ao mesmo tempo.

Ainda que o nome dele fosse informação confidencial, eu estava com vontade de abraçar Hostil. Ele inadvertidamente fez um de meus sonhos secretos virar realidade ao me permitir montar meu próprio boneco em uma meca dos brinquedos.

— Você joga futebol? — perguntou Hermione, enquanto dobrava as roupas que não usei no meu Muppet. As dobras dela eram tão profissionais que me perguntei se seria funcionária emprestada da Gap.

— Sim — respondi.

— Sabia. Sou caloura na faculdade agora, mas ano passado, quando estava no terceiro ano, acho que minha escola jogou contra a sua. Lembro-me de você porque seu time não é dos melhores, mas você é uma goleira tão incrível que não importava muito o quanto o resto de seu time parecia mais interessado em retocar o gloss labial que em jogar, porque estava realmente determinada a não deixar o outro time marcar. Você é capitã, não é? Eu também era.

Estava prestes a perguntar a Hermione em que escola jogou, quando ela soltou isto:

— Você é diferente de Sofia. Mas talvez com uma aparência mais interessante. Está usando a camisa do uniforme por baixo desse cardigã de rena? Estranho. Sofia usa roupas lindas. Ela é da Espanha. Você fala catalão?

— *No.*

Falei "não" em catalão, mas como a palavra tem o mesmo som em inglês, Hermione não reparou.

Estava começando a me perguntar que língua era falada em Fiji.

— Acabou o tempo! — anunciou Hermione.

Ergui meu Muppet.

— Batizo-lhe Hostil — falei para o boneco, então o entreguei ao cara chamado Boomer. — Dê isso Àquele de Nome Inconhecível. — Também lhe passei o Moleskine vermelho. — Isto também. E não leia o caderninho, Boomer. É particular.

— Não vou ler! — prometeu.

— Acho que vai sim — murmurou Hermione.

Eu tinha tantas perguntas.

Por que não posso saber o nome dele?

Como ele é?

Quem diabos é Sofia, e por que ela fala catalão?

O que estou fazendo aqui?

Concluí que receberia respostas pelo caderninho se Hostil decidisse prosseguir com o jogo.

Como vovô não estava aqui para me levar em meu passeio favorito de Natal, as casas muito *muuuuuuito* decoradas demais em Dyker Heights, Brooklyn, que nessa época do ano estavam iluminadas de forma tão extrema que o bairro provavelmente podia ser visto do espaço, achei que o mínimo que Hostil poderia fazer seria ir até lá e me contar sobre a experiência. Já o havia desafiado no caderno, deixando um nome de rua em Dyker Heights e as palavras: *A casa quebra-nozes.*

Percebi que estava com vontade de acrescentar algo às instruções que colocara no caderno, e tentei pegá-lo de Boomer.

— Ei! — protestou ele, tentando bloquear o acesso ao meu próprio Moleskine. — Isso é meu.

— Não é seu — repreendeu Hermione. — Você é só o mensageiro, Boomer.

Capitãs de futebol cuidam umas das outras.

— Só quero acrescentar uma coisa — expliquei a Boomer. Tentei delicadamente pegar o caderninho de sua mão, mas ele não o soltou. — Vou devolver. Prometo.

— Promete? — perguntou ele.

— Acabei de falar "Prometo"!

Hermione contemporizou:

— Ela falou "Prometo"!

— Promete? — repetiu Boomer.

Estava começando a entender como John ganhara aquele apelido.

Hermione arrancou o caderninho da mão de Boomer e o entregou a mim.

— Ande logo, antes que surte. Isso é responsabilidade demais para ele.

Rapidamente, depois das palavras *A casa quebra-nozes,* acrescentei uma linha:

Leve o Muppet Hostil. Ou não.

sete

–Dash–

24 de dezembro/25 de dezembro

Boomer se recusou a me contar qualquer coisa.

— Ela era alta?

Ele balançou a cabeça.

— Então era baixa?

— Não, não vou contar.

— Bonita?

— Não vou contar.

— Dantescamente atroz?

— Não contaria nem se soubesse o que isso quer dizer

— O cabelo louro encobria seus olhos?

— Não... espere, você está tentando me enganar, não está? Não vou dizer nada, só que ela queria que eu desse isso a você.

Junto ao caderninho havia... um Muppet?

— Parece que Animal e Miss Piggy fizeram sexo — comentei. — E essa foi a cria.

— Meus olhos! — gritou Boomer. — Meus olhos! Não consigo parar de visualizar a cena agora que você falou!

Olhei para o relógio.

— Você deveria voltar para casa antes que sirvam o jantar — alertei.

— Sua mãe e Giovanni vão voltar logo? — perguntou Boomer, ao que assenti. — Abraço de Natal!

E fui imediatamente enredado no que só podia ser chamado de abraço de Natal.

Sabia que isso deveria afetar meus sentimentos mais íntimos. Mas nada associado à cultura do Natal era capaz de fazer isso comigo. Não que eu fosse um impostor; realmente abracei Boomer com intenção em cada aperto. Mas já estava pronto para ficar com o apartamento só para mim de novo.

— Vejo você no dia seguinte ao Natal para aquela festa, certo? — perguntou Boomer. — É no dia 27?

— 26.

— É melhor eu anotar.

Ele pegou uma caneta na mesinha ao lado da porta e escreveu 26 no braço.

— Não precisa anotar o que tem no dia 26? — questionei.

— Ah, não. Vou me lembrar disso. É a festa da sua namorada!

Poderia tê-lo corrigido, mas sabia que ia acabar precisando fazer isso de novo mais tarde.

Quando Boomer saiu do prédio, apreciei o luxo do silêncio. Era véspera de Natal, e eu não tinha que estar em nenhum lugar. Tirei os sapatos. Tirei a calça. Achando graça nisso, tirei a camisa também. E a cueca. Andei de aposento em aposento, nu como vim ao mundo, mas sem o sangue e o líquido amniótico. Era estranho; já havia ficado sozinho em casa várias vezes, mas jamais andara pela casa pelado. Senti um pouco de frio, mas também foi divertido. Acenei para os vizinhos. Tomei um iogurte. Coloquei a trilha sonora de *Mamma Mia* da minha mãe e girei um pouco. Tirei um pouco do pó dos móveis.

E, então, me lembrei do caderno. Não parecia certo abrir o Moleskine pelado. Portanto, recoloquei a cueca. E a camisa (desabotoada). E a calça.

Lily merecia um pouco de respeito, afinal.

O que ela escrevera me surpreendeu muito. Principalmente a parte sobre Franny. Pois sempre tive uma quedinha por Franny. Como a maioria dos personagens de Salinger, dava para sentir que não seria tão desajustada se tanta merda não ficasse acontecendo com ela. Não dava para querer que acabasse com Lane, que era um idiota sem sal. Se fosse para Yale, a vontade era de que ela botasse fogo no lugar.

Sabia que estava começando a confundir Lily com Franny. Só que Lily não se apaixonaria por Lane. Ela se apaixonaria por... Bem, não fazia ideia de por quem ela se apaixonaria, e nem se ele, por acaso, pareceria comigo.

Acreditamos nas coisas erradas, escrevi, usando a mesma caneta que Boomer usou no braço. *É isso o que mais me frustra. Não a falta de crença, mas a crença nas coisas erradas. Você quer sentido? Os sentidos estão por aí. Mas somos bons demais em lê-los da forma errada.*

Queria parar aí. Mas fui em frente.

Isso não será explicado para você em uma oração. E não vou poder explicar isso para você. Não só porque sou tão ignorante e esperançoso e seletivamente cego quanto qualquer pessoa, mas porque acho que sentido é uma coisa que não pode ser explicada. Você precisa entender sozinha. É como quando você começa a ler. Primeiro, aprende as letras. Depois, quando sabe quais sons as letras fazem, os usa para descobrir o som das palavras. Você sabe que g--a-t-o leva a gato e c-ã-o leva a cão. Mas aí você precisa dar o salto adicional para entender que a palavra, o som, o "gato" está ligado a um gato de verdade, e que "cão" está ligado a um cão de verdade. É esse salto, essa compreensão, que leva ao sentido. E, em boa parte do tempo na vida, ainda estamos apenas descobrindo o som das coisas. Conhecemos as frases e como dizê-las. Conhecemos as ideias e como apresentá-las. Conhecemos as orações e que palavras dizer em que ordem. Mas isso é apenas ortografia.

Não é minha intenção que isso pareça desesperançoso. Porque, da mesma forma que uma criança consegue entender o que "g-a-t-o" quer dizer, acho que conseguimos encontrar as verdades que vivem por trás de nossas palavras. Gostaria de lembrar-me do momento quando, criança, descobri que as letras se uniam em palavras, e que as palavras se ligavam a coisas de verdade. Que revelação deve ter sido. Não temos palavras para isso, pois não tínhamos aprendido palavras ainda. Deve ter sito surpreendente receber a chave do reino e vê-la girar em nossas mãos com tanta facilidade.

Minhas mãos estavam começando a tremer um pouco. Pois não sabia que sabia essas coisas. Ter um caderninho onde escrevê-las e alguém para quem escrever fez com que todas elas emergissem.

Havia outra coisa também, o *Quero acreditar que existe alguém por aí só para mim. Quero acreditar que existo para estar aqui para esse alguém.* Precisava admitir que isso não era preocupante para mim. O resto parecia tão maior. Mas ainda tinha desejo suficiente por esse conceito para não querer descartá-lo completamente. O que isso queria dizer: não queria contar a Lily que achava que tínhamos sido enganados por Platão e sua ideia de alma gêmea. Só para o caso de ela ser a minha.

Coisa demais. Cedo demais. Rápido demais. Coloquei o caderninho na mesa e andei pelo apartamento. O mundo estava cheio demais de falastrões e ladinos, sacripantas e espiões, e todos faziam o uso errado da palavra, faziam tudo que era dito ou escrito parecer suspeito. Talvez fosse isso o que mais me incomodava quanto a Lily nesse momento: a confiança exigida no que estávamos fazendo.

É bem mais difícil mentir olhando na cara de alguém.

Mas.

Também é bem mais difícil falar a verdade na cara de alguém.

Me faltaram palavras, na medida em que eu não tinha certeza se conseguiria encontrar palavras que não faltariam com ela. Portanto, coloquei o caderninho na mesa e pensei no endereço que ela me deu (não fazia ideia de onde ficava Dyker Heights) e no Muppet sinistro que o acompanhava. *Traga o Muppet Hostil*, escrevera ela. Eu gostava do som do *traga*. Parecia uma comédia de costumes.

— Pode me contar como ela é? — perguntei a Hostil.

Ele só me olhou com hostilidade. Não ajudou.

Meu celular tocou. Era minha mãe, querendo saber como foi a véspera de Natal na casa de meu pai. Falei que foi bom e perguntei se ela e Giovanni estavam tendo um jantar tradicional de véspera de Natal. Ela deu uma risadinha e disse que não, que não havia nenhum peru por perto, e que por ela estava ótimo. Gostei do som da risadinha. Filhos não ouvem os pais darem risadinhas com frequência, se você quer saber, então deixei que ela desligasse antes de sentir necessidade de passar para Giovanni, a fim de que disparasse saudações levianas. Sabia que meu pai só ligaria no dia de Natal; ele só ligava quando a obrigação ficava tão óbvia que até um gorila a perceberia.

Imaginei como seria se minha mentira fosse verdade, ou seja, se eu estivesse com meu pai e Leeza naquele momento, em algum "retiro de ioga" na Califórnia. Eu achava que ioga era uma coisa *da qual* se retirar, não *na qual* se retirar, então, na imagem mental, eu aparecia sentado de pernas cruzadas com um livro aberto no colo enquanto todo mundo fazia a pose do avestruz de pernas abertas. Já havia tirado férias com meu pai e Leeza uma vez nos dois anos e pouco em que estavam juntos, e isso envolveu um redundantemente nomeado "spa resort" e o flagra que dei nos dois se beijando com máscaras de lama. Isso bastou por uma vida inteira; e pelas três ou quatro que virão.

Minha mãe e eu tínhamos decorado a árvore antes que ela e Giovanni viajassem. Apesar de não gostar do Natal, tinha uma certa satisfação com a árvore; todos os anos, selecionávamos nossas infâncias e espalhávamos pelos galhos. Não falei nada, mas minha mãe sabia que Giovanni não merecia participar disso. Éramos só ela e eu, separando a cadeira de balanço do tamanho da palma da mão que minha bisavó fez para a casa de bonecas da minha mãe e pendurando-a em uma fita, depois pegando o paninho velho e gasto de quando eu era bebê, com o rosto de leão ainda aparecendo no meio da floresta desenhada, e equilibrando no pinheiro. Todos os anos, acrescentávamos alguma coisa, e este ano fiz minha mãe rir quando escolhi um dos bens mais valiosos do meu eu mais novo: uma minigarrafa de Canadian Club que ela bebeu rapidamente em um voo para visitar meus avós paternos e que fiquei segurando (impressionado) pelo resto da viagem.

Era uma história engraçada, e eu queria contá-la a Lily, a garota que mal conhecia.

Mas deixei o caderninho como estava. Sabia que poderia ter abotoado a camisa, calçado os sapatos e ido para a misteriosa Dyker Heights. Mas meu presente para mim mesmo naquela véspera de Natal era um retiro completo do mundo. Não liguei a TV. Não liguei para nenhum amigo. Não verifiquei meu e--mail. Nem olhei pela janela. Só o que fiz foi apreciar a solidão. Se Lily queria acreditar que havia alguém lá fora só para ela, eu queria acreditar que poderia ser alguém aqui dentro só para mim. Fiz meu jantar. Comi devagar, tentando sentir o gosto da comida. Peguei *Franny e Zooey* e apreciei sua companhia novamente. Depois, dancei com minha estante, colocando e tirando, colocando e tirando: um poema de Marie Howe, uma história de John Cheever. Um antigo ensaio de E. B. White, depois uma passagem de *The Trumpet of the Swan*. Fui para o quarto da minha mãe e li algumas das páginas cuja orelha ela marcara;

sempre fazia isso quando lia uma frase de que gostava, e cada vez que eu abria o livro, tinha que tentar descobrir qual frase teria lhe causado tamanho impacto. Talvez a citação de Logan Pearsall Smith, "A busca infatigável de uma perfeição inatingível, apesar de consistir de nada mais que bater em um piano velho, é o que nos dá sentido à vida nessa estrela fútil", da página 202 de *Bar doce lar*, de J. R. Moehringer? Ou, algumas linhas abaixo, a mais simples "Ficar sozinho não tem nada a ver com a quantidade de pessoas ao redor"? Em *Foi apenas um sonho*, de Richard Yates, teria sido "Ele admirou a delicadeza antiga dos prédios e o jeito como as lâmpadas de rua criavam explosões suaves de luz verde nas árvores à noite"? Ou "O local o encheu de uma sensação de sabedoria, pairando quase ao seu alcance, de preparada graça indescritível e esperando logo além da esquina, mas ele andou até cansar pelas ruas azuis infinitas, e todas as pessoas que sabiam viver guardaram o segredo sedutor só para si"? Na página 82 de *O encontro*, de Anne Enright, fora "Mas não é só o sexo ou a lembrança do sexo que me faz pensar que amo Michael Weiss do Brooklyn agora, 17 anos tarde demais. É a forma como ele se recusou a mandar em mim, por mais que eu quisesse ser mandada. Foi o jeito como ele não tomou posse de mim, apenas aceitava se encontrar comigo e, mesmo assim, na metade do caminho". Ou, quem sabe, "Acho que estou pronta para isso agora. Acho que estou pronta para ser encontrada"?

Passei horas fazendo isso. Não falei nada, mas não estava consciente de meu silêncio. O som da minha vida, da minha vida interna, era só o que eu precisava.

Parecia um feriado, mas que nada tinha a ver com Jesus, ou com o calendário, ou com o que qualquer outra pessoa no mundo estivesse fazendo.

Antes de ir para a cama, voltei para a rotina de sempre: abrir meu (infelizmente, resumido) dicionário ao lado da cama e tentar encontrar uma palavra que pudesse amar.

liquescente, *adj. 2g.* 1. que se torna ou tende a tornar-se líquido 2 MÚS. que apresenta liquescência • etim. lat. *Liquescens, entis,* part. pres. lat. de *liquesço, is, ĕre* 'fundir-se, tornar-se líquido, derreter'; ver *liqu-*

Liquescente. Tentei me fazer adormecer repetindo aquilo. Só quando estava quase dormindo foi que me dei conta do que fiz.

Ao abrir o dicionário aleatoriamente, parei a poucas páginas de *Lily.*

Não havia deixado leite nem biscoitos para o Papai Noel. Não tínhamos chaminé; não havia nem lareira. Não fizera lista e nem recebera certificações de ter sido bonzinho. E, no entanto, quando acordei, por volta do meio-dia, ainda assim havia presentes da minha mãe esperando por mim.

Desembrulhei-os um a um debaixo da árvore, pois sabia que era assim que ela gostaria que eu fizesse. Senti saudades dela nessa hora, apenas por aqueles dez minutos, apenas para que pudesse lhe dar presentes também. Não havia nada surpreendente escondido naqueles embrulhos: alguns livros que eu queria, um eletrônico ou dois para acrescentar certa diversidade e um suéter azul que não era muito feio.

— Obrigado, mãe — falei para o ar, pois ainda era cedo demais para incomodá-la onde estava.

Perdi-me imediatamente em um dos livros e só voltei quando o telefone tocou.

— Dashiell? — chamou meu pai, como se alguma outra pessoa com minha voz pudesse estar atendendo o telefone naquele apartamento.

— Sim, pai.

— Leeza e eu queremos desejar um feliz Natal.

— Obrigado, pai. Para vocês também.

[pausa constrangedora]

[pausa ainda mais constrangedora]

— Espero que sua mãe não esteja te dando trabalho.

Ah, pai, amo quando faz esse joguinho.

— Ela me disse que, se limpar as cinzas da lareira, posso ajudar minhas irmãs a se arrumarem para o baile.

— É Natal, Dashiell. Não pode parar um pouco com o sarcasmo?

— Feliz Natal, pai. E obrigado pelos presentes.

— Que presentes?

— Perdão. Eram todos da mamãe, não eram?

— Dashiell...

— Tenho que desligar. Os homens-biscoito estão queimando.

— Espere... Leeza quer desejar um feliz Natal.

— A fumaça está ficando bastante densa. Tenho mesmo que desligar.

— Bem, feliz Natal.

— É, pai. Feliz Natal.

Concluí que tinha pelo menos um oitavo de culpa por ter atendido o telefone. Mas só queria acabar logo com tudo e, agora, havia conseguido; estava tudo bastante acabado. Gravitei na direção do caderninho vermelho e quase comecei a descarregar nele, mas percebi que não queria aborrecer Lily com o que estava sentindo, não agora. Só estaria passando a injustiça à frente, e Lily estaria ainda mais impotente para impedir o que tinha acontecido do que eu.

Eram apenas cinco horas, mas já estava escuro lá fora. Decidi que havia chegado o momento de ir a Dyker Heights.

Isso envolvia pegar a linha D do metrô para mais longe do que jamais havia ido na vida. Depois das multidões enlouquecidas da semana anterior, a cidade estava quase vazia no dia de Natal. As únicas coisas abertas eram caixas eletrônicos, igrejas, restaurantes chineses e cinemas. Todo o resto estava escuro, dormindo à espera do fim das festas. Até o metrô parecia ter sido esvaziado; só havia algumas pessoas espalhadas pela plataforma, uma fila esparsa de passageiros nos assentos. Sim, havia sinais de que era Natal: garotinhas adorando seus vestidinhos e garotinhos parecendo aprisionados pelos ternos pequeninos. O contato visual era recebido com simpatia em vez de hostilidade. Mas, para um lugar que vivia lotado de turistas, não havia um guia à vista, e todas as conversas aconteciam em voz baixa. Li meu livro de Manhattan até o Brooklyn. Mas, quando o metrô emergiu, parei para olhar pela janela, roubando vislumbres de casas de família conforme passávamos.

Ainda não sabia como encontrar a casa quebra-nozes. Porém, ao chegar à estação do metrô, tive uma ideia. Um número desproporcional de passageiros desceu comigo, e todos pareciam estar indo na mesma direção: amontoados de famílias, casais de mãos dadas, pessoas idosas em peregrinação. Fui atrás.

No começo, parecia haver uma coisa estranha no ar, que dava a ele uma aura de eletricidade, como na Times Square. Só que não estávamos nem perto da Times Square, então aquilo não fazia muito sentido... até eu começar a ver as casas, cada uma mais eletrificada que a outra. Aqui não havia amadores no quesito iluminação de Natal. Era um espetáculo espetacular de ornamentação de gramados e de casas. Até onde se via, todas as casas estavam repletas de luzes. Luzes de todas as cores, de todas as formas. Contornos de renas e de Papai Noel com o trenó. Caixas com laços, ursinhos de pelúcia, bonecas enormes, tudo feito com luzes de Natal. Se José e Maria tivessem iluminado a manjedoura dessa forma, ela teria sido vista até em Roma.

Ao observar aquilo, tive sentimentos muito contraditórios. Por um lado, era um mau uso impressionante de energia, um atestado do engenhoso desperdício que o Natal norte-americano inspira. Por outro lado, era incrível ver a comunidade iluminada assim, pois fazia com que parecesse mesmo uma comunidade. Dava para imaginar todo mundo arrumando as luzes no mesmo dia e fazendo uma festa no quarteirão ao prendê-las. As crianças andavam hipnotizadas pelo que viam, como se os vizinhos tivessem virado, de repente, executores de magia incrível. Havia tanta conversa acontecendo quanto havia luzes, e nada daquilo me envolvia, mas fiquei feliz de estar rodeado por esses elementos.

A casa quebra-nozes não foi difícil de encontrar; os soldados montavam guarda do alto de seus 4,5 metros enquanto o rei das ratazanas ameaçava as festividades e Clara dançava pela noite. Procurei um pergaminho na mão dela ou um cartão em cima de um dos presentes envoltos em luzes. E, então, achei-a no chão: uma noz salpicada de luzes do tamanho de uma bola de basquete, que tinha sido aberta apenas o suficiente para que se pudesse enfiar a mão ali dentro.

O bilhete que encontrei era curto e claro.

Conte-me o que você vê.

Portanto, sentei-me no meio-fio e contei sobre as contradições, o desperdício e a alegria. Contei que preferia as demonstrações silenciosas de uma estante bem guarnecida à voltagem dessa rua em particular. Não que uma estivesse certa, e a outra, errada, era só uma questão de preferência. Contei que estava feliz que o Natal tinha passado e expliquei por quê. Olhei mais um pouco ao redor, tentando ver tudo só para poder contar para ela. O bocejo de uma criança de 3 anos, cansada apesar da felicidade. O casal idoso do metrô, que havia finalmente completado a volta no quarteirão; imaginava que eles vinham fazendo isso havia anos, que viam as casas à sua frente e também as do passado. Imaginei que cada uma das frases deles começava com a expressão *Lembra-se da época.*

E, depois, contei o que não via. Especificamente, que não a via.

Você poderia estar a alguns metros daqui; a parceira de dança de Clara, ou do outro lado da rua tirando uma foto de Rudolph antes que levante voo. Poderia ter sentado ao seu lado no metrô ou esbarrado em você quando passamos pelas catracas. Mas, estando aqui ou não, você está aqui, porque essas palavras são para você, e elas não existiriam se não estivesse aqui de alguma forma. Este caderno é um instrumento estranho: o instrumentista não conhece a música até que comece a ser tocada.

Sei que quer saber meu nome. Mas, se contasse meu nome, mesmo que só o primeiro, você poderia entrar na internet e encontrar um monte de descrições imprecisas e incompletas sobre mim. (Se fosse John ou Michael, isso não seria problema.) E, mesmo que você jurasse que não procuraria, a tentação sempre estaria ali. Portanto, gostaria de permanecer com esse distanciamento delicado, para que você possa me conhecer sem a distração do ruído das outras pessoas. Espero que não haja problema.

A próxima tarefa na lista das coisas a fazer (ou não) é um tanto cronometrada, ou seja, seria melhor se você a fizesse esta noite mesmo. Porque, nessa boate que muda de nome a cada mês, mais ou menos (dei o endereço para ela), há uma festa que dura a noite toda prestes a começar. O tema (apropriado para a época) é a Sétima Noite do Chanuca. Quem vai abrir é uma banda "quente judaica" (Ezekial? Ariel?), e, por volta das duas da manhã, uma banda gay judaica dancepop/indie/punk chamada Silly Rabbi, Tricks Are for Yids vai começar a tocar. Entre a abertura e a banda principal, procure o que vai estar escrito na cabine.

Uma festa que vai até tarde em uma boate não era exatamente meu habitat, então sabia que tinha um telefonema ou dois para fazer antes do plano estar completo. Coloquei rapidamente o Moleskine na noz e tirei o Muppet Hostil da mochila.

— Cuide disso, está bem? — pedi a ele.

E deixei-o ali, uma pequena sentinela em meio aos quebra-nozes.

oito

(Lily)

25 de dezembro

Decidi me dar um presente de Natal este ano. Decidi passar o dia falando apenas com animais (de verdade e de pelúcia), humanos selecionados conforme necessário, desde que não fossem meus pais nem Langston, e Hostil em um caderninho Moleskine vermelho se ele o devolvesse para mim.

Quando tinha idade suficiente para ler e escrever, meus pais me deram um quadro branco que ficava em meu quarto o tempo todo. A ideia era que, quando estivesse frustrada, eu, Lily, devia anotar as palavras que expressavam meus sentimentos em vez de permitir que a demônia Escandalily se manifestasse através de gritos. Era para ser um instrumento terapêutico.

Tirei o quadro branco da aposentadoria na manhã de Natal, quando meus pais ligaram para fazer uma videoconferência. Quase não os reconheci na tela do computador. Os traidores pareciam tão saudáveis, bronzeados e relaxados. Totalmente não natalinos.

— Feliz Natal, Lily querida! — disse mamãe.

Estava sentada na varanda de seu chalé ou o que quer que fosse aquilo, e eu conseguia ver o oceano em movimento atrás dela. Parecia dez anos mais jovem do que quando saiu de Manhattan, uma semana antes.

O rosto sorridente de papai apareceu ao lado do de mamãe, bloqueando a vista do oceano.

— Feliz Natal, Lily querida! — repetiu ele.

Escrevi no quadro branco e o levantei em frente à tela do computador para que eles pudessem ler: *Feliz Natal para vocês também.*

Ambos franziram a testa ao verem o quadro.

— Oh-oh — exclamou mamãe.

— Oh-oh — repetiu papai. — A ursinha Lily está se sentindo incomodada hoje? Mesmo sabendo que estamos preparando você para nossa viagem de aniversário desde o Natal passado, e você ter nos *garantido* que ficaria bem passando só esse Natal sem nós dois?

Apaguei a última frase e a substituí por: *Langston me falou sobre o emprego no colégio interno.*

As expressões deles desmoronaram.

— Chame Langston agora! — exigiu mamãe.

Escrevi: *Ele está de cama, doente. Dormindo agora.*

Papai perguntou:

— Qual é a temperatura dele?

38.

O rosto irritado de mamãe passou a demonstrar preocupação.

— Pobre bebê. E no dia de Natal. Que bom que concordamos em só abrir presentes quando voltarmos, no dia de Ano-Novo. Não seria divertido com ele de cama, seria?

Balancei a cabeça em negativa.

Vocês vão se mudar para Fiji?

Papai explicou:

— Ainda não decidimos nada. Vamos conversar em família quando voltarmos para casa.

Rapidamente, minhas mãos apagaram e escreveram de novo.

Fico CHATEADA de vocês não terem me contado.

Mamãe disse:

— Desculpe, ursinha Lily. Não queríamos chatear você antes que houvesse com o que se chatear de verdade.

DEVO FICAR CHATEADA?

Minha mão começou a ficar cansada de tanto escrever e apagar. Quase desejei que minha voz não estivesse sendo tão obstinada.

Papai insistiu:

— É Natal. É claro que não deve ficar chateada. Vamos tomar essa decisão em família...

Mamãe o interrompeu.

— Tem canja de galinha no freezer! Você pode esquentá-la para Langston no micro-ondas.

Comecei a escrever: *Langston merece estar doente.* Mas apaguei e escrevi: *Tudo bem, vou esquentar um pouco de sopa.*

Mamãe pediu:

— Se a temperatura subir mais, vou precisar que o leve ao médico. Pode fazer isso, Lily?

Minha voz se libertou.

— É claro que posso! — rebati, com rispidez.

Caramba, quantos anos achavam que eu tinha? Onze?

O quadro branco e minha convicção estavam ambos furiosos com a traição de minha voz.

— Lamento que o Natal não esteja indo tão bem, querida — simpatizou papai. — Prometo que vamos compensar no Ano-Novo. Cuide bem de Langston hoje e tenham um ótimo jantar de Natal na casa da tia-avó Ida. Isso vai fazer com que se sinta melhor, certo?

Meu silêncio voltou na forma de um aceno de cabeça vertical.

Mamãe perguntou:

— O que anda fazendo com seu tempo livre, querida?

Não tinha vontade alguma de contar a eles sobre o caderninho. Não por estar CHATEADA por causa de Fiji, mas porque o caderninho — e ele — pareciam ser a melhor parte do Natal até agora. Queria guardá-los só para mim.

Ouvi um gemido vindo do quarto do meu irmão.

— *Lilllllllyyyyyyyyyy...*

Por questão de praticidade, digitei uma mensagem para nossos pais, em vez de falar ou escrever no quadro branco.

Seu filho doente está me chamando de seu leito. Preciso atendê-lo. Feliz Natal, pais. Amo vocês. Por favor, não vamos nos mudar para Fiji.

— Amamos você! — gritaram os dois, do lado deles do mundo

Despedi-me e andei na direção do quarto de meu irmão. Parei primeiro no banheiro para pegar uma máscara descartável e luvas do kit de primeiros socorros para colocar sobre a boca e nas mãos. Eu que não iria ficar doente também. Não com um caderninho vermelho possivelmente voltando para mim.

Fui até o quarto de Langston e me sentei ao lado da cama. Benny havia decidido ficar doente em seu próprio apartamento, o que me deixou grata, pois cuidar não de um, mas de dois pacientes no dia de Natal poderia ter me levado ao limite. Langston não tocara no suco de laranja nem nos biscoitos que deixei para ele algumas horas antes, da última vez que gritara *"Lilllllllyyyyyyyyyy..."* de seu quarto, aproximadamente na hora em que, em uma manhã normal de Natal, estaríamos abrindo presentes.

— Leia para mim — suplicou Langston. — Por favor.

Não estava falando com Langston naquele dia, mas leria para ele. Peguei *Um cântico de Natal* no ponto em que paramos na noite anterior e li um trecho em voz alta.

100

— "É um ajuste imparcial, nobre e justo das coisas que, ao passo que há infecção na doença e no sofrimento, não há nada no mundo tão irresistivelmente contagiante quanto a gargalhada e o bom humor."

— É uma boa citação — comentou Langston. — Sublinhe-a e dobre o canto da página para mim, pode ser?

Fiz o que ele pediu. Jamais consigo decidir o que acho do meu irmão e suas citações de livros. Às vezes é irritante que eu nunca possa abrir um exemplar em casa sem encontrar alguma anotação de Langston. Gostaria de descobrir o que acho das palavras sem precisar ver os comentários laterais de meu irmão, como *lindo* e *bosta pretensiosa*; por outro lado, às vezes é interessante encontrar as anotações e lê-las, tentar decifrar por que aquele trecho em particular o intrigou ou inspirou. É um jeito legal de entrar em sua cabeça.

Uma mensagem de texto chegou ao celular de Langston.

— Benny! — Sobressaltou-se, pegando o aparelho.

Os polegares de Langston entraram em hipermovimentação, como resposta. Sabia que o Sr. Dickens e eu não faríamos mais nada juntos por enquanto.

Saí do quarto dele.

Langston nem se deu ao trabalho de perguntar se deveríamos trocar presentes. Havíamos prometido aos nossos pais que esperaríamos o Ano-Novo para fazer a troca, mas estava disposta a trapacear se ele pedisse.

Voltei ao meu quarto e vi que tinha cinco mensagens de voz no celular: duas do vovô, uma do primo Mark, uma do tio Sal e uma da tia-avó Ida. O grande carrossel de Natal dos telefonemas tinha começado.

Não ouvi nenhuma das mensagens. Desliguei o celular. Decidi que estava em greve nesse Natal.

Quando falei para meus pais no ano anterior que não me importava se comemorássemos o Natal mais tarde este ano, é claro que não havia sido sincera. Como não perceberam isso?

Essa deveria ter sido uma verdadeira manhã de Natal, com presentes sendo abertos, um belo café da manhã, risadas e cantoria com a família.

Mas fiquei surpresa em perceber que havia algo pelo qual ansiava mais que isso.

Queria o caderninho vermelho de volta.

Sem nada para fazer e ninguém por perto como companhia, deitei na cama e fiquei imaginando o Natal de Hostil. Imaginei-o morando em um loft descolado em Chelsea, com uma mãe superlegal e o novo namorado superdivertido dela, seus cortes de cabelo assimétricos; talvez falassem alemão. Imaginei-os sentados ao redor da lareira tomando cidra quente e comendo meus biscoitos lebkuchen com especiarias enquanto o peru assava no forno. Hostil estava tocando trompete para eles e usando uma boina, porque, de repente, eu queria que ele fosse um prodígio musical que usava chapéu. E, quando terminasse de tocar a música que compôs para os dois como presente de Natal, eles chorariam e diriam *"Danke! Danke!"* A composição seria tão perfeita e linda, e a habilidade dele tão incrível, que até o Muppet Hostil sentado perto da lareira bateria palmas com suas mãos de Muppet, um Pinóquio que ganhara vida ao som de um trompete tão docemente tocado.

Como não podia falar com Hostil e descobrir como estava sendo seu Natal, decidi me vestir e fazer uma caminhada pelo Tompkins Square Park. Conheço todos os cachorros de lá. Por causa dos incidentes com o hamster e os gatos, meus pais há muito tempo decidiram que seria melhor que eu não tivesse mais bichos de estimação, pois me apegava demais. Em compensação, concordaram em me permitir trabalhar como passeadora de cães no bairro, desde que eles ou vovô conhecessem os donos. Esse acordo funcionou muito bem nos últimos dois anos, pois comecei a ter momentos de entretenimento canino com bem mais cachorros do que se tivesse meu próprio cão, além de estar bem rica agora.

O tempo estava estranhamente quente e ensolarado para um dia de Natal. Parecia mais junho que dezembro, mais um sinal do quanto esse Natal em particular estava totalmente errado. Sentei-me em um banco enquanto as pessoas passavam com seus cachorros e eu dizia "oi, cachorrinho" para todos os cachorros que não conhecia e "oi, cachorrinho" para todos os que conhecia, só que, com esses últimos, fazia carinho e dava biscoitos em forma de ossos que fizera na noite anterior, usando corante vermelho e verde para que ficassem com aparência festiva. Falava com humanos apenas o mínimo necessário, mas os ouvia, e descobri todas as formas nas quais o Natal de todo mundo do bairro não estava sendo horrível como o meu. Vi os suéteres e os chapéus novos, os relógios e os anéis novos, ouvi sobre as TVs e os laptops novos.

Mas só conseguia pensar em Hostil. Imaginei-o com pais dedicados e os presentes exatos que queria hoje. Imaginei-o abrindo presentes como camisas pretas de gola alta e romances furiosos escritos por jovens furiosos, e equipamento de esqui — porque gostava de pensar que havia a possibilidade de um dia esquiarmos juntos, apesar de eu não saber esquiar —, e nenhum dicionário inglês-catalão.

Será que Hostil já tinha ido a Dyker Heights? Como havia desligado o celular e o deixado em casa, a única forma de descobrir seria visitar a tia-avó Ida, que estava na minha lista de pessoas com quem falar no dia.

Ela mora em uma casa na 22 Leste, perto do Gramercy Park. Minha família de quatro pessoas mora em um apartamento pequeno e apertado no East Village (sem bichos de estimação, grrr...), que meus pais acadêmicos só conseguem pagar porque vovô é o dono do prédio; nosso apartamento todo é do tamanho de um andar da casa da tia-avó Ida, que ela ocupa sozinha. Nunca se casou nem teve filhos. Fora dona de uma galeria de arte de muito sucesso no passado, e saiu-se tão bem que conseguira comprar a própria casa em Manhattan. (Mas vovô sempre comenta que ela comprou a casa quando a cidade estava sofrendo um abalo econômico, e que os donos anteriores praticamente pagaram para que a tirasse das mãos deles. Mulher de sorte!) Mas a casa elegante no bairro elegante não quer dizer que tia-avó Ida ficou esnobe. Na verdade, ela é tão não esnobe, apesar de ter muito dinheiro, que ainda trabalha um dia por semana no Madame Tussauds. Disse que precisa de algo para fazer e que gosta de ficar com as celebridades. Acho que, na verdade, ela está escrevendo um livro revelador sobre o que acontece entre as pessoas de cera quando ninguém está olhando.

Langston e eu a chamamos de Sra. Basil E. por causa do livro que amávamos quando crianças, *From the Mixed-up Files of Mrs. Basil E. Frankweiler*. A Sra. Basil E. do livro é uma senhora idosa e rica que lança seus irmãos do livro em uma caçada ao tesouro no Metropolitan Museum of Art de Nova York. Quando éramos crianças, nossa Sra. Basil E. nos levava para aventuras em museus nos feriados escolares nos quais nossos pais precisavam trabalhar. Os dias sempre terminavam com sundaes gigantescos. O quão maravilhoso é ter uma tia-avó que deixa os sobrinhos comerem sorvete como jantar? *Verdadeiramente* maravilhoso, na minha opinião.

A tia-avó Ida/Sra. Basil E. me envolveu em um gigantesco abraço de Natal quando cheguei a sua casa. Adorava como ela sempre cheirava a batom e a perfume chique. Sempre vestia um terninho digno de uma dama também, mesmo no Natal, quando deveria estar relaxando de pijama.

— Oi, ursinha Lily! — cumprimentou Sra. Basil E. — Estou vendo que encontrou minhas velhas botas dos desfiles da Washington Irving High.

Inclinei-me em sua direção para dar-lhe outro abraço. Amo os abraços dela.

— Encontrei — assenti, recostada em seu ombro, sentindo-me grata por aquilo. — Estavam no nosso velho baú de fantasias. Ficaram grandes demais para mim, mas coloquei um par de meias grossas por cima da meia calça e agora estão confortáveis. São minhas novas botas favoritas.

— Gostei do ouropel que acrescentou às franjas — disse ela.

— Vai me soltar antes do Ano-Novo?

Com relutância, afastei meus braços do corpo dela.

— Agora descalce minhas botas — pediu ela. — Não quero que o metal das solas arranhe o piso de madeira.

— O que tem para jantar? — perguntei.

A tradição da Sra. Basil E. é receber um monte de gente para o jantar de Natal e preparar comida para mais um monte.

— O de sempre.

— Posso ajudar?

— Por aqui — chamou, virando-se na direção da cozinha.

Mas não fui atrás dela.

Ela deu meia-volta.

— Sim, Lily? — perguntou ela.

— Ele devolveu o caderninho?

— Ainda não, querida. Mas tenho certeza de que vai devolver.

— Como ele é? — perguntei mais uma vez.

— Vai ter que descobrir sozinha — avisou.

Além da hostilidade, Hostil não podia ser um monstro, porque, se fosse, não tinha como a Sra. Basil E. ter virado cúmplice de sua trama.

E, então, fomos para a cozinha.

A Sra. Basil E. e eu cozinhamos e cantamos até as seis, enquanto trabalhadores ao nosso redor faziam o mesmo, preparando a casa grandiosa para o banquete. Tinha vontade de gritar *E SE ELE NÃO DEVOLVER O CADERNINHO?* Mas não o fiz, pois minha tia-avó não parecia muito preocupada com isso. Como se tivesse fé nele e eu também devesse ter.

Finalmente, às sete da noite — talvez a espera mais looooonga de minha vida —, o contingente da família que morava em Dyker Heights apareceu. Tio Carmine e a mulher e a filharada chegaram carregados de presentes.

Não me dei ao trabalho de abrir o meu. Tio Carmine ainda pensa que tenho 8 anos e me dá acessórios para bonecas American Girl todos os Natais. E eu ainda os adoro, aliás, mas não há mistério algum quanto ao que há dentro das caixas de presente. Perguntei a ele:

— Está com você?

Tio Carmine rebateu:

— Vai ter um preço.

Ele virou a bochecha para mim, e lhe dei um beijinho de Natal. Depois que paguei a prenda, meu tio tirou o caderninho vermelho de dentro da bolsa de presentes e o entregou a mim.

De repente, não consegui imaginar como poderia sobreviver mais um segundo sem absorver o conteúdo mais recente do caderno. Precisava ficar sozinha.

— Tchau, pessoal! — anunciei.

— Lily! — reclamou a Sra. Basil E. — Você não pode estar pensando em ir embora.

— Me esqueci de dizer que não estou falando com ninguém hoje! Estou mais ou menos em greve! Então não seria muito boa companhia! E como Langston está em casa doente, tenho que ir dar uma olhada nele. — Joguei um beijo para ela com a mão. — Muah!

Ela balançou a cabeça negativamente.

— Aquela criança — resmungou para Carmine. — Pirada. — Levantou as mãos para o ar antes de devolver meu beijo. — O que devo dizer aos amigos de cantigas natalinas que convidei para jantar aqui hoje?

— Diga feliz Natal! — gritei, quando já estava saindo.

* * *

Langston estava dormindo de novo quando cheguei em casa. Enchi seu copo com água e deixei alguns comprimidos de Tylenol ao lado da cama, depois fui até meu quarto para ler o caderninho com privacidade.

Finalmente o tinha: o presente de Natal que queria o tempo todo, só não havia percebido. As palavras dele.

Senti uma vontade de estar com ele que nunca senti na vida por ninguém, nem por um animal de estimação.

Achei estranho ele ter passado o Natal sozinho... e aparentemente ter gostado. Ele também não parecia achar que era motivo de pena por isso.

Também passei o Natal praticamente sozinha, pela primeira vez na vida.

E senti muita pena de mim mesma.

Mas não foi tão terrível, na verdade.

No futuro, decidi que lidaria com as situações de solidão com mais entusiasmo, desde que solidão significasse que eu também poderia andar no parque e fazer carinho em alguns cachorros e dar guloseimas a eles.

O *que ganhou de Natal?*, perguntou no caderno.

Escrevi:

Não trocamos presentes este ano. Estamos esperando o Ano-Novo. (Longa história. Será que não quer ouvi-la pessoalmente um dia desses?)

Mas não conseguia me concentrar em escrever no caderninho. Eu queria viver dentro dele, não escrever.

Que tipo de garota Hostil achava que eu era para me mandar a uma boate no meio da noite?

Meus pais nunca me deixariam ir.

Mas eles não estavam aqui para proibir.

Voltei ao caderno.

Gostei do que disse, meu novo amigo sem nome. Somos isso? Amigos? Espero que sim. Só por um amigo eu consideraria sair às DUAS DA MADRUGADA da noite de Natal, ou de qualquer outra noite, na verdade. Não que eu tenha medo do escuro, mas... não sou muito de sair. Da forma como adolescentes o fazem. Tudo bem por você?

Não sei como essa coisa de Ser Adolescente deveria funcionar. Tem um manual de instruções? Acho que tenho o músculo do mau-humor instalado, mas não o uso com frequência. Na maioria das vezes, me sinto tão cheia de AMOR pelas pessoas que conheço, e mais ainda pelos cachorros com os quais passeio no Tompkins Square Park, que sinto como se pudesse me inflar em um balão gigante e sair voando. Sim, tanto amor assim. Mas outros adolescentes? Historicamente, nem sempre me relacionei tão bem assim. No sétimo ano, meus pais me obrigaram a entrar para o time de futebol da escola para que eu socializasse com garotas da minha idade. Por acaso, eu era muito boa no futebol, mas nem tanto na parte da socialização. Não se preocupe, não sou uma pessoa bizarra com quem ninguém fala. É mais que as outras garotas falam comigo, mas depois de um tempo meio que olham para mim com cara de "HÃ? O que ela acabou de dizer?" e se afastam com seus grupos, onde tenho certeza de que falam uma língua secreta de popularidade, e eu volto a chutar a bola sozinha e a ter conversas imaginárias com meus cachorros e personagens literários favoritos. Todo mundo sai ganhando.

Não me importo em ser a garota diferente; dá um certo alívio, talvez. Mas na linguagem do futebol, sou fluente. É disso que gosto nos esportes. Não importa se todo mundo que participa do jogo fala línguas completamente diferentes. No campo, na quadra, onde quer que estejam jogando, a linguagem de movimentos e passes e gols é sempre a mesma. Universal.

Gosta de esportes? Não imagino você como o tipo esportivo. JÁ SEI! Seu nome é Beckham, não é?

Não sei se vai receber este caderninho de volta esta noite. Não sei se posso aceitar sua última missão. É só porque meus pais estão viajando que posso considerá-la. Nunca fui a uma boate de madrugada. E sair sozinha no meio da noite, no meio de Manhattan? Uau. Você deve ter muita fé em mim. E aprecio isso. Mesmo não sabendo bem se compartilho de sua fé.

Parei de escrever para poder tirar um cochilo. Não sabia se era capaz de aceitar a tarefa de Hostil, mas, se aceitasse, precisaria descansar primeiro.

Sonhei com Hostil. No sonho, o rosto de Hostil era o de Eminem, e ele estava cantando "My name is..." sem parar enquanto segurava o caderninho vermelho para mostrar uma nova página com nomes diferentes escritos.

Meu nome é... Ypsilanti.

Meu nome é... Ezekiel.

Meu nome é... Mandela.

Meu nome é... Yao Ming.

À uma da manhã, meu despertador tocou.

Hostil tinha se infiltrado em meu subconsciente. O sonho era um sinal óbvio: ele era sedutor demais para que eu pudesse resistir.

Dei uma olhada em Langston (apagado na cama) e coloquei minha melhor roupa de festa de Natal, um minivestido de veludo molhado dourado. Fiquei surpresa ao descobrir que desenvolvi mais seios e quadris desde que usei o vestido no Natal anterior, mas decidi não me importar com o quanto ele estava justo. A boate provavelmente estaria escura. Quem repararia em mim? Completei o traje com uma meia-calça vermelha e as botas da Sra. Basil E. com as franjas brancas e douradas. Coloquei o gorro vermelho com os pompons pendurados nas orelhas, mas puxei algumas mechas de franja loura para cobrir um dos meus olhos, a fim de parecer um pouco misteriosa, para variar. Assobiei para chamar um táxi.

Hostil deve ter me enfeitiçado, pois sair escondida no meio da noite, e logo no Natal, para uma boate no Lower East Side era o último desafio que a Lily pré-caderninho teria aceitado. Mas, de alguma forma, saber que o Moleskine estava guardado em minha bolsa com nossos pensamentos e pistas, nossas impressões um para o outro, me fez sentir segura, como se eu pudesse participar dessa aventura sem me perder ou ligar para meu irmão a fim de que fosse me salvar. Era capaz de fazer isso sozinha sem surtar por não ter ideia do que me esperava do outro lado da noite.

— Feliz Natal. Me conte alguma coisa que é um saco.

O pedido da segurança na porta da boate teria me confundido antes do Dia de Ação de Graças, mas, depois de conhecer Shee'nah no grupo de cantigas de Natal algumas semanas atrás, já entendia o sistema.

Shee'nah, que é integrante orgulhosa desse "novo momento da próxima onda de fabulosidade" na cena das boates da cidade, me explicou que, para entrar nesse tipo de lugar, era preciso fazer uma confissão. E, aparentemente, aquela segurança drag queen estava ali para ouvir qualquer coisa da qual eu não fosse muito fã.

E, então, para uma moça muito grande e muito vestida com um vestido dourado de lamê com máscara de dragão na cabeça, choraminguei:

— Não ganhei nenhum presente de Natal.

— Gata, isso aqui é um show de Chanuca. Quem liga para seus presentes de Natal? Ande, melhore isso aí. O que você acha um saco?

— Pode ou não haver uma pessoa de nome e rosto desconhecidos dentro desta boate que pode ou não estar me procurando.

— Chato.

A porta não se abriu.

Cheguei mais perto da segurança e sussurrei:

— Nunca beijei ninguém. Daquele jeito especial.

A moça drag arregalou os olhos.

— É sério? Com esses peitos?

Nossa! Como é que é?

Cobri o peito com as mãos, pronta para sair correndo.

— Você *está* falando sério! — concluiu a segurança, e finalmente abriu a porta para mim. — Entre logo aí! E *mazel tov*!

Mantive os braços na frente do peito quando entrei na boate. Ali dentro, tudo o que conseguia ver eram pessoas doidas gritando/pulando/se batendo. O lugar cheirava à cerveja e vômito. Parecia o mais próximo do inferno que eu era capaz de imaginar. Imediatamente, desejei voltar lá para fora e passar a noite conversando com a segurança na porta, ouvindo as histórias do que todo mundo acha um saco.

Será que Hostil estava me pregando uma peça cósmica ao me mandar para aquele buraco?

Honestamente, eu estava com medo.

Se fiquei intimidada ao tentar puxar papo com um grupo de garotas de 16 anos usando gloss na escola, em comparação ao formidável grupo de gente daquela boate, aquilo fora brincadeira de criança.

Apresento-lhes [*um rufar de tambores dramático, por favor*] os hipsters punk.

Eu era facilmente a pessoa mais jovem do local, e a única sozinha, até onde conseguia perceber. E, para uma festa de Chanuca, ninguém estava vestido de forma apropriada. Eu parecia ser a única pessoa mais festiva. Todo mundo estava de calça jeans skinny e camiseta velha. Como garotas adolescentes, os hipsters se congregavam em grupos que se achavam mais que os outros, com expressões entediadas no rosto, mas, ao contrário das garotas adolescentes que conhecia, achava que nenhum deles queria pedir para copiar meu dever de matemática ou jogar futebol. As expressões de desprezo hipsters em minha direção imediatamente diziam que eu não era um deles. Não posso dizer que não fiquei grata por isso.

Queria ir para casa, para a segurança de minha cama e meus bichos de pelúcia e as pessoas que conheço desde sempre. Não tinha nada a dizer a ninguém, e rezei fervorosamente para ninguém ali ter algo a me dizer. Estava começando a odiar Hostil por me jogar nessa cova de leões. O pior golpe que apliquei nele foi o Madame Tussauds. Mas pessoas de cera não julgam nem dizem umas para as outras "*o que* essa garota está usando? Tem *ferrinhos de sapateado* nas botas?" quando passo. Acho que não.

Ah, mas... a música. Quando a banda de garotos jovens hassídicos subiu ao palco (um guitarrista, um baixista, alguns instrumentos de sopro, alguns violinos e, estranhamente, nenhum baterista) e liberaram a explosão de sons, entendi o plano diabólico de Hostil.

A banda tocava um estilo que eu já ouvira, quando uma de minhas primas se casou com um músico judeu. Na recepção de casamento, uma banda klezmer tocou, e Langston me contou que aquilo era um tipo de fusão judaica de punk-jazz. A música nessa boate parecia uma mistura de dança horah com Green Day tocando em um desfile de Mardi Gras. A guitarra e o baixo forneciam a base do som, enquanto os metais solavam com os violinos e as vozes dos integrantes da banda riam e choravam e cantavam, tudo ao mesmo tempo.

Era uma loucura. Eu *amei*. Meus braços se libertaram da ação de proteger meus peitos. Precisava me *mover*! Dancei sacudindo o *tuchus*, sem me importar com o que as pessoas iam pensar. Entrei no meio da galera, balancei o cabelo e saltei como se estivesse em um pula-pula. Bati os metais das botas no chão como se fosse parte da música, sem me importar com a opinião das pessoas.

Aparentemente, os hipsters dançando loucamente pensavam o mesmo que eu sobre a música, e dançavam ao meu redor como se estivéssemos fazendo uma dança horah punk. Talvez a música klezmer fosse uma linguagem universal, como o futebol. Não conseguia acreditar no quanto estava me divertindo.

Percebi que Hostil me dera o que pedi como presente de Natal. Esperança e crença. Sempre tive esperança, mas jamais acreditei que pudesse viver uma aventura assim sozinha. Que eu era capaz. E que adoraria. Mas aconteceu. O caderninho fez acontecer.

Fiquei triste quando a banda parou de tocar, mas também fiquei feliz. Meus batimentos precisavam diminuir. E eu precisava encontrar a próxima mensagem.

Enquanto a banda de abertura saía do palco, fui ao banheiro, conforme as instruções.

Só preciso dizer que, se eu voltar algum dia para aquele banheiro em algum momento de minha vida, vou levar uma garrafa de água sanitária.

Peguei uma toalha de papel na pia e a estendi sobre o vaso para poder me sentar; jamais usaria aquele vaso. Havia coisas escritas por toda a cabine, rabiscos de pichação e citações, recados para amantes e amigos, para ex e inimigos. Era quase como um muro das lamentações, um lugar escondido onde vomitar o coração. Se não fosse tão imundo e fedido, quase poderia passar por uma instalação de arte em um museu, com tantas palavras e sentimentos, tantos estilos variados de escrita, com mensagens em caneta hidrocor, canetas de cores diferentes, delineador, esmalte, canetas com purpurina e caneta permanente.

Identifiquei-me especialmente com esta frase:

POR QUE SOU TÃO SEM GRAÇA E TÃO MEDROSO

Pensei: *Que bom, Sem Graça e Tão Medroso. Você chegou aqui de qualquer modo. Talvez metade da batalha esteja ganha, não?*

Perguntei-me o que acontecera com essa pessoa. Perguntei-me se poderia deixar para ela um caderninho vermelho.

Meu trecho favorito estava escrito com hidrocor preta. Dizia:

The Cure. Para os ex. Me desculpe, Nick. Quer me beijar de novo?

Porque, de repente, em um pesadelo horah da noite depois do Natal, enquanto estava sentada em um vaso imundo num banheiro fedido, pingando de suor de tanto dançar, queria de verdade aquele certo alguém para beijar. De uma forma que nunca desejei na vida. Não era a fantasia. Ela estava agora substituída por esperança e crença de que poderia acontecer de verdade.

(Jamais dei um beijo de verdade, de um jeito romântico. Não menti para a segurança. Acho que meu travesseiro não conta.)

(Devo confessar isso para Hostil no caderninho? Sinceridade total, para que ele possa ter uma chance justa de pular fora?)

(Não.)

Havia tantos recados na parede do banheiro que eu talvez nunca encontrasse o dele se não tivesse reconhecido a caligrafia. A mensagem estava um pouco abaixo da do Cure e do beijo. Ele pintou uma faixa com tinta branca no fundo, depois alternou as palavras com hidrocor azul e preta; uma mensagem legal com tema de Chanuca, achei. Então Hostil era secretamente um sentimental. Ou talvez meio judeu?

A mensagem dizia:

Devolva o caderninho para o sujeito bonitão de sapato de sola de borracha com um chapéu fedora.

Bem, fiquei emocionada.

Estaria Hostil *ali?*

Ou iria encontrar um garoto chamado Boomer de novo?

Voltei para a boate. No meio de tantos jeans e camisetas pretos e iluminação ruim, finalmente identifiquei dois homens em um canto perto do bar com chapéus fedora, embora um tivesse colocado um quipá por cima. Os dois estavam com óculos escuros. Reparei que o que estava sem quipá se abaixou e tirou um pedaço de chiclete do sapato usando um clipe de papel. (Acho que ele usou um clipe de papel. Caramba, espero que não tenha sido a unha, que nojento.)

Na escuridão da boate, era impossível enxergar seus rostos.

Peguei o caderninho, mas mudei de ideia e guardei-o na bolsa por segurança, para o caso de eu ter encontrado os homens errados. Se fossem os certos, não deveriam estar me dizendo algo como *oi, estamos aqui por causa do caderninho?*

Eles viraram os olhares vidrados de hipsters punks em minha direção.

Fiquei muda e fui tomada pelo pânico.

Saí correndo da boate o mais rápido que consegui.

De forma humilhante, perdi uma das botas quando estava correndo. Não tinha colocado meias por cima da meia-calça para que as botas coubessem direito, e, como uma Cinderela Escandalily no baile indiegayjudeu, meu pé saiu de dentro de uma das botas.

Não havia a menor chance de voltar para buscá-la.

Somente quando o táxi me deixou em casa e eu peguei a carteira para pagar foi que percebi:

Tinha deixado uma bota para o sujeito, mas nada de caderninho.

Ele ainda estava em minha bolsa.

Não deixei nenhuma pista para que Hostil pudesse me encontrar.

nove

–Dash–

26 de dezembro

Fui acordado às oito da manhã por batidas na porta. Cambaleei até o corredor da frente, olhei pelo olho mágico e vi Dov e Yohnny esperando, com os chapéus fedora tortos na cabeça.

— Oi, pessoal — cumprimentei-os depois de abrir a porta. — Não está meio cedo para vocês?

— Ainda não fomos dormir! — disse Dov. — Estamos cheios de Red Bull e Coca Diet, se é que você me entende.

— Podemos dormir aqui? — perguntou Yohnny. — E estou falando de daqui a pouco. Tipo em dois minutos.

— Como poderia mandá-los embora? — argumentei. — Como foi o show?

— Você devia ter ficado — comentou Dov. — O Silly Rabbi foi incrível. Claro, eles não são nenhum Fistful of Assholes, mas são umas 18 vezes melhores que Ozrael. E preciso dizer, sua garota dançou para caramba, cara.

Dei um sorriso.

— É mesmo?

— Ela foi responsável pelo *ho* de *horah*! — exclamou Dov.

Yohnny balançou a cabeça.

— Estava mais para o *rah*. Quero dizer, ela parecia mais com o *rah*.

Dov bateu no ombro de Yohnny com o que parecia ser uma bota.

— Eu que estou falando aqui, brother! — gritou Dov.

— Alguém não vai quebrar um copo hoje — murmurou Yohnny.

Eu me intrometi.

— Pessoal! Vocês têm alguma coisa para mim?

— Temos — disse Dov, esticando a bota. — Isto.

— O que é isso? — indaguei.

Dov me olhou diretamente.

— O que é? Bem, vamos ver...

Yohnny falou:

— Não teve caderninho nenhum. Quero dizer, ela o esticou para entregar a Dov, mas depois fugiu com ele. Só que perdeu a bota no caminho. Não me pergunte como; um pé sair de uma bota parece desafiar as leis da gravidade. Pode ser que ela quisesse deixá-lo para você.

— Cinderela! — gritou Dov. — Jogue suas tranças!

— É — prosseguiu Yohnny —, acho que está na hora de dormir. Podemos entrar na caverna?

— Podem usar o quarto da minha mãe — ofereci, então peguei a bota da mão de Dov e vasculhei seu interior.

— Não tem caderninho — repetiu Yohnny. — Também pensei nisso. Até olhei no chão, o que não foi uma experiência agradável. Posso dizer com sinceridade que, se o caderninho tivesse caído, não teria ido longe, teria grudado no lugar em que tocou o chão.

— Eca. Me desculpe. Quero dizer, obrigado.

Levei-os até o quarto da minha mãe. Parecia meio errado emprestar a cama dela, mas também era a cama de Giovanni, e eu adorava a ideia de mencionar casualmente para ele que dois judeus não ortodoxos gays saídos de uma boate dormiram ali quando ele estava viajando. Tirei a colcha enquanto Yohnny segurava Dov; a mera visão de um lugar para dormir fez com que todo o Red Bull evaporasse de suas veias.

— A que horas querem ser acordados? — perguntei.

— Você vai à festa de Priya hoje? — interpelou Yohnny. Assenti.

— Bem, nos acorde um pouco antes disso.

Delicadamente, Yohnny tirou o próprio chapéu e o de Dov. Dei boa-noite para eles, embora a manhã estivesse apenas começando.

Examinei a bota. Refleti sobre ela. Procurei mensagens secretas incorporadas ao couro. Tirei a palmilha para ver se havia um bilhete sob ela. Fiz perguntas à bota. Brinquei com as franjinhas. Senti que Lily tinha me superado no mistério.

Se não tivesse deixado nada, eu teria pensado: *Uau*. É o fim. Acabou. Mas a bota era uma pista, e, se havia uma pista, isso queria dizer que o mistério ainda estava intacto.

Decidi refazer meus passos. Sabia que a Macy's devia ter aberto cedo no dia seguinte ao Natal, então liguei para lá na mesma hora... e tive que esperar por 15 minutos.

Finalmente, uma voz exasperada atendeu.

— Macy's, como posso ajudar?

— Oi. Queria saber se o Papai Noel ainda está aí.

— Senhor, hoje é o dia seguinte ao Natal.

— Eu sei, mas tem alguma forma de encontrá-lo?

— Senhor, não tenho tempo para isso.

— Não, você não está entendendo. Realmente preciso falar com o homem que era o Papai Noel quatro dias atrás.

— Senhor, compreendo seu desejo de falar com o Papai Noel, mas hoje é nosso dia mais movimentado do ano e tenho outras chamadas para atender. Talvez você devesse escrever uma carta para ele. Precisa do endereço?

— Polo Norte, um? — Tentei adivinhar.

— Precisamente. Tenha um bom dia, senhor.

E desligou.

A Strand, é claro, não abria cedo no dia seguinte ao Natal. Tive que esperar até as 9h30 para encontrar alguém.

— Oi. Por acaso Mark está por aí?

— Mark? — perguntou uma voz masculina entediada.

— É. Trabalha na mesa de informações.

— Tem uns vinte de nós chamados Mark aqui. Pode ser mais específico?

— Cabelo escuro. Óculos. Distanciamento irônico. Desarrumado.

— Isso não ajuda.

— Ele é um pouco maior que o resto de vocês.

— Ah, acho que sei de que Mark está falando. Ele não está aqui hoje. Deixe-me verificar. É, ele vem amanhã.

— Poderia me dizer o sobrenome dele?

— Sinto muito — disse o cara com uma voz agradável —, mas não fornecemos informações pessoais para stalkers. Se quiser deixar um recado, posso passar para ele amanhã.

— Não, tudo bem.

— Foi o que pensei.

Portanto, não tive nenhum progresso. Mas, pelo menos, descobri que ele estaria lá no dia seguinte.

Como último recurso, deixei Dov e Yohnny dormindo na cama da minha mãe e gastei mais 25 pratas para visitar as celebridades de cera. Contudo, a guarda não estava em lugar nenhum, como se tivesse sido levada para a sala dos fundos com as estátuas do elenco de *SOS Malibu*.

Quando voltei ao apartamento, decidi escrever para Lily de qualquer modo.

Tenho medo de você ter me superado, pois agora estas palavras não têm para onde ir. É difícil responder a uma pergunta que não foi feita. É difícil mostrar que tentou, a não ser que acabe conseguindo.

Parei. Não era a mesma coisa sem o caderninho. Não parecia uma conversa. Parecia que eu estava falando com o silêncio.

Queria ter estado lá para vê-la dançando. Para testemunhar sua presença naquele lugar. Para conhecê-la daquela forma.

Poderia procurar por todas as Lilys de Manhattan. Poderia aparecer na porta de todas as Lilys do Brooklyn. Desvendar as Lilys de Staten Island, investigar as Lilys do Bronx e tratar as Lilys do Queens como realeza. Mas tinha a sensação de que não era para encontrá-la assim. Ela não era uma agulha. Isso não era um palheiro. Éramos pessoas, e pessoas tinham um jeito de acabar se encontrando.

Conseguia ouvir os barulhos do sono vindo do quarto da minha mãe: Dov roncando, Yohnny murmurando. Liguei para Boomer a fim de lembrá-lo da festa, depois lembrei a mim mesmo quem estaria lá.

Sofia. Era estranho que não tivesse me contado que estaria na cidade, mas não tão estranho. Tivemos o término mais fácil do mundo; nem pareceu um término, só um afastamento. Ela ia voltar para a Espanha, e ninguém esperava que ficássemos juntos nesse processo. Nosso amor foi um sentimento de gostar; nossos sentimentos foram ordinários, não shakespearianos. Ainda sentia carinho por ela; *carinho*, essa mistura distante e agradável de admiração e simpatia, apreciação e nostalgia.

Tentei me preparar para a conversa inevitável. A hesitação constrangedora. Os sorrisos simplórios. Em outras palavras, um retorno a antigamente. Nenhum choque intenso de química, só o zumbido baixo de sabermos nossos lugares. A festa de despedida dela também fora na casa de Priya; lembrei-me dela agora. Apesar de já termos tido a conversa de tudo terminar quando ela fosse embora, ainda assim fui colocado na posição de namorado; fiquei ao lado dela em tantas despedidas que acabei sentindo a nossa um pouco mais profundamente. Quando a maior parte das pessoas já tinha ido embora, os sentimentos de carinho estavam quase me sobrecarregando; não só um carinho por ela, mas por nossos amigos, nosso tempo juntos e o futuro com ela que eu nunca tinha exatamente desejado.

— Você parece triste — observou Sofia.

Estávamos sozinhos no quarto de Priya, com apenas alguns casacos ainda sobre a cama.

— Você parece exausta — devolvi. — Pelas despedidas.

Ela assentiu ao dizer sim, uma pequena redundância que sempre reparei nela sem nunca mencionar. Ela assentia e dizia que sim. Balançava a cabeça negativamente e dizia que não.

Se não tivesse acabado, talvez a abraçasse. Se não tivesse acabado, talvez a beijasse. Mas apenas surpreendi a nós dois ao dizer:

— Vou sentir sua falta.

Foi um daqueles momentos em que você sente tanto o futuro que chega a diminuir o presente. A ausência dela era palpável, embora ela ainda estivesse no quarto.

— Também vou sentir sua falta — admitira. Mas aí, fugiu do momento, fugiu do *nós*, e acrescentou: — Vou sentir falta de todo mundo.

Nunca havíamos mentido um para o outro (pelo menos não que eu soubesse). Mas também nunca nos esforçamos demais para nos revelar. Apenas deixávamos que os fatos falassem por si. *Acho que estou com vontade de comida chinesa. Tenho que ir agora para terminar o dever de casa. Gostei muito daquele filme. Minha família vai voltar para a Espanha, então acho que isso quer dizer que vamos nos separar.*

Não prometemos nos escrever todos os dias e não nos escrevemos todos os dias. Não juramos ser verdadeiros um com o outro, porque não havia muito com o que ser verdadeiro. De vez em quando, eu a imaginava lá, em um país que vi apenas nos álbuns de foto dela. E, de vez em quando, escrevia para dizer oi, saber o que estava acontecendo, para permanecer na vida dela sem nenhum motivo real além do carinho. Contei coisas que ela já sabia sobre nossos amigos, e ela me contou coisas que eu não precisava saber sobre os amigos dela na Espanha. No começo, perguntei quando ela faria uma visita. Talvez ela tenha dito que as festas de fim de ano eram uma possibilidade. Mas esqueci. Não por haver um oceano entre nós, mas porque sempre havia alguma coisa no meio. Lily provavelmente sabia mais sobre mim em cinco dias de troca de caderninhos do que Sofia nos quatro meses que namoramos.

Talvez, pensei, *não seja a distância o problema, mas como você lida com ela.*

Quando Dov, Yohnny e eu chegamos à casa de Boomer um pouco depois das seis e meia, o encontramos vestido como lutador de boxe.

— Achei que era um ótimo jeito de comemorar o *Boxing Day*, a maior liquidação do mundo!

— Não é uma festa a fantasia, Boomer — observei. — Nem precisa levar suas luvas de boxe.

— Às vezes, Dash, você estraga toda a diversão — disse Boomer, com um suspiro. — E sabe o que sobra quando faz isso? *Nada.*

Foi para o quarto e voltou com uma camiseta de arraia-gigante e um par de jeans, que começou a vestir por cima do short de boxe.

Quando seguimos pela calçada, nosso Rocky de quinta executou sua versão de movimentos de boxe, socando loucamente o ar até acidentalmente atingir a lateral do carrinho de compras de uma senhora, derrubando os dois. Enquanto Dov e Yohnny os ajudavam a se levantar, Boomer ficou repetindo:

— Me desculpe! Acho que não conheço minha própria força!

Por sorte, Priya não morava muito longe dali. Enquanto esperávamos a porta ser aberta, Dov perguntou:

— Ei, você trouxe a bota?

Não tinha levado a bota. Concluí que, se visse alguma garota mancando pela cidade usando só uma bota, já teria uma associação suficiente com o objeto para fazer uma ligação mental.

— Que bota? — perguntou Boomer.

— De Lily — explicou Dov.

— Você conheceu Lily! — Boomer quase explodiu.

— Não, não conheci Lily — falei.

— Quem é Lily? — questionou Priya.

Sequer percebi que ela havia aparecido à porta.

— Uma garota! — respondeu Boomer.

— Bem, não exatamente *uma garota* — corrigi.

Priya ergueu uma sobrancelha.

— Uma garota que não é realmente garota?

— É uma drag queen — intrometeu-se Dov.

— Lily, apelido de Lírio — palpitou Yohnny. — Ela faz a versão mais incrível de "Não é fácil ser verde". Me leva às lágrimas *todas as vezes*.

— Lágrimas — concordou Dov.

— E Dash está com a bota dela! — disse Boomer.

— Oi, Dash.

Ali estava ela. Atrás do ombro de Priya. Um pouco escondida na luz do corredor.

— Oi, Sofia.

Naquele momento em que adoraria ter uma interrupção de Boomer, ele ficou em silêncio. Todo mundo ficou em silêncio.

— É bom ver você.

— É, é bom ver você também.

Parecia que o tempo que ficamos separados repousava entre cada frase. Ali, na entrada da casa, havia meses de nós olhando um para o outro. O cabelo dela estava mais comprido, a pele, um pouco mais escura. E havia uma outra coisa. Só não conseguia identificá-la. Era algo nos olhos dela. Algo no jeito como estava me encarando que não era como me olhava antes.

— Entrem — convidou Priya. — Algumas pessoas já chegaram.

Foi peculiar; queria que Sofia ficasse para trás, que me esperasse, como teria feito quando estávamos juntos. Mas ela seguiu para a festa primeiro, com Priya, Boomer, Dov e Yohnny entre nós.

Lá dentro, a festa não estava descontrolada. Os pais de Priya não eram do tipo que saía do apartamento enquanto a filha dava uma festa. E achavam que a bebida mais forte a ser oferecida deveria ser refrigerante açucarado e, até isso, com moderação.

— Estou tão feliz por você ter vindo — disse Priya. — E de não estar na Suécia. Sei que Sofia ficaria decepcionada.

Não havia motivo para Priya compartilhar essa informação comigo, então desconfiei na mesma hora que houvesse algum significado oculto que não estava sendo dito. *Sofia ficaria decepcionada.* Isso significava que ela queria muito me ver? Que teria ficado arrasada se eu não tivesse aparecido? Era esse o verdadeiro motivo de Priya ter dado a festa?

Sabia que era uma suposição e tanto, mas, quando olhei para Sofia de novo, encontrei um pouco de base para isso. Ela estava rindo de alguma coisa que Dov dizia, mas olhava para mim, como se ele fosse a distração e eu, a conversa. Ela indicou com a cabeça a bancada de bebidas, e fui até seu encontro.

— Fanta, Fresca ou Diet Rite?

— Vou tomar Fanta — disse ela.

— Fan-tástico — respondi.

Enquanto eu pegava gelo e servia o refrigerante, ela perguntou:

— Então, como você está?

— Bem. Ocupado. Você sabe.

— Não, não sei — rebateu, pegando o copo plástico da minha mão. — Conte.

Havia um leve desafio na voz dela.

— Bem — prossegui, servindo um pouco de Fresca para mim. — Deveria ter ido à Suécia, mas tive que cancelar no último minuto.

— É, Priya me contou.

— Esse refrigerante tem uma quantidade enorme de gás, não tem? — Indiquei a parte do copo onde a espuma da Fresca havia se formado. — Quando tudo isso sumir, vai sobrar meio copo de refrigerante. Vou ficar servindo essa bebida a noite toda.

Tomei um gole, e Sofia falou:

— Priya também me disse que você estava estudando as alegrias do sexo gay.

Fresca. Subiu. Pelo. Meu. Nariz.

Depois que parei de tossir, contestei:

— Aposto que ela não mencionou o pianismo francês, não é? Deve ter deixado isso completamente de fora.

— Você está estudando pênis franceses?

— *Pianismo*. Senhor, não ensinam nada para vocês na Europa?

Era uma piada, mas não pareceu totalmente uma piada. Como resultado, Sofia ficou ofendida. E, se garotas americanas transformam uma ofensa em uma emoção doce e amarga, as europeias sempre conseguem acrescentar um toque de assassinato a isso. Pelo menos, em minha limitada experiência.

— Posso garantir — anunciei — que, embora acredite que o sexo gay é uma coisa linda e alegre, não creio que seja minha praia, e, portanto, minha leitura sobre as alegrias do mesmo havia sido parte de uma busca maior.

Sofia olhou para mim com malícia.

— Entendo.

— Desde quando você tem essa expressão de malícia? — perguntei. — Há uma certa implicância na sua voz também, um tom que, outrora, não estava presente. É extremamente atraente, mas não é bem a mesma Sofia que conheci.

— Vamos para o quarto — respondeu.

— O QUÊ?

Ela fez um sinal para trás de mim, onde havia pelo menos seis pessoas esperando para pegar refrigerante.

— Estamos atrapalhando — constatou. — E tenho um presente para você.

O caminho até o quarto não estava livre. Parecia que, a cada dois passos, alguém parava Sofia para dar as boas-vindas, perguntar como foi na Espanha ou dizer o quanto o cabelo dela estava incrível. Eu ficava do lado, na posição do namorado mais uma vez. E foi tão constrangedor agora como quando realmente era seu namorado.

Depois de um tempo, pareceu que Sofia tinha abandonado o plano de ir até o quarto, mas, quando me afastei para buscar mais refrigerante, ela segurou a manga da minha camisa e nos levou para fora da cozinha.

A porta de Priya estava fechada, e, quando a abrimos, encontramos Dov e Yohnny se pegando.

— Garotos! — gritei.

Dov e Yohnny ajeitaram rapidamente os casacos e colocaram os chapéus por cima dos quipás.

— Desculpe — disse Yohnny.

— É só que não tivemos chance de... — explicou Dov.

— Vocês passaram o dia todo na cama!

— É, mas estávamos exaustos — falou Dov.

— Completamente acabados — ecoou Yohnny.

— E...

— ...era a cama *da sua mãe*.

Eles passaram por nós e saíram.

— Isso acontece muito na Espanha? — perguntei a Sofia.

— Sim. Só que lá, eles são católicos.

Ela foi até o que supus ser sua bolsa e pegou um livro.

— Aqui — ofereceu. — É para você.

— Não comprei nada para você — gaguejei. — Quero dizer, não sabia que você estaria aqui e...

— Não se preocupe. Seu constrangimento por nem ter pensado nisso é o que conta.

Fiquei completamente desarmado.

Sofia sorriu e me entregou o livro. A capa gritava *LORCA!* Literalmente. Esse era o título: *LORCA!* O que não era muito *SUTIL!* Comecei a folhear.

— Ah, olhe — comentei. — É poesia! E em uma língua que não falo!

— Sei que vai comprar uma tradução só para me fazer acreditar que leu.

— *Touché.* Totalmente verdade.

— Mas, sério, é só um livro que significa muito para mim. É um escritor incrível. E acho que você gostaria dele.

— Vai ter que me dar aulas de espanhol.

Ela riu.

— Como você me deu aula de inglês?

— Por que riu?

Ela balançou a cabeça.

— Não, foi fofo quando você fez isso. Bem, fofo *e* condescendente.

— Condescendente?

Ela começou a imitar minha voz; de forma inadequada, mas o suficiente para que eu soubesse que estava imitando minha voz.

— O quê, você não sabe o que é um *bagel de pizza*? Precisa que eu explique a derivação da palavra *derivação*? Está tudo *aceitável*, quero dizer, *bem*?

— Nunca falei isso. Nunca falei nada disso.

— Talvez sim, talvez não. Mas foi assim que pareceu. Para mim.

— Uau. Você poderia ter dito algo a respeito.

— Eu sei. Mas não era do meu feitio "dizer algo a respeito". E gostava que você se importasse de explicar as coisas. Parecia que tinha um monte de coisas que precisavam ser explicadas para mim.

— E agora?

— Nem tanto.

— Por quê?

— Quer mesmo saber?

— Quero.

Sofia suspirou e se sentou na cama.

— Eu me apaixonei. Não deu certo.

Sentei-me ao lado dela.

— Tudo isso nos últimos três meses?

Ela assentiu.

— Sim, tudo isso nos últimos três meses.

— Você não mencionou…

— Nos meus e-mails? Não. Ele não queria que eu falasse com você, muito menos sobre *ele*.

— Eu era uma ameaça tão grande assim?

Ela deu de ombros.

— Exagerei um pouco sobre você no começo. Para deixá-lo com ciúmes. Deu certo quanto a deixá-lo com ciúmes, mas nem tanto quanto a fazê-lo me amar mais.

— Foi por isso que não me falou que estava vindo?

Ela balançou a cabeça.

— Não. Soube que vinha apenas na semana passada. Convenci meus pais de que sentia tanta falta de Nova York que eles precisavam me mandar para cá nas festas.

— Mas, na verdade, só queria se afastar dele?

—Não, isso não funcionaria. Só achei que seria bom ver gente. E quanto a você? Está apaixonado por alguém?

—Não sei direito.

—Ah. Então *há* alguém. *A alegria do sexo gay?*

—Sim — admiti. — Mas não do jeito que você está pensando.

E contei a ela. Sobre o caderninho. Sobre Lily. Às vezes, olhava para ela enquanto falava. Às vezes, falava com o quarto, com as mãos, com o ar. Era coisa demais, ao mesmo tempo, estar tão perto de Sofia e tentando conjurar uma proximidade com Lily.

—Caramba! — exclamou Sofia, quando terminei. — Você acha que finalmente encontrou a garota da sua cabeça.

—O que quer dizer?

—Como a maioria dos caras, você carrega por aí uma garota na cabeça que é exatamente como você quer que ela seja. A pessoa que acha que vai amar mais. E toda garota com quem fica é comparada com essa garota da sua cabeça. Então essa garota do caderninho vermelho... Faz sentido. Se nunca se encontrar com ela, ela nunca vai precisar ser comparada. Poderá ser a garota da sua cabeça.

—Você faz parecer que não quero conhecê-la.

—É claro que quer. Mas, ao mesmo tempo, quer sentir que já a conhece. Que vai conhecê-la instantaneamente. Um tremendo conto de fadas.

—Conto de fadas?

Sofia sorriu para mim.

—Você acha que contos de fadas são coisa de menina? Uma dica: pergunte a si mesmo quem os escreveu. Garanto que não foram só mulheres. É a grande fantasia masculina: só é preciso uma dança para saber que é ela. Só é preciso o som da música dela vindo da torre, ou uma olhada em seu rosto adormecido. E na mesma hora você sabe: é a garota da sua cabeça, dormindo ou dançando ou cantando à sua frente. Sim, garotas querem príncipes, mas garotos também querem princesas. E não querem uma paquera muito longa. Querem saber imediatamente.

Ela chegou a colocar a mão na minha perna e apertar.

— Sabe, Dash, eu nunca fui a garota da sua cabeça. E você nunca foi o garoto da minha. Acho que ambos sabíamos disso. Só quando tentamos fazer a garota ou garoto da nossa cabeça virar real é que o verdadeiro problema aparece. Fiz isso com Carlos, e foi um fracasso retumbante. Cuidado com o que está fazendo, porque ninguém nunca é quem você quer que a pessoa seja. E, quanto menos você conhecer a pessoa, mais provável é que você a confunda com a garota ou garoto da sua cabeça.

— A representação do que você deseja — constatei.

Sofia assentiu.

— Sim. Nunca se deve desejar isso.

dez

(Lily)
26 de dezembro

—Você está de castigo.

Vovô ficou olhando para mim com uma expressão séria. Não consegui evitar uma explosão de gargalhadas.

Vovôs dão dinheiro e bicicletas e abraços. Não punições! Todo mundo sabe disso.

Vovô voltou inesperadamente para Nova York, dirigiu dia e noite vindo da Flórida! Quando chegou em casa, foi logo procurar Langston e eu para ver como estávamos, mas deu de cara com meu irmão desmaiado na cama, perdido sob um mar de cobertores e lenços cheios de catarro, e, pior, a ursinha Lily não só ausente do cantinho dela lá em cima, mas também de qualquer outro lugar do apartamento da família.

Por sorte, cheguei em casa por volta das três e meia da manhã, minutos depois que vovô descobriu meu desaparecimento. Ele só teve tempo suficiente para quase ter um ataque cardíaco e me procurar dentro de todos os armários do apartamento. Antes de vovô ter a chance de ligar para a polícia, além dos meus pais e vários milhares de parentes para instigar um pânico mundial, entrei pela porta, ainda sem fôlego pela empolgação do ambiente noturno.

As primeiras palavras de vovô quando me viu não foram "Onde você estava?". Essas foram as segundas. As primeiras foram:

— Por que está usando uma bota só? E, Deus do céu, é a bota que minha irmã usava no ensino médio?

Ele falou isso do chão da cozinha de meu apartamento, onde estava deitado tentando determinar, acredito eu, se eu estava escondida debaixo da pia.

— Vovô! — gritei.

Corri para cobri-lo de beijos de dia seguinte ao Natal. Estava muito feliz em vê-lo e eufórica pela noite que tive, apesar de como terminou, com o sacrifício de um dos sapatos de minha tia-avó para os dois sujeitos e a falha em devolver o caderninho a Hostil.

Vovô não quis aceitar meu afeto. Virou a bochecha para mim e começou a história do "você está de castigo". Como não recebi a declaração dele com qualquer manifestação de medo, ele franziu a testa e perguntou:

— Onde você estava? São quatro da madrugada!

— Três e meia — corrigi. — São três e meia da madrugada.

— Você está com um mundo de problemas, mocinha — alertou ele.

Eu ri.

— Estou falando sério! — exclamou meu avô. — É melhor que tenha uma boa explicação.

Bem, estou me correspondendo com um estranho através de um caderninho, e conto para ele meus sentimentos e pensamentos mais secretos, e vou cegamente a lugares misteriosos aonde ele me desafia ir...

Não, isso não pegaria muito bem.

Pela primeira vez na vida, menti para vovô.

— A banda de uma amiga do time de futebol fez um show de Chanuca em uma festa. Fui assistir.

— ESSA MÚSICA EXIGE QUE VOCÊ CHEGUE EM CASA ÀS QUATRO DA MADRUGADA?

— Três e meia — repeti. — É uma coisa religiosa. A banda não pode tocar antes da meia-noite na noite depois do Natal.

— Entendo — disse o vovô, com ceticismo. — E você não tem hora de voltar para casa, mocinha?

A invocação não uma, mas duas vezès, do temido termo carinhoso *mocinha* deveria ter me colocado em alerta de medo intenso, no entanto, eu estava alegre demais pelas aventuras da noite para me importar.

— Tenho certeza de que minha hora de voltar para casa fica suspensa nas festas de fim de ano — retruquei. — Como a regra de estacionamento em lados alternados da rua.

— LANGSTON! — gritou vovô. — VENHA AQUI!

Demorou alguns minutos, mas meu irmão finalmente se arrastou até a cozinha, levando junto o edredom, como se tivesse sido acordado de um coma.

— Vovô! — gemeu Langston, surpreso. — O que você está fazendo em casa?

Sabia que Langston estava aliviado agora por estar doente porque, se não estivesse, Benny teria passado a noite com ele, e companheiros noturnos do tipo romântico ainda não foram autorizados pelas figuras com autoridade designada. Nós dois estaríamos em apuros.

— Eu não tenho importância — retrucou vovô. — Você permitiu que Lily saísse na noite de Natal para ouvir a amiga dela tocar?

Langston e eu trocamos um olhar cheio de significado: nossos segredos precisavam permanecer assim: segredos. Iniciei nosso código secreto da infância, piscando os cílios com exagero, para Langston saber que devia confirmar o que tinha sido perguntado a ele.

— Sim. — Langston tossiu. — Como estou doente, queria que Lily saísse e se divertisse no Natal. A banda ia tocar no porão da casa de alguém no Upper West Side. Pedi um carro para trazê-la para casa. Totalmente seguro, vovô.

Foi um pensamento muito rápido para alguém doente. Às vezes, amo muito meu irmão.

Vovô olhou para nós dois com desconfiança, sem saber se havia ficado preso na teia de enganação de irmãos em que um ajuda o outro.

— Vão para a cama — ordenou vovô. — Os dois. Cuido de vocês pela manhã.

— Por que *você* está em casa, vovô? — perguntei.

— Deixe para lá. Vá para a cama.

Não consegui adormecer depois da noite klezmer, então fui escrever no caderninho.

Desculpe-me por não ter devolvido o caderninho. Quero dizer, era uma tarefa tão simples. Mas fiz besteira. Não sei por que estou escrevendo para você agora, pois não tenho ideia de como devolver isto. Mas tem algo em você e no caderninho que me dá fé.

Você estava na boate? Primeiro achei que era um dos caras com sapatos de sola emborrachada, mas logo percebi que aquilo era impossível. Primeiramente, porque aqueles garotos pareciam animados demais. Não que o imagine como uma pessoa infeliz, mas também não o vejo como o tipo sorridente. Além do mais, sinto que o teria reconhecido, tido uma espécie de percepção sensorial se estivesse perto de mim. E, apesar de ainda não saber como imaginar você (todas as vezes que tento, parece estar segurando um Moleskine vermelho na frente do rosto), tenho uma sensação sólida de que você não tem cachos pendurados nas têmporas. É só um palpite. (Mas, se tiver, posso fazer uma trança qualquer hora dessas?)

Acabei deixando você com uma bota e sem caderninho. Ou melhor, deixei com dois estranhos.

Você não parece um estranho para mim.

Vou ficar usando a bota que sobrou o tempo todo, para o caso de estar me procurando.

Cinderela era tão imbecil. Ela deixou o sapatinho de cristal no baile e voltou direto para a casa da madrasta. Acho que ela deveria ficar usando o sapatinho de cristal o tempo todo, para ser mais fácil encontrá-la. Sempre torci para que, depois que o príncipe encontrasse Cinderela e eles partissem na carruagem magnífica, ela se virasse para ele depois de alguns quilômetros e dissesse: "Pode me deixar na estrada, por favor? Agora que finalmente fugi de minha horrível vida de exploração, gostaria de ver um pouco do mundo, sabe? Talvez fazer um mochilão pela Europa ou Ásia. Procuro por você depois, Príncipe, depois de ter encontrado meu caminho. Mas obrigada por me achar! Foi uma gracinha de sua parte. E pode ficar com os sapatinhos. Vão acabar me dando bolhas se continuar os usando."

Acho que teria gostado de dançar com você, se posso ser ousada o bastante para dizer isso.

Nem chuva nem granizo nem a tristeza do dia depois do Natal poderiam impedir vovô de encontrar os amigos para um café na tarde seguinte.

Acompanhei vovô, por sentir que ele precisava de apoio moral.

Enquanto estava na Flórida, onde costumava passar o inverno, ele realmente pediu Mabel, que mora no condomínio onde ele tem um apartamento, em casamento no dia de Natal. Fora o fato de ela sempre pedir para mim e meu irmão que a chamemos de Vovló, sua lista de infrações enquanto futura avó-madrasta é longa. Só alguns exemplos: (1) As balas na tigela da sala dela estão sempre velhas. (2) Ela tenta colocar batom ou blush em mim, apesar de eu não gostar de maquiagem. (3) Cozinha muito mal. (4) Sua lasanha vegetariana, que mencionou um milhão de vezes ter feito só porque sou tão chata que não como carne, tem gosto de cola com abobrinha ralada. (5) Ela me dá vontade de vomitar. (6) A lasanha também. (7) E as balas na sala.

O chocante é que Mabel recusou o pedido de vovô! Achei que *minha* manhã de Natal tinha sido uma droga, mas a de vovô foi bem pior. Quando ele lhe deu a aliança, Mabel disse que gosta da vida de solteira e que gosta de vovô como o namorado de inverno, mas que tem outros namorados durante o resto do ano, assim como ele tem outras garotas durante os meses que não são de inverno! Ela sugeriu que ele devolvesse o anel, pegasse o dinheiro de volta e o usasse para levá-la em uma viagem de férias a um lugar bacana.

Vovô nunca imaginou que ela recusaria o pedido, portanto, em vez de pensar sobre a lógica da resposta de Mabel, ele voltou para Nova York algumas horas depois, de coração totalmente partido! Principalmente ao chegar em casa e descobrir que sua doce ursinha Lily havia saído para uma louca noite cidade afora. Em 24 horas, seu mundo virou de cabeça para baixo.

Acho que é bom para o coroa.

No entanto, vovô parece genuinamente deprimido. Por isso, naquela tarde, fiquei juntinho quando ele foi encontrar os amigos, todos donos aposentados de negócios do bairro, que se encontram regularmente para tomar café desde que minha mãe era bebê, para que pudessem opinar sobre o infortúnio de Natal de vovô. O nome da maioria dos amigos é complicado e envolve muitas sílabas, então Langston e eu sempre nos referimos a eles pelos nomes dos antigos negócios.

A discussão de mesa-redonda sobre Mabel foi assim:

O Sr. Pão Doce falou para vovô:

— Arthur, dê um tempo a ela. Vai mudar de ideia.

O Sr. Rolinho Primavera disse:

— Você homem viril, Arthur! Essa moça não quer você, alguém melhor quer!

O Sr. Chucrute suspirou.

— Essa mulher que recusa um pedido de casamento em um dia sagrado para os gentios vale seu coração, Arthur? Acho que não.

O Sr. Curry exclamou:

— Vou encontrar outra moça para você, meu amigo!

— Ele *tem* muitas outras moças aqui em Nova York — lembrei ao grupo. — Apenas — devo mencionar que sofri por ter que dizer isso — parece querer ficar com Mabel de vez.

Incrivelmente, não engasguei com meu Lilyccino (espuma de leite com raspas de chocolate, cortesia do genro do Sr. Pão Doce, que agora é quem cuida da padaria) quando falei isso. O rosto de vovô, sempre alegre e satisfeito, parecia desanimado demais. Eu não conseguia suportar.

— Essa aqui! — contou vovô para os amigos, apontando para mim, sentada ao lado dele. — Sabem o que ela fez? Foi a uma festa ontem à noite! Ficou na rua até depois da hora de estar em casa! Como se meu Natal já não tivesse sido bem ruim, volto para casa e entro em pânico, porque a ursinha Lily não está em canto algum. Chegou alguns minutos depois, às quatro da madrugada, parecendo não estar dando a mínima para nada.

— *Três e meia* — declarei. De novo.

O Sr. Rolinho Primavera perguntou:

— Havia garotos nessa festa?

O Sr. Chucrute disse:

— Arthur, essa criança deveria estar na rua tão tarde da madrugada? Onde pode haver garotos?

O Sr. Pão Doce disse:

— Vou matar o garoto que...

O Sr. Curry se virou para mim.

— Uma moça tão boa, ela não...

— Hora de passear com meus cachorros! — interrompi.

Se passasse mais um momento com esses homens idosos no café, conspirariam para mandar me trancar no quarto, longe do alcance de garotos, até que eu tivesse 30 anos.

Deixei os cavalheiros resmungando e fui brincar de pique com meus clientes caninos favoritos.

Estava com meus dois cachorros prediletos no parque, Lola e Dude, um pequenino pug-chihuahua e um gigantesco labrador chocolate. O que eles sentem é amor verdadeiro. Dá para perceber pela animação com que cheiram a bunda um do outro.

Liguei para vovô do celular.

— Você precisa aprender a ceder — declarei.

— Como é?

— Dude odiava Lola porque ela era tão pequena e fofa que ganhava toda a atenção. Aí aprendeu a ser legal com ela para poder ter atenção também. Dude cedeu, como você deveria fazer. Não é porque Mabel recusou seu pedido de casamento que você deveria terminar com ela!

Era uma concessão e tanto para mim, devo concordar.

— Quer que eu aceite conselhos amorosos de uma garota de 16 anos? — perguntou vovô.

— Sim.

Desliguei antes que ele pudesse observar o quanto eu era não qualificada para dar esse tipo de conselho.

Tenho que aprender a deixar de ser uma Lily tão doce e me transformar em uma negociadora mais implacável.

Por exemplo.

Se for obrigada a me mudar para Fiji em setembro, que é quando Langston disse que o emprego novo de papai começaria se ele decidisse aceitá-lo, vou exigir um cachorrinho. Estou percebendo que há muita culpa por parte deles a ser aproveitada nessa situação, e planejo usá-la em benefício próprio no reino animal.

Sentei-me em um banco enquanto Lola corria atrás de Dude no parque de cachorros. No banco ao lado, reparei em um adolescente usando uma boina de estampa escocesa inclinada para trás, olhando para mim como se me conhecesse.

— Lily? — perguntou.

Olhei para ele com mais atenção.

— Edgar Thibaud! — grunhi.

Ele veio até meu banco. Como Edgar Thibaud *ousava* me reconhecer e tinha a audácia de me abordar depois do inferno na terra que fez dos meus anos de fundamental I na PS 41?

Além disso.

Como Edgar Thibaud *ousava* usar os últimos anos para ficar tão... alto? E... bonito?

Edgar Thibaud disse:

— Não tinha certeza se era você, mas aí reparei na bota estranha em um pé e no All Star surrado no outro, e me lembrei daquele chapéu vermelho com pompom. Sabia que só podia ser você. E aí?

E aí? Era isso que queria saber? De forma tão casual? Como se não tivesse estragado minha vida e matado meu hamster?

Edgar Thibaud sentou-se ao meu lado. Os olhos (verdes e bem bonitos) pareciam meio turvos, como se ele tivesse fumado o cachimbo da paz.

— Sou capitã do time de futebol — anunciei.

Não sei falar direito com garotos. Ao vivo. Deve ser por isso que fiquei tão dependente de um caderninho para expressão criativa de natureza potencialmente romântica.

Edgar riu da minha resposta idiota. Mas não foi uma gargalhada cruel. Pareceu mais de apreciação.

— Mas é claro. A mesma Lily de sempre. Até usa os mesmos óculos pretos que usava no fundamental I.

— Soube que te expulsaram da escola por algum plano conspiratório.

— Só fui suspenso. Pareceram férias, na verdade. E olhe só você, prestando atenção em mim esse tempo todo. — Edgar Thibaud se inclinou para perto de meu ouvido. — Alguém já disse que você cresceu e ficou bem bonitinha? De um jeito meio diferente?

Não sabia se ficava lisonjeada ou ultrajada.

Sabia, porém, que a respiração dele em meu ouvido me provocou tremores nada familiares pelo corpo.

— O que está fazendo aqui? — perguntei, por pura necessidade de entabular uma conversa trivial e me distrair dos pensamentos sórdidos que minha mente começava a tecer sobre Edgar Thibaud... sem camisa. Conseguia sentir meu rosto ficando quente, vermelho. Mas minha resposta mais pungente foi: — Não viajou no Natal, como todo mundo?

— Meus pais foram esquiar no Colorado sem mim. Irritei-os demais.

— Ah, que pena.

— Não, fiz de propósito. Uma semana sem a hipocrisia burguesa dos dois é o paraíso.

Edgar Thibaud estava mesmo falando? Eu não conseguia parar de olhar para a cara dele. Como foi que ficou tão bonito nos anos que se passaram?

Comentei:

— Acho que a boina que está usando é da seção feminina.

— É? Legal. — Ele inclinou a cabeça para o lado, satisfeito. — Gosto de garotas. E dos chapéus delas. — Esticou a mão para pegar o chapéu em minha cabeça. — Posso?

Estava óbvio que Edgar Thibaud tinha evoluído nos últimos anos se tinha a decência de pedir o chapéu em vez de arrancá-lo da minha cabeça e, talvez, jogá-lo para os cachorros brincarem, como o velho Edgar teria feito no pátio da escola.

Baixei a cabeça para que ele pudesse pegar meu chapéu. Ele colocou o gorro de pompom vermelho na própria cabeça, e a boina dele na minha.

A boina me pareceu tão quente e... proibida. Gostei daquilo.

— Quer ir a uma festa comigo hoje? — perguntou Edgar.

— Acho que vovô não vai me deixar ir! — respondi.

— E daí?

Exatamente!

Claramente, era hora de Lily ter o tipo de aventura com garotos que a permitiria dar conselhos amorosos legítimos no futuro.

Talvez tenha chegado ao Tompkins Square Park com o coração ainda sintonizado em Hostil, mas, bem à minha frente, tinha um Edgar Thibaud de verdade e vivo.

A tática secreta de um negociador implacável é saber quando ceder.

Por exemplo.

Vou exigir um cachorrinho se for obrigada a me mudar para Fiji.

Mas aceito um coelhinho.

onze

–Dash–

27 de dezembro

Assim, fui parar mais uma vez na Strand.

A noite não acabou tarde; as festas de Priya normalmente terminavam no horário de Cinderela, e essa não foi diferente. Sofia e eu passamos a maior parte da noite juntos, mas, quando saímos do quarto e começamos a conversar com as pessoas, paramos de falar um com o outro e começamos a falar como duas partes do grupo maior. Yohnny e Dov foram embora para ver um amigo deles, Matthue, declamar poesia, e Thibaud não apareceu. Talvez eu tenha enrolado até Sofia e eu estarmos quase sozinhos de novo, mas Boomer consumiu 13 copos a mais de Mountain Dew do que deveria e estava ameaçando fazer buracos no teto com a cabeça. Sofia ficaria até o Ano-Novo, então eu disse que tínhamos que nos encontrar, e ela disse que sim, seria legal. Deixamos tudo assim.

Agora, eram onze da manhã seguinte, e eu estava de volta à livraria, resistindo ao chamado sedutor das pilhas de livros para poder encontrar e, se necessário, interrogar Mark. Carregava uma bota feminina debaixo do braço, como um carregador de caixão da Bruxa Má do Oeste.

O cara na mesa de informações era magro e louro, e usava óculos e tweed. Em outras palavras, não era o cara que eu estava procurando.

— Oi — cumprimentei. — Mark está?

O cara nem levantou o rosto do romance de Saramago que tinha no colo.

— Ah — exclamou —, você é o stalker?

— Tenho uma pergunta para ele, só isso. Isso não me torna um stalker.

Agora o cara olhou para mim.

— Depende da pergunta, não é? Tenho certeza de que stalkers também têm perguntas.

— Sim — concordei —, mas as perguntas costumam seguir a linha de "Por que você não me ama?" e "Por que não posso morrer ao seu lado?" A minha não passa de algo do tipo "O que pode me dizer sobre esta bota?"

— Não sei se posso ajudar.

— Aqui é a mesa de informações, não é? Você não é obrigado a me dar informações?

O cara suspirou.

— Tudo bem. Ele está arrumando prateleiras. Agora me deixe terminar esse capítulo, ok?

Agradeci, mas não profusamente.

A Strand se declara com orgulho o lar de 30 quilômetros de livros. Não faço ideia de como isso é calculado. Será que se empilham todos os livros até chegar à altura de 30 quilômetros? Ou se coloca um ao lado do outro para criar uma ponte entre Manhattan e, digamos, Short Hills, em Nova Jersey, a 30 quilômetros de distância? Havia 30 quilômetros de prateleiras? Ninguém sabia. Apenas acreditávamos na palavra da livraria, pois, se você não pudesse confiar em uma livraria, em que poderia confiar?

Seja lá qual fosse a medida, o fato aplicável era que a Strand tinha um monte de corredores para ser arrumados. O que significava que eu precisaria passar por dezenas de espaços apertados, desviando de clientes insatisfeitos e pré-satisfeitos, escadas e pirâmides de livros amontoados de qualquer jeito até encontrar Mark na seção de história militar. Ele estava meio curvado com o peso de um livro ilustrado de história da Guerra Civil, mas, de resto, a aparência e a atitude pareciam as de quando nos encontramos pela primeira vez.

— Mark! — falei em um tom de camaradagem natalina, como se fôssemos integrantes do mesmo clube gastronômico e estivéssemos nos encontrando no saguão de um bordel.

Ele olhou para mim por um segundo, então se virou de novo para a prateleira.

— Teve um feliz Natal? — prossegui. — Gozou da euforia das festas?

Ele levantou um exemplar da biografia de Winston Churchill e apontou para mim de forma acusadora. O primeiro-ministro, impresso na capa, ficou olhando para mim de forma impassível, com sua papada enorme, como se fosse o juiz dessa competição repentina.

— O que você quer? — perguntou Mark. — Não vou revelar nada.

Peguei a bota debaixo do braço e a coloquei na cara de Churchill.

— Me conte de quem é essa bota.

Ele (Mark, não Churchill) ficou surpreso com a aparição do calçado, deu para perceber. E também pude notar, pelo conhecimento que tentava esconder, que sabia a identidade da dona.

Mesmo assim, ele foi obstinado, da forma como só as pessoas verdadeiramente infelizes conseguem ser.

— Por que deveria dizer? — perguntou, sem nenhuma economia de petulância.

— Se me contar, deixo você em paz — ameacei. — E, se não disser, vou pegar o primeiro romance de James Patterson escrito por um escritor-fantasma que encontrar e segui-lo pela loja lendo em voz alta até você ceder. Preferiria que eu lesse *Os três doces meses de Daphne com Harold* ou *A casa do amor eterno de Cindy e John?* Garanto que sua sanidade e credibilidade na cena indie não durariam um capítulo. E são capítulos muito, muito curtos.

Agora conseguia ver o medo por trás do desafio.

— Você é cruel — constatou. — Sabia disso?

Assenti, embora costumasse guardar a palavra *cruel* para criminosos genocidas.

Ele prosseguiu:

— E, se eu contar, vai parar de ligar e vir até aqui, mesmo se não gostar do que encontrar?

Isso não pareceu muito gentil com Lily, mas não permitiria que meu orgulho ficasse ferido.

— Vou parar de ligar — concordei calmamente. — E, apesar de não me permitir ser banido da Strand, prometo não pedir informação quando você estiver sentado naquela mesa, e, se estiver trabalhando no caixa em algum dia, vou dar um jeito para que não me atenda. Isso basta?

— Não precisa ser hostil — disse Mark.

— Isso não foi hostilidade — observei. — Nem remotamente. Se está planejando fazer sucesso na arena das livrarias, sugiro que aprenda a fazer a distinção entre hostilidade e um comentário sagaz. Não são a mesma coisa.

Peguei uma caneta e ofereci a ele a parte interna do braço.

— Apenas escreva o endereço e estamos quites.

Ele pegou a caneta e escreveu um endereço na rua 22 Leste, apertando minha pele com um pouco de força demais.

— Obrigado, senhor — agradeci, resgatando a bota. — Vou falar coisas boas de você para o Sr. Strand!

Quando saí do corredor, senti um tratado sobre os fracassos navais americanos voar por cima de minha cabeça. Deixei-o no chão para que o arremessador de peso o guardasse.

Devo admitir: havia uma parte de mim que queria lavar o braço. Não por causa da caligrafia de Mark, que era o tipo de rabisco mais associado a condenados do corredor da morte que a vendedores de livrarias. Não, não era a caligrafia que fiquei tentado a apagar, mas a informação que ela passava. Pois aqui estava a chave para conhecer Lily... e eu não sabia se queria colocá-la na fechadura.

As palavras de Sofia alfinetavam: será que Lily era a garota da minha cabeça? E, se fosse, a realidade não estava fadada a ser decepcionante?

Não, tive que me tranquilizar. *As palavras no Moleskine vermelho não foram escritas pela garota da sua cabeça. Precisa confiar nas palavras. Elas não criam nada mais do que elas mesmas.*

Quando toquei a campainha, consegui ouvi-la ecoando pela casa de tijolos marrons, o tipo de entonação que faz você acreditar que um criado vai abrir a porta. Por pelo menos um minuto, houve só o silêncio como resposta. Mudei a bota de mão e pensei se deveria tocar de novo. Meu autocontrole parecia uma rara vitória da educação sobre a conveniência; e um ruído de pés e uma movimentação de trancas e fechaduras me recompensou.

A porta foi aberta não por um mordomo e nem por uma empregada. Na verdade, foi aberta por uma guarda de museu do Madame Tussauds.

— Conheço a senhora! — exclamei.

A mulher me olhou com intensidade, e por bastante tempo.

— E eu conheço essa bota — respondeu.

— Sim — falei. — Tem isso.

Não fazia ideia se ela se lembrava de mim do museu, mas ela abriu a porta um pouco mais e fez sinal para que eu entrasse.

Quase esperei ser cumprimentado por uma estátua de cera de Jackie Chan. (Em outras palavras, esperava que ela tivesse levado trabalho para casa.) Mas o saguão era só uma antecâmara de antiguidades, como se, de repente, eu tivesse voltado dezenas de décadas de uma vez, e nenhuma delas fosse depois de 1940. Ao lado da porta havia um suporte cheio de guarda-chuvas, pelo menos uns 12, cada um com cabo curvo de madeira.

A senhora me notou observando-os.

— Nunca viu um suporte de guarda-chuvas antes? — perguntou com arrogância.

— Estava apenas tentando imaginar uma situação em que uma pessoa fosse precisar de 12 guarda-chuvas. Parece quase indecente ter tantos deles quando existe tanta gente que não tem nenhum.

Ela assentiu e perguntou:

— Qual é seu nome, meu jovem?

— Dash — disse-lhe.

— Dash?

— É apelido de Dashiell — expliquei.

— Nunca disse que não era — respondeu secamente.

Ela me levou até uma sala que só poderia ser chamada de sala de visitas. A cortina era tão densa e a mobília tão forrada que eu esperava encontrar Sherlock Holmes brincando de guerra de dedão com Jane Austen num canto. Não estava tão poeirento e fumacento quanto se espera de uma sala de visitas, mas a madeira que encobria o cômodo tinha o peso de catálogos de cartões, e o tecido parecia encharcado de vinho. Esculturas da altura do joelho ocupavam os cantos e a área adjacente à lareira, enquanto livros sem sobrecapa se amontoavam nas prateleiras, espiando como professores velhos e cansados demais para conversar uns com os outros.

Eu me senti completamente em casa.

Obedecendo a um gesto da senhora, acomodei-me em um divã. Quando inspirei, o ar tinha cheiro de dinheiro velho.

— Lily está em casa? — perguntei.

A mulher se sentou à minha frente e riu.

— Quem disse que eu não sou Lily? — questionou.

— Bem — prossegui —, alguns de meus amigos conheceram Lily, e gosto de pensar que eles teriam mencionado se ela tivesse 80 anos.

— Oitenta! — A mulher idosa fingiu estar chocada. — Quero que saiba que não tenho nem um ano a mais que 43.

— Com todo respeito — falei —, se a senhora tem 43 anos, eu sou um feto.

Ela se recostou à cadeira e me examinou como se estivesse contemplando alguma coisa que comprou. O cabelo estava muito bem preso em um coque, e me senti igualmente bem preso sob seu escrutínio.

— Falando sério — insisti. — Onde está Lily?

— Preciso avaliar suas intenções antes de poder permitir que se meta e enrole minha sobrinha.

— Garanto que não tenho nem uma coisa nem outra em mente — respondi. — Apenas quero conhecê-la. Pessoalmente. Sabe, nós andamos...

Ela levantou a mão para me interromper.

— Estou ciente de seu flerte epistolar. E é lindo e ótimo desde que continue lindo e ótimo. Antes que eu faça algumas perguntas, aceita um chá?

— Isso dependeria de que tipo de chá está oferecendo.

— Tão retraído! Digamos que seja Earl Grey.

Fiz que não com a cabeça.

— Tem gosto de raspa de lápis apontado.

— Lady Grey.

— Não tomo bebidas batizadas em homenagem a monarcas decapitados. Acho tão *cafona*.

— Camomila?

— É a mesma coisa que beber asas de borboleta.

— Chá verde?

— A senhora não pode estar falando sério.

A mulher assentiu com aprovação.

— Não estava.

— Pois sabe quando uma vaca rumina grama? E mastiga e mastiga e mastiga? Bem, chá verde tem gosto de um beijo de língua nessa vaca que acabou de ruminar toda essa grama.

— Aceita chá de hortelã?

— Só sob coação.

— English Breakfast.

Bati palmas.

— Agora podemos conversar!

A senhora idosa não fez movimento algum para ir buscar o chá.

— Infelizmente, acabou — constatou.

— Não tem problema — admiti. — A senhora quer sua bota de volta enquanto isso?

Estiquei a bota em sua direção, e ela segurou o calçado por um momento antes de me devolvê-lo.

— É dos meus dias de desfile com a banda — disse ela.

— A senhora foi do exército?

— Exército da alegria, Dash. Fui de um exército da *alegria*.

Havia uma série de urnas na estante atrás dela. Perguntei-me se eram decorativas ou se continham os restos de alguns de seus parentes.

— Então, o que mais posso contar à senhora? — indaguei. — Para fazer com que revele Lily para mim?

Ela juntou os dedos sob o queixo.

— Vamos ver. Você molha a cama?

— Se eu molho...?

— A cama. Estou perguntando se você molha a cama.

Sabia que ela estava tentando me fazer hesitar. Mas não faria isso.

— Não, senhora. Mantenho minha cama seca.

— Nem uma gotinha de vez em quando?

— Estou me esforçando para entender a pertinência disso.

— Estou avaliando sua sinceridade. Qual foi o último periódico que leu metodicamente?

— *Vogue*. Embora, por questão de sinceridade total, isso tenha acontecido porque eu estava no banheiro de minha mãe, passando por um trabalho intestinal um tanto demorado. A senhora sabe, do tipo que exige o método Lamaze.

— De qual adjetivo você sente mais saudade?

Essa era fácil.

— Vou admitir que nutro uma fraqueza por *fantástico*.

— Digamos que eu tenha cem milhões de dólares e os ofereça a você. A única condição é que, se aceitar, um homem na China vai cair da bicicleta e morrer. O que você faz?

— Não sei por que importa ele estar ou não na China. E é claro que não aceitaria o dinheiro.

A senhora idosa assentiu.

— Acha que Abraham Lincoln era homossexual?

— Só o que posso dizer com certeza é que ele nunca deu em cima de mim.

— Você é frequentador de museus?

— O papa é frequentador de igrejas?

— Quando vê uma flor pintada por Georgia O'Keeffe, o que vem à mente?

— Isso é só uma trama transparente para me fazer dizer a palavra *vagina*, não é? Pronto. Já falei. Vagina.

— Quando desce de um ônibus, faz alguma coisa em especial?

— Agradeço ao motorista.

— Bom, bom — disse ela. — Agora... me conte suas intenções em relação a Lily.

Houve uma pausa. Talvez longa demais. Porque, para ser sincero, não tinha pensado nas minhas intenções. O que significava que eu teria que pensar em voz alta enquanto respondia.

— Bem — falei —, não vim buscá-la para ir ao baile ou para pedir que me ajude na cozinha, se é o que você quer saber. Já estabelecemos minha posição quanto a me meter e enrolar, que agora é casta com possibilidade de paixão inveterada, dependendo da intensidade de nossas primeiras interações. Já ouvi de uma fonte de confiança surpreendente que não devo pintá-la a partir daquilo que imagino que ela seja, e minha intenção é seguir esse conselho. Mas, falando sério?, é um território completamente inexplorado. *Terra enigma*. Poderia haver um futuro ou poderia ser um desastre. Se ela tiver sido feita aos moldes da senhora, tenho a sensação de que podemos nos dar bem.

—Acho que ainda está tentando descobrir como é — disse a mulher. — Portanto, não vou comentar sobre seus moldes. Acho-a encantadora. E, apesar de às vezes as encantadoras serem cansativas, em geral elas são...

—Um encanto? — sugeri.

—*Puras*. Polidas pelas próprias esperanças.

Suspirei.

—O que foi? — perguntou a senhora.

—Sou detalhista — confessei. — Incidentalmente, não a ponto de ser hostil. Mas mesmo assim. Encantadora e detalhista não costuma ser uma mistura muito homogênea.

—Quer saber por que nunca me casei?

—A pergunta não estava no topo da minha lista — admiti.

A mulher me fez olhar nos olhos dela.

—Escute: jamais me casei, pois me entediava facilmente. É uma característica horrível e decepcionante de se ter. É bem melhor se interessar com facilidade.

—Entendo — falei. Mas não entendia. Não naquele momento. Ainda não.

O que estava fazendo era perscrutar a sala, pensando: *De todos os lugares onde estive, esse é o que mais parece um lugar aonde um caderninho vermelho me levaria.*

—Dash — disse a mulher. Uma simples declaração, como se estivesse segurando meu nome na mão, estendendo-o para mim como estendi a bota para ela.

—Sim? — respondi.

—Sim? — ecoou ela.

—Acha que está na hora? — indaguei.

Ela se levantou da cadeira e disse:

—Vamos dar um telefonema.

doze

(Lily)

26 de dezembro

— Você ainda mata hamsters? — perguntei a Edgar Thibaud.

Estávamos em frente ao prédio de tijolos marrons de uma garota com quem ele estuda e que ia dar uma festa aquela noite.

Da rua, dava para ver a festa pela janela da sala. A cena parecia bastante educada. Nenhum barulho alto que se esperaria de uma festa de adolescentes chegava à rua. Podíamos ver duas pessoas com cara de pais andando pela sala, oferecendo suco de caixinha e refrigerante em bandejas de prata, o que devia explicar a falta de barulho e as cortinas abertas.

— Essa festa vai ser um saco — disse Edgar Thibaud. — Vamos para outro lugar.

— Não respondeu minha pergunta — falei. — Você ainda mata hamsters, Edgar Thibaud?

Se me desse uma resposta sarcástica, nossa trégua recém-decretada acabaria tão abruptamente quanto começara.

— Lily — começou Edgar Thibaud, transbordando sinceridade. Ele segurou minha mão, que agora transbordava suor e tremia com seu toque. — Desculpe-me pelo seu hamster. De verdade. Eu jamais machucaria um ser senciente de propósito.

Os lábios dele depositaram um beijo arrependido nos nós de meus dedos.

Por acaso, sei que Edgar Thibaud se formou em hamstercídio no primeiro ano e se tornou um daqueles garotos de quarto ano que usa lentes para direcionar o sol e fritar minhocas e outros insetos aleatórios em becos por aí.

É possivelmente verdade o que os amigos de vovô já me disseram repetidamente: não se pode confiar em garotos adolescentes. Suas intenções não são puras.

Isso devia ser parte do grande plano da Mãe Natureza: tornar esses garotos tão irresistivelmente gatos, de uma forma tão cruel, que a pureza de suas intenções se torna algo irrelevante.

— Para onde gostaria de ir? — questionei Edgar. — Preciso voltar às nove, senão meu avô vai surtar.

Menti para vovô uma segunda vez. Falei para ele que um treino de futebol emergencial de fim de ano tinha sido convocado, porque nosso time passava por uma série de derrotas. Ele só acreditou por estar choroso por conta de Mabel.

Edgar Thibaud respondeu com voz de bebê:

— O vovozinho não vai deixar a pequena Lily ficar até tarde?

— Está sendo cruel?

— Não — corrigiu ele, assumindo uma expressão séria. — Saúdo você e seu horário de voltar para casa, Lily, com desculpas pelo desvio breve e desnecessário de fala de bebê. Se precisa estar em casa às nove, isso só nos deixa tempo suficiente para ver um filme. Já assistiu *Vovó foi atropelada por uma rena?*

— Não — respondi.

Estou ficando boa nesse negócio de mentir.

Estou tentando abraçar o perigo.

Mais uma vez, me vi trancada em um banheiro, comunicando-me com Hostil. O banheiro do cinema era um pouco mais limpo que o da boate da noite anterior, e a sessão noturna não ficava lotada de criancinhas. Contudo, mais uma vez, a vida e a ação vibravam ao meu redor, mas eu só queria escrever em um caderninho vermelho.

Imagino que o perigo exista de muitas formas. Para algumas pessoas, pode ser pulando de uma ponte ou escalando montanhas impossíveis. Para outras, poderia ser um caso de amor espalhafatoso ou uma bronca em um motorista de ônibus com cara de mau que não gosta de parar para adolescentes barulhentos. Poderia ser roubar em um jogo de cartas ou comer um amendoim apesar de ser alérgico.

Para mim, o perigo pode ser sair debaixo da capa protetora de minha família e me aventurar no mundo sozinha, apesar de não saber o que ou quem me aguarda do lado de fora. Gostaria que você fosse parte desse plano. Mas será que você é perigoso? Eu duvido. Tenho medo de que você seja apenas produto da minha imaginação.

Acho que está na hora de experimentar a vida fora do caderninho.

Edgar Thibaud gargalhava da vovó gorda em cena quando voltei para meu lugar. O filme era tão idiota que eu não tinha escolha além de fixar o olhar longe da tela, no bíceps de Edgar Thibaud. Ele tem um tipo mágico de braços musculosos, não grandes demais, nem magrelos demais. São do tamanho certo. Fiquei um tanto hipnotizada.

A mão ligada ao braço de Edgar decidiu ficar ousada. Seus olhos não desgrudavam da tela, mas a mão pousou discretamente em minha coxa enquanto sua boca continuava a rir do massacre macabro que acometia vovó — quando os chifres da rena mais uma vez passaram por cima da idosa.

Eu mal conseguia acreditar na ousadia da manobra. (A da rena *e* a de Edgar.) Ansiava pelo perigo, mas ainda nem havíamos nos beijado. (Estou falando sobre Edgar e eu, não sobre a rena e eu. Adoro animais, mas nem tanto.)

Esperei a vida toda por esse primeiro beijo. Não ia estragá-lo pulando etapas.

— *Au au!* — lati para Edgar Thibaud quando a mão dele começou a fazer círculos no poodle bordado de minha saia de poodles. Recoloquei sua mão no apoio de braço, a melhor posição para que pudesse voltar a lhe admirar o bíceps.

No banco de trás do táxi para casa, deixei Edgar desabotoar e tirar meu casaco. Eu mesma despi a saia.

Estava usando um short e uma camisa de futebol por baixo do casaco e da saia, para o caso de vovô estar me esperando quando voltasse para casa. Peguei uma garrafa de água da bolsa e molhei o rosto e o cabelo, para parecer suada.

O taxímetro indicava U$ 6,50 e 20h55 quando encostamos no meio-fio em frente ao meu prédio.

Edgar se inclinou em minha direção. Sabia que aquilo podia estar prestes a acontecer.

Não me iludo achando que meu primeiro beijo de verdade vai levar a um "felizes para sempre". Não acredito nessa besteirada de príncipe encantado. Também não me iludo fingindo que gostaria que acontecesse no banco de trás de um táxi fedorento.

Edgar sussurrou em meu ouvido:

— Você tem dinheiro para sua metade da corrida? Estou meio sem grana e não vou ter o bastante para o motorista me levar depois, se você não tiver.

O dedo indicador dele tocou de leve meu pescoço.

Empurrei-o, apesar de desejar mais de seu toque. Mas não em um táxi, pelo amor de Deus!

Dei cinco dólares a Edgar Thibaud, além de um milhão de xingamentos silenciosos.

A boca de Edgar chegou *pertinhoassim* da minha.

— Eu pago da próxima vez — murmurou.

Virei o rosto.

— Não vai facilitar para mim, não é, Lily? — provocou Edgar Thibaud.

Ignorei os bíceps macios me espiando por baixo do suéter apertado.

— Você matou meu hamster — refresquei sua memória.

— Adoro uma caçada, Lily.

— Que bom.

Saí do táxi e fechei a porta.

— Como aquela rena adorava uma caçada! — gritou Edgar da janela, quando o táxi seguiu em frente a caminho de sua próxima parada.

27 de dezembro

Onde você ESTÁ?

Eu parecia destinada a me comunicar por caderninho com Hostil mais frequentemente quando estava acomodada em banheiros.

O banheiro do dia era em um pub irlandês na rua 11 Leste, em Alphabet City. Um daqueles pubs que são estabelecimentos de família durante o dia e se tornam inferninhos à noite. Estava ali durante o dia, então vovô podia relaxar.

Não queria mentir para vovô de novo, então falei a verdade: que ia encontrar meu grupo de cantigas de Natal. Nós cantaríamos "Parabéns para você" para a furiosa Aryn, a garota vegana revoltada, cujo 21º aniversário era no dia 27 de dezembro.

Não mencionei para vovô que mandei uma mensagem a Edgar Thibaud dizendo que me encontrasse ali também. Vovô não me perguntou se Edgar Thibaud estaria na festa de aniversário, portanto, não menti para ele.

Como era o 21° aniversário de Aryn, a galera das cantigas de Natal começou a cantar músicas de bebedeira, em vez das canções natalinas tradicionais, para comemorar sua chegada à idade legal de beber. Estavam na quarta rodada de cervejas quando cheguei. *E Mary McGregor/Era uma puta bonita*, estavam cantando. Edgar ainda não tinha aparecido. Quando ouvi as palavras vulgares sendo entoadas, pedi licença para ir ao banheiro e abri o familiar caderninho vermelho a fim de escrever uma parte nova.

Mas o que ainda havia a ser dito?

Ainda estava usando uma bota e um tênis, para o caso de Hostil me encontrar, mas, se ia enfrentar o perigo de frente, precisava aceitar que, ao esquecer de devolver o caderninho, estraguei tudo com Hostil. Teria que me contentar com o tipo de perigo que Edgar Thibaud oferecia como prêmio de consolação mais promissor.

Meu celular tocou e exibiu uma foto de uma certa casa em Dyker Heights decorada com luzes celestiais de Natal. Atendi.

— Feliz dois dias depois do Natal, tio Carmine.

Percebi que peguei o caderninho com ele no Natal, mas não pedi nenhuma pista sobre Hostil.

— Chegou a dar uma olhada no garoto que devolveu o caderninho vermelho na sua casa?

— Talvez, ursinha Lily — disse tio Carmine. — Mas não foi para isso que liguei. Ouvi falar que seu avô voltou cedo da Flórida e que as coisas não foram muito bem por lá. É verdade?

— Verdade. Agora, quanto àquele garoto...

— Não peguei nenhuma informação sobre ele, querida. Embora o garoto tenha feito uma coisa curiosa. Sabe o quebra-nozes gigante que colocamos no gramado, perto daquele soldado vermelho com uns 4 metros de altura?

— O tenente Clifford Dog? Claro.

— Quando seu amigo misterioso deixou o caderninho vermelho, deixou outra coisa também. O boneco com cara de bunda mais feio que já vi.

Não era possível que Hostil tivesse feito isso. Será?

— Parecia um dos Beatles em início de carreira, após uma transformação para um filme dos Muppets?

— Pode-se dizer que sim. Uma transformação *muito* ruim.

Outra ligação tocou em meu celular, dessa vez exibindo minha foto favorita da Sra. Basil E., sentada na grande biblioteca da casa de tijolos marrons, pernas cruzadas, bebendo de uma xícara de chá. O que a tia-avó Ida poderia querer discutir agora? Ela também devia querer falar sobre vovô, mas eu tinha coisas bem mais importantes em mente, como o fato de ter acabado de descobrir que o Muppet Hostil, que criei pessoal e *amorosamente* para Hostil, tinha sido abandonado por ele dentro de um quebra-nozes!

Eu ignorei a ligação da Sra. Basil E. e disse para tio Carmine:

— É. Vovô. Está deprimido. Faça-lhe uma visita e mande-o parar de me perguntar aonde vou o tempo todo. E o senhor poderia devolver o *lindo* boneco na próxima vez que vier à cidade?

— I love you, yeah, yeah, yeah — respondeu tio Carmine.

— Estou muito ocupada — falei para tio Carmine.

— She's got a ticket to ride — cantou tio Carmine. — But she don't care!

— Ligue para o vovô. Ele vai ficar feliz de ter notícias suas. Muah e tchau. — Não consegui deixar de acrescentar uma última coisa. — Good day, sunshine — cantei para ele.

— I feel good in a special way — retrucou.

E, com isso, nossa ligação terminou. Vi que a Sra. Basil E. tinha me deixado um recado de voz, mas não estava com vontade de ouvir. Precisava lamentar o fim do caderninho e da idealização de um Hostil que jogara fora meu Hostilzinho. Era hora de seguir em frente.

Escrevi uma parte final no caderninho e fechei-o, talvez para sempre.

Estou tomada por um carinho tão profundo.

A festa migrara para uma mesa de jardim do lado de fora. Aquele dia de final de dezembro havia finalmente ficado com cara de inverno de verdade, gelado, e o grupo se aconchegava agora com uísque quente e temperado, a escolha do momento.

Estou sonhando com um Natal branco, cantavam. Era uma música especialmente gostosa de cantar, suave e doce, que combinava com o sentimento no ar, como quando a neve está prestes a cair e o mundo parece mais silencioso e adorável. Contente.

Edgar Thibaud havia chegado e se juntado ao grupo enquanto eu estava no banheiro. Acompanhando o coro de "White Christmas", ele colocou o punho sobre a boca e fez um som de beat box enquanto cantava em ritmo de rap junto da música de Natal:

— Vai... neve... neve na puta da Mary McGregor.

Quando me viu me aproximando da mesa, Edgar passou a cantar com o grupo, improvisando:

— Como a Lily branca que eu conhecia...

Quando a música terminou, a furiosa Aryn disse:

— Ei, Lily. Sabe seu amigo chauvinista e imperialista, Edgar Thibaud?

— O que tem ele? — perguntei, prestes a cobrir os ouvidos com os pompons vermelhos do gorro na expectativa de uma reclamação cheia de epítetos vinda de Aryn sobre Edgar Thibaud.

— Ele tem um barítono decente. Para um homem.

Shee'nah, Antwon, Roberta e Melvin ergueram seus copos para Edgar Thibaud.

— A Edgar!

Eles brindaram.

Aryn ergueu seu próprio copo.

— É *meu* aniversário.

O grupo puxou outro brinde.

— A Aryn!

Edgar Thibaud cantou a versão de Stevie Wonder de "Parabéns para você". Enquanto cantava "Parabéns para você! Nessa daaata queriiida...", Edgar fechou os olhos, ficou assentindo aleatoriamente e colocou as mãos sobre a mesa para fingir que era um cego tocando piano.

Aryn já devia estar muito louca a essa altura, porque tal atuação politicamente incorreta normalmente a deixaria louca. Em vez disso, ela apenas gritou:

— Quero que *meu* aniversário seja feriado nacional.

Ficou de pé na cadeira e anunciou a todos perto o bastante para ouvir:

— Pessoal, dou a vocês o dia de folga!

Parecia besteira lembrar a ela que a maioria das pessoas já tinha o dia de folga, pois era a semana entre o Natal e o Ano-Novo.

— O que está bebendo? — perguntei a Aryn.

— Rabanada! — exclamou. — Prove!

Como estava flertando com o perigo, tomei um gole da bebida. *Tinha mesmo* gosto de rabanada... mas era melhor! Conseguia entender por que meus cantores tinham criado o hábito de compartilhar garrafinhas com schnapps de hortelã quando saímos cantando pelas ruas nas semanas antes do Natal.

Gostoso.

Olhei para Edgar. Ele estava tirando uma foto dos meus pés com o celular: parte bota branca, parte tênis.

— Vou espalhar um aviso para encontrarmos sua outra bota — anunciou, então apertou o botão de enviar como se fosse uma Gossip Girl.

Os cantores riram.

— À bota de Lily!

Copos estalaram de novo.

Eu queria mais do gostoso. E do perigoso.

— Também quero brindar — declarei. — Quem quer me deixar provar o uísque?

Quando estendi a mão para o copo de Melvin, o caderninho vermelho caiu de minha bolsa, ainda pendurada no ombro.

Deixei-o no chão.

Para que me importar em pegá-lo?

— *Li-lyyy! Li-Lyyy!* — cantou o grupo e, a essa altura, o bar inteiro.

Eu dançava sobre a mesa e cantava um verso de música de modo mais punk que os Beatles, gesticulando com um punho desafiador no ar:

— It's! Been! A! Cold! Lonely! Winter!

— Here comes the sun — cantaram em resposta dezenas de vozes no bar.

Só precisei de três goles de schnapps de hortelã, quatro de uísque temperado e cinco da bebida de Shee'nah, um Shirley Temple, para me transformar em uma verdadeira garota baladeira. Já me sentia mudada.

Desde o Natal, tanta coisa acontecera, tudo iniciado pelo caderninho que decidi deixar caído no chão do bar. Agora, eu era uma garota, não, uma *mulher* transformada.

Tinha virado uma mentirosa. Uma ursinha Lily que flertava com um hamstercida. Uma Mary McGregor que, depois de apenas seis golinhos, desabotoou os dois botões de pérola da parte de cima do suéter para deixar o colo à vista.

Mas a verdadeira Lily, a de 16 anos tonta demais e precisando cochilar e/ou vomitar, também estava muito fora de seu ambiente nessa festa de aniversário transformada em algazarra com a Lily baladeira como centro das atenções.

A escuridão prematura do inverno havia chegado; eram apenas seis horas da tarde, mas já estava escuro lá fora, e se não voltasse logo para casa, vovô viria me procurar. Porém, se voltasse para casa, vovô saberia que eu estava levemente... *levemente*... embriagada. Mesmo não tendo pedido e sem terem me servido nenhuma bebida alcoólica no pub, pois só tinha tomado golinhos das bebidas dos outros. Vovô também poderia acabar descobrindo sobre Edgar Thibaud. O que fazer?

Um novo grupo de pessoas chegou ao bar, e eu sabia que precisava parar de cantar e dançar em cima da mesa antes que elas também se juntassem à festa. Eu já havia passado dos limites.

O tempo estava acabando. Pulei da cadeira e puxei Edgar para um canto escondido no jardim. Queria que ele me explicasse como iria me levar para casa sem me meter em confusão.

Queria que ele me beijasse.

Queria que a neve finalmente começasse a cair, como o ar elétrico da noite e o céu cinzento já indicavam que aconteceria a qualquer momento.

Queria minha outra bota, porque o pé que calçava o tênis estava ficando muito, muito gelado.

— *Edgar Thibaud* — murmurei, tentando parecer sexy.

Encostei-me em seu corpo quente e sólido. Abri a boca para os lábios que se aproximavam.

Era *agora*.

Finalmente.

Estava prestes a fechar os olhos quando, de canto de olho, reparei em um garoto parado ali perto, segurando algo de que eu precisava.

Minha outra bota.

Edgar Thibaud se virou para o garoto.

— Dash? — perguntou ele, confuso.

Esse garoto, Dash, ao que parecia, olhou para mim de um jeito estranho.

— Aquele é nosso caderninho vermelho no chão? — perguntou.

Poderia ser *ele*?

— Seu nome é *Dash*? — falei. E arrotei. Minha boca tinha mais uma pérola de sabedoria a oferecer. — Se nos casássemos, eu seria, tipo, a Sra. Dash!

Caí na gargalhada.

Depois, tenho certeza de que desmaiei nos braços de Edgar Thibaud.

treze

–Dash–

27 de dezembro

— Como conhece Lily? — perguntou Thibaud.

— Não tenho certeza se conheço de fato — respondi. — Mas, falando sério, o que eu estava esperando?

Thibaud balançou a cabeça.

— Sei lá, cara. Quer alguma coisa do bar? Aryn é gata, tem 21 anos e está pagando para *todo mundo*.

— Acho que por hoje sou abstêmio — rebati.

— Acho que o único chá que vendem nesse lugar é *Long Island Ice Tea*. Você está por conta própria, meu amigo.

Supostamente, Lily também estava. Thibaud colocou seu corpo inconsciente no banco mais próximo.

— Você vai me beijar? — murmurou ela.

— Não exatamente — sussurrou ele em resposta.

Fiquei olhando para o céu, tentando procurar o gênio que designou o termo *acabada*, porque ele merecia parabéns por ter sido tão preciso. Que garota acabada. Que esperança acabada Que noite acabada.

A resposta adequada para um palhaço nessa situação seria ir embora. Mas eu, que tinha aspirações tão antipalhaças, não consegui reunir mau gosto suficiente para fazer isso. Então, me vi tirando o tênis de Lily e colocando a segunda bota de sua tia no pé dela.

— Está de volta! — murmurou ela.

— Vamos — falei com leveza, tentando disfarçar o peso horrível da decepção. Ela não estava em condição de ouvi-la.

— Tudo bem — concordou. Mas não se mexeu.

— Preciso levar você para casa — expliquei.

Ela começou a tremer. Acabei percebendo que estava balançando a cabeça.

— Para casa, não. Não posso ir para casa. Vovô vai me matar.

— Bem, não tenho desejo algum de ser cúmplice de seu assassinato — concordei. — Vou levar você para a casa de sua tia.

— É uma boa boa boa ideia.

Para dar crédito a eles, os amigos de Lily no bar estavam preocupados com ela e queriam ter certeza de que ficaríamos bem. Para dar descrédito a Thibaud, ele estava ocupado demais tentando fazer a aniversariante ficar como no dia em que nasceu para reparar em nossa partida.

— Drosófila — falei, lembrando-me da palavra.

— O quê? — perguntou Lily.

— Por que as garotas sempre se apaixonam pelos caras com a capacidade de atenção de uma drosófila?

— O quê?

— Moscas de fruta. Caras com a capacidade de atenção de uma mosca de fruta.

— Porque eles são gatos?

— Essa não é a hora de ser sincera — rebati.

Era, sim, a hora de chamarmos um táxi. Mais do que alguns motoristas viram a forma como Lily estava inclinada, meio como uma placa depois de ser atingida por um carro, e passaram direto. Finalmente, um homem decente parou e nos pegou. Uma música country tocava no rádio.

— Rua 22 Leste, perto do Gramercy Park — instruí.

Achei que Lily fosse adormecer ao meu lado. Mas o que aconteceu foi invariavelmente pior.

— Me desculpe — pediu ela. E foi como se uma torneira tivesse sido aberta, e só um sentimento conseguisse jorrar dela. — Me desculpe *mesmo*. Ah, meu Deus, não consigo acreditar no quanto estou arrependida. Não pretendia deixá-lo cair, Dash. E não pretendia... quero dizer, eu só lamento. Não achei que você fosse estar lá. Eu estava lá. E, Deus, lamento *tanto*. Lamento muito, muito, muito. Se quiser sair do táxi neste minuto, vou entender perfeitamente. Vou pagar por tudo. *Tudo*. Sinto muito. Você acredita em mim, não é? Lamento tanto, tanto, TANTO.

— Tudo bem — disse eu. — É sério, tudo bem.

E, estranhamente, estava mesmo tudo bem. As únicas coisas que eu culpava eram minhas expectativas tolas.

— Não, não está tudo bem. Sério, me desculpe. — Ela se inclinou para a frente. — Motorista, pode dizer para ele que eu lamento? Não era para eu estar desse jeito. Juro.

— A garota lamenta — repetiu o motorista, com solidariedade emanando de seu olhar pelo retrovisor.

Lily se encostou no banco.

— Está vendo? Estou...

Tive que desligar nesse momento. Tive que olhar para as pessoas na rua, para os carros passando. Tive que dizer para o motorista quando virar, mesmo tendo certeza de que sabia muito bem quando virar. Ainda estava desligado quando paramos, quando paguei o táxi (apesar de isso ter gerado mais pedidos de desculpas), quando tirei Lily do carro com cuidado e a levei escada acima. Aquilo virou um problema de física: como impedir que ela batesse com a cabeça no táxi ao sair, como fazer com que subisse a escada sem deixar o tênis, que ainda estava na minha mão, cair.

Só sintonizei de novo quando a tranca girou na porta da frente, antes que eu tivesse a oportunidade de tocar a campainha. A tia de Lily deu uma olhada e disse um simples:

— Minha nossa.

De repente, a torrente de pedido de desculpas foi dirigida a ela; se não estivesse segurando Lily, talvez tivesse escolhido essa como minha oportunidade de ir embora.

— Sigam-me — disse a senhora.

Ela nos levou até um quarto no fundo da casa e me ajudou a sentar Lily na cama. Lily estava quase à beira das lágrimas agora.

— Não era para acontecer isso — disse para mim. — Não era.

— Tudo bem — falei para ela de novo. — Está tudo bem.

— Lily — explicou a tia —, seu pijama ainda deve estar na segunda gaveta. Vou levar Dash até a porta enquanto você troca de roupa. Também vou ligar para seu avô e avisar a ele que você está comigo em segurança e que não aconteceu nada. Pensaremos no seu álibi pela manhã, quando vai haver mais chances de você se lembrar dele.

Cometi o erro de me virar e lançar-lhe um último olhar antes de sair do quarto. Foi de partir o coração, de verdade; ela estava ali sentada, atordoada. Parecia estar acordando em um lugar estranho, só que sabia que ainda não tinha dormido, e que aquilo era a vida real.

— É sério — reafirmei. — Está tudo bem.

Peguei o caderninho vermelho no bolso e deixei-o na cômoda.

— Eu não mereço! — protestou.

— É claro que merece — falei delicadamente. — Nenhuma dessas palavras teria existido sem você.

A tia de Lily, observando do corredor, fez sinal para que eu saísse do quarto. Quando estávamos a uma distância segura, ela disse:

— Bem, isso não é nada característico.

— A coisa toda foi muito boba — confessei. — Diga a ela que não precisa pedir desculpas. Nós é que nos metemos nisso. Eu nunca seria o cara da cabeça dela. E ela nunca seria a garota da minha. E isso não tem problema. É sério.

— Por que você mesmo não diz isso a ela?

— Porque não quero — falei. — Não pela maneira como ela está agora, sei que não é assim. Não tinha como isso ser tão fácil quanto era pelo caderninho. Entendo isso agora.

Segui até a porta.

— Foi um prazer conhecer a senhora — ofereci. — Obrigado pelo chá que nunca me serviu.

— O prazer foi meu — respondeu. — Volte logo.

Não soube o que responder a isso. Acho que ambos sabíamos que eu não voltaria.

Quando cheguei à rua, senti vontade de conversar com alguém. Mas quem? É em momentos assim, quando você mais precisa de alguém, que o mundo parece menor. Boomer jamais entenderia o que eu estava passando. Yohnny e Dov talvez, mas eles pareciam tão absortos um no outro que eu duvidava que conseguissem enxergar a floresta quando estão ocupados em formar pares de árvores. Priya só olharia para mim com uma expressão estranha, mesmo ao telefone. E Sofia não tinha celular. Não mais. Não nos Estados Unidos.

Algum dos meus pais?

Era uma ideia risível.

Comecei a andar para casa. Meu celular tocou.

Olhei para a tela:

Thibaud.

Apesar de minhas mais profundas reservas, atendi.

— Dash! — exclamou ele. — Onde vocês estão?

— Levei Lily para casa, Thibaud.

— Ela está bem?

— Tenho certeza de que ela apreciaria sua preocupação.

— De repente, levantei o rosto e vocês tinham sumido.

— Nem sei como começar a abordar essa questão.

— O que quer dizer?

Suspirei.

— Quero dizer... Estou dizendo que o que não entendo é como você consegue se safar sendo tão cretino.

— Isso não é justo, Dash. — Thibaud realmente parecia magoado. — Eu me importo mesmo. Foi por isso que liguei. Porque me importo.

— Mas, sabe, esse é o luxo de se ser um cretino: você pode selecionar quando se importa e quando não. O resto de nós continua preso ali quando você não se importa mais.

— Cara, você pensa demais.

— Cara, quer saber? Você está certo. E você não pensa o bastante. O que torna você o fodedor perene, e eu, o fodido perene.

— Então ela está chateada?

— Falando sério, faz diferença para você?

— Faz! Ela cresceu muito, Dash. Eu a achei legal. Ao menos até ela desmaiar. Não dá para tentar ficar com uma garota quando ela desmaia. Nem quando está chegando perto de desmaiar.

— É muita cortesia de sua parte.

— Caramba, você está puto! Vocês dois estavam ficando, por acaso? Ela não falou de você nem uma vez. Se soubesse, juro que não estaria dando em cima dela.

— Mais uma vez, cortesia sua. Você é quase um lorde.

Outro suspiro.

— Olha, só queria ter certeza de que ela estava bem. Só isso. Diga que falo com ela mais tarde, tudo bem? E que espero que ela não se sinta mal de manhã. Mande-a beber muita água.

— Vai ter que dizer essas coisas direto para ela, Thibaud.

— Ela não respondeu.

— Bem, não estou lá agora. Saí, Thibaud. Fui embora.

— Você parece triste, Dash.

— Uma das falhas da comunicação por celular é que o cansaço costuma soar como tristeza. Mas agradeço sua preocupação.

— Ainda estamos aqui, caso queira voltar.

— Me disseram que não dá para voltar atrás. Então escolhi seguir em frente.

Nessa hora, desliguei. A exaustão de viver era muita para que eu conseguisse falar mais. Pelo menos com Thibaud. E, sim, havia tristeza nisso. E raiva. E confusão. E decepção. Tudo isso era exaustivo.

Continuei a andar. Não estava frio demais para o dia 27 de dezembro, e todos os visitantes de época de festas estavam na rua. Lembrei-me de onde Sofia dissera que a família dela estava hospedada: o Belvedere, na rua 48. Andei naquela direção. A Times Square espalhava seu brilho no ar, até mesmo quarteirões antes de seu início, e andei pesadamente em direção à luz. Os turistas ainda se amontoavam em uma pulsação latejante, mas agora que o Natal tinha passado, eu não me sentia tão repelido. Especialmente na Times Square, todo mundo ficava encantado pelo simples ato de *estar ali*. Para cada alma exausta como eu, havia pelo menos três cujas faces estavam erguidas em estupefação absurda pela iluminação de néon. Por mais que quisesse ter o coração mais duro de todos, uma alegria extremamente suplicante me fazia sentir o quanto eu era apenas um veículo humano.

Quando cheguei ao Belvedere, encontrei o interfone e pedi para ser conectado ao quarto de Sofia. Tocou seis vezes antes de uma anônima secretária eletrônica atender. Coloquei o fone no lugar e fui me sentar em um dos sofás no saguão. Não estava exatamente esperando, só não sabia para onde ir. O saguão estava cheio de movimento: hóspedes negociando uns com os outros depois de negociar com a cidade, alguns prestes a voltar lá para fora. Pais arrastando crianças cansadas. Casais discutindo sobre o que tinham e não tinham feito. Outros casais de mãos dadas como adolescentes, mesmo que não fossem adolescentes havia mais de meio século. Música de Natal não soava mais no ar, o que permitia que um carinho mais genuíno florescesse. Ou talvez fosse só minha impressão daquilo. Talvez tudo que eu visse fosse apenas minha impressão.

Eu queria escrever. Queria compartilhar aquilo com Lily, mesmo que ela fosse só a ideia que criei de Lily, o *conceito* de Lily. Fui até a lojinha no saguão e comprei seis cartões-postais e uma caneta. Voltei a me sentar e deixei meus pensamentos fluírem. Não dirigidos a ela desta vez. Dirigidos a nada. Seria como água, ou como sangue. Iriam para onde tivessem que ir.

Cartão-postal 1: Um olá de Nova York!

Como cresci aqui, sempre me pergunto como seria ver esta cidade com olhos de turista. Será que pode ser decepcionante? Tenho que acreditar que Nova York sempre honra sua reputação. Os prédios realmente são altos assim. As luzes realmente são intensas assim. Há mesmo uma história a cada esquina. Mas ainda assim, pode ser um choque. Perceber que você é só uma história andando entre milhões de outras. Não sentir as luzes intensas que ocupam a atmosfera. Ver todos os prédios, e sentir apenas uma saudade profunda das estrelas.

Cartão-Postal 2: Estou na Broadway, baby!

Por que é tão mais fácil falar com um estranho? Por que sentimos a necessidade de nos desconectarmos para conseguirmos nos conectar? Se escrevesse "Querida Sofia" ou "Querido Boomer" ou "Querida tia-avó da Lily" no alto deste cartão-postal, isso não mudaria as palavras que viriam em seguida? É claro que sim. Mas a pergunta é: Quando escrevia "Querida Lily", seria apenas uma versão de "Querido eu"? Sei que era mais que isso. Mas era menos que isso também.

Cartão-postal 3: A Estátua da Liberdade
Por você eu canto. Que frase incrível.

— Dash?

Ergui o rosto e vi Sofia ali, segurando o programa de *Hedda Gabler.*

— Oi, Sofia. Que mundo pequeno!

— Dash...

— Quero dizer, pequeno no sentido de que, nesse exato instante, eu ficaria feliz se só houvesse nós dois nele. E falo isso em um sentido rigorosamente de conversa informal.

— Sempre aprecio seu rigor.

Olhei ao redor em busca de um sinal dos pais dela.

— Mamãe e papai deixaram você sozinha? — perguntei.

— Eles foram tomar uns drinks. Decidi voltar.

— Certo.

— Certo.

Não me levantei. Ela não se sentou ao meu lado. Apenas ficamos nos olhando, e vimos um ao outro por um momento, depois mais um momento, e mais outro. Parecia não haver nenhuma dúvida sobre o que aconteceria. Parecia não haver dúvida sobre o caminho que isso tomaria. Nem precisávamos dizer.

catorze

(Lily)

28 de dezembro

fantástico *adj s.m.* 1. que ou aquilo que só existe na imaginação, na fantasia.

De acordo com a Sra. Basil E., *fantástico* é o adjetivo do qual Hostil, quer dizer, Dash, sente mais saudade. Sem dúvida, aquilo explicava por que ele tinha atendido ao chamado do caderninho vermelho na Strand e seguido a brincadeira por um tempo, até descobrir que a verdadeira Lily, ao contrário da imaginária, o deixaria menos *fantástico* e mais *sombrio* (8. sem leveza e alegria; severo, taciturno, carrancudo).

Que desperdício.

Mesmo assim, a origem da palavra *fantástico*, do século XIV, ainda me fazia amar a palavra, mesmo que eu tivesse estragado sua aplicabilidade na minha ligação com Hostil. (Quero dizer, *DASH!*) Tipo, eu total conseguia ver a Sra. Mary Poppencock voltando para casa, para seu chalé de pedras com telhado de sapê em Thamesburyshire, na velha Inglaterra, e dizendo ao marido: "Meu querido senhor Bruce, não seria maravilhoso ter um telhado sem vazamento quando chove em nosso verde condado, e tal?" E o Sr. Bruce Poppencock diria alguma coisa do tipo: "Minha mulher, a senhora está com ideias fantásticas hoje." E a Sra. P. responderia: "Nossa, Sr. P., o senhor inventou uma palavra! Em que ano estamos? Acredito que seja por volta de 1.327! Vamos entalhar o ano que *achamos* estar em uma pedra para ninguém esquecer. *Fantástico!* Meu querido homem, o senhor é um gênio. Fico tão feliz por meu pai ter me obrigado a casar com o senhor e ter permitido que me engravidasse todos os anos."

Recoloquei o dicionário na prateleira, ao lado de uma edição de capa dura de *Poetas contemporâneos*, enquanto a Sra. Basil E., que gosta de livros de referência, voltava para a sala com uma bandeja de prata, carregando um bule com o que parecia café muito forte.

— O que aprendemos, Lily? — perguntou a Sra. Basil E., enquanto me servia uma xícara.

— Tomar muitos goles das bebidas de outras pessoas pode levar a consequências desastrosas.

— Obviamente — disse ela, de forma imperiosa. — Mas o mais importante?

— Não misturar bebidas. Se for tomar schnapps de hortelã, tome apenas schnapps de hortelã.

— Obrigada.

Sua observação calma era o que eu mais gostava nesse pequeno grau de separação entre um pai ou avô e uma tia-avó. Essa última conseguia reagir de forma sensata e pragmática à situação, sem a histeria completa e totalmente desnecessária que teria ocorrido aos dois primeiros.

— O que disse para o vovô? — indaguei.

— Que você veio jantar comigo ontem, mas que pedi para que dormisse aqui para tirar a neve de minha calçada pela manhã. O que é totalmente verdade, mesmo que tenha dormido durante o jantar.

— Neve?

Puxei a pesada cortina de brocado e olhei pela janela da frente, a que dava para a rua.

NEVE!!!!!!!!!!!!!!!!!

Havia me esquecido da promessa de neve que a noite anterior anunciava. E maldita eu, que dormi durante o acontecimento, derrubada por goles e esperanças demais, arrasada. Tudo minha culpa.

A visão matinal das casas da rua Gramercy estava coberta de neve, com pelo menos 5 centímetros de espessura. Não era muito, mas o suficiente para fazer um bom boneco de neve. A camada branca ainda parecia gloriosamente nova, como um cobertor branco sobre a rua, como tufos de algodão sobre carros e grades de calçada. Ainda não tinha perdido seu brilho para as pisadas múltiplas, marcas amarelas deixadas por cachorros e cicatrizes de fumaça de motor.

Meu cérebro confuso formou uma ideia vaga.

— Posso fazer um boneco de neve no quintal? — perguntei a ela.

— Pode. Depois que tirar a neve da calçada. Que bom que sua outra bota foi devolvida, hein?

Sentei-me em frente à minha tia-avó e tomei um gole de café.

— Esse café por acaso acompanha panquecas? — falei.

— Não sabia se estaria com fome.

— Morrendo!

— Achei que talvez fosse acordar com dor de cabeça.

— E acordei! Mas do tipo bom!

Minha cabeça estava latejando, mas era uma batidinha leve e suave nas têmporas, e não um rugido trovejante por toda a cabeça. Sem dúvida, algumas panquecas afogadas em xarope de bordo ajudariam a aliviar a dor, bem como a fome no estômago. Não havia jantado na noite anterior, então tinha muito o que comer para compensar.

Apesar da dorzinha de cabeça e da barriga faminta, não consegui deixar de sentir um pouco de satisfação.

Havia conseguido. Abraçara o perigo.

A experiência pode ter sido um desastre épico, mas ainda foi... uma *experiência*.

Legal.

— Dash — murmurei, sobre uma pilha enorme de panquecas.

— Dash Dash Dash.

Precisava absorver o nome dele enquanto as panquecas absorviam a manteiga e o xarope de bordo. A verdade era que quase não conseguia me lembrar de como ele era; a imagem em minha memória estava escondida atrás de uma névoa cor de champanhe, doce e leve, opaca. Lembrava que ele era mais para alto, que o cabelo parecia arrumado e penteado, e que usava uma calça jeans comum com um casacão, possivelmente vintage, e tinha cheiro de garoto, mas de um jeito gostoso e não nojento.

Além do mais, tinha os olhos mais azuis desse mundo, e cílios pretos e compridos, quase como os de uma garota.

— Dash, apelido de Dashiell — disse a Sra. Basil E., passando-me um copo de suco de laranja.

— Por que não seria? — comentei.

— Precisamente.

— Acho que não vai ser amor verdadeiro entre nós — percebi.

— Amor verdadeiro? Frescura. Um conceito fabricado por Hollywood.

— Ha ha. Você disse *frescura*.

— Que agrura — acrescentou.

— Só vejo brancura na sua dentadura.

— Chega, Lily.

Suspirei.

— Será que estraguei mesmo tudo com ele?

A Sra. Basil E. falou:

— Acho que vai ser difícil se recuperar daquela primeira impressão que causou. Mas também diria que, se existe alguém que merece uma segunda chance, esse alguém é você.

— Mas como o convenço a me dar uma segunda chance?

— Vai pensar em alguma coisa. Tenho fé em você.

— Você gosta dele — provoquei.

A Sra. Basil E. declarou:

— Acho o jovem Dashiell não desprezível, para um exemplar de adolescente masculino. Seu detalhismo não é tão divertido quanto ele gostaria, mas tem seu charme mesmo assim. Articulado demais, talvez, mas um delito perdoável e, ouso dizer, admirável.

Não fazia ideia do que ela havia acabado de falar.

— Então ele vale uma segunda chance?

— A pergunta mais apta, minha querida, é: você vale?

Tinha razão.

Tão heroicamente quanto aquele grampeador de *Colagem*, ou até mais, Dash não só me devolveu a outra bota quando meus dedos quase congelavam, como também a colocou no lugar quando desmaiei, e se certificou de que eu chegasse em casa com segurança. O que eu fizera por ele além de, provavelmente, ter estragado suas próprias esperanças também?

Tomara que tenha pedido desculpas a ele.

Mandei uma mensagem de texto para aquele canalha assassino de hamsters, Edgar Thibaud.

```
Onde encontro Dash?
```

```
Vc é stalker?
```

```
Possivelmente.
```

Animal. A casa da mãe dele fica na 9 Leste
com University.

Qual prédio?

Um bom stalker não precisa perguntar.

Queria muito perguntar a Edgar: Nos beijamos ontem à
noite?
Lambi meus lábios matinais. A boca parecia cheia e intocada
por qualquer volúpia além das panquecas com xarope de bordo.

Quer encher a cara hoje de novo?

Vindo de Edgar Thibaud.
De repente, lembrei-me de Edgar dando em cima de Aryn
enquanto Dash ajudava meu eu bêbado e infeliz a ir embora do
pub.

1. Não. Pendurei essas chuteiras. 2. E
principalmente não com você. Atenciosamente, Lily

Minhas botas trituravam a neve enquanto eu seguia para casa
naquela tarde. A esquina da rua 9 Leste e da University Place não
era uma parada totalmente inconveniente entre a casa da Sra.
Basil E., em Gramercy Park, e meu apartamento, no East Village,
e apreciei a caminhada de inverno. Adoro a neve pelo mesmo
motivo que adoro o Natal: une as pessoas enquanto o tempo
fica parado. Casais aconchegados andavam lentamente pelas ruas,
crianças montavam em trenós, e cachorros perseguiam bolas de
neve. Ninguém parecia estar com pressa para vivenciar nada além
da glória do dia, uns com os outros, onde e como isso acontecesse.

Havia quatro prédios diferentes, um em cada esquina da 9 Leste com a University. Aproximei-me do primeiro e perguntei ao porteiro:

— Dash mora aqui?

— Por quê? Quem quer saber?

— Eu gostaria de saber, por favor.

— Não mora nenhum Dash aqui que eu conheça.

— Então por que perguntou quem queria saber?

— Por que está perguntando por Dash se não sabe onde ele mora?

Peguei um saco de biscoito lebkuchen com especiarias na bolsa e o entreguei ao porteiro.

— Acho que precisa disso — constatei. — Feliz 28 de dezembro.

Atravessei a rua até o prédio seguinte. Não havia porteiro uniformizado, mas havia um homem sentado atrás de uma mesa no saguão enquanto algumas pessoas idosas com andadores caminhavam pelo corredor atrás dele.

— Oi! — cumprimentei-o. — Gostaria de saber se Dash mora aqui.

— Dash é um cantor de cabaré aposentado de 80 anos?

— Tenho certeza de que não.

— Então não há Dash nenhum aqui, mocinha. Isto é um asilo.

— Tem alguma pessoa cega morando aqui? — perguntei.

— Por quê?

Entreguei meu cartão a ele.

— Porque gostaria de ler para essa pessoa. Para minhas candidaturas a uma vaga na faculdade. Além disso, gosto de velhinhos.

— Quanta generosidade a sua. Vou guardar isso para o caso de ficar sabendo de algo. — Ele olhou para o cartão. — Foi um prazer conhecê-la, Lily Passeadora de Cachorros.

— Você também!

Atravessei a rua em direção ao terceiro prédio. Havia um porteiro do lado de fora removendo neve da calçada.

— Oi! Quer ajuda? — ofereci.

— Não — disse ele, me olhando com desconfiança. — Regras do sindicato. Nada de ajuda.

Entreguei ao porteiro um dos vales da Starbucks que um de meus clientes dos passeios com cachorros me dera antes do Natal.

— Tome um café por minha conta no seu intervalo, senhor.

— Obrigado! Agora o que você quer?

— Dash mora aqui?

— Dash? Que Dash?

— Não sei o sobrenome dele. É um garoto adolescente, meio alto, com olhos azuis incríveis. Casacão. Compra na Strand, aqui perto, então deve carregar sacolas de lá.

— Não me parece familiar.

— Parece meio… hostil.

— Ah, esse garoto. Claro. Mora naquele prédio.

O porteiro apontou para o prédio na quarta esquina.

Andei até lá.

— Olá — falei para o porteiro, que estava lendo um exemplar do *New Yorker*. — Dash mora aqui, não é?

O homem ergueu o olhar da revista.

— No 16E? A mãe é psiquiatra?

— Isso — concordei. Claro, por que não?

O porteiro colocou a revista em uma gaveta.

— Ele saiu uma hora atrás. Quer deixar um recado?

Tirei um pacote da bolsa.

— Posso deixar isto para ele?

— Claro.

— Obrigada.

Entreguei-lhe, também, meu cartão, e ele o examinou.

— Bichos não são permitidos neste prédio — alertou.

— Isso é *trágico* — constatei.

Não era de se surpreender que Dash fosse tão hostil.

O pacote que deixei para Dash continha uma caixa de presente de chá English Breakfast e o caderninho vermelho.

Querido Dash:

Conhecer você por este caderninho foi muito importante para mim. Principalmente neste Natal.

Mas sei que estraguei a magia dele. Para caramba.

Lamento muito.

O que lamento não é estar uma idiota bêbada quando você me encontrou. Lamento isso, obviamente, mas lamento mais que minha burrice tenha provocado a perda de uma grande oportunidade para nós. Não pensei que fosse me conhecer e se apaixonar loucamente por mim, mas gostaria de pensar que, se houvesse tido a chance de me conhecer em circunstâncias diferentes, algo tão legal quanto isso poderia ter acontecido.

Poderíamos ter ficado amigos.

O jogo acabou. Entendo isso.

Mas, se algum dia quiser uma nova (e sóbria) amiga Lily, essa sou eu.

Sinto que você pode ser uma pessoa especial e gentil, e gostaria de conhecer pessoas especiais e gentis. Principalmente se forem garotos da minha idade.

Obrigada por ter sido um verdadeiro herói grampeador.

Tem um boneco de neve no quintal da casa da minha tia-avó que gostaria de conhecê-lo. Se você ousar.

Atenciosamente,

Lily

PS: Não vou interpretá-lo mal por andar com Edgar Thibaud, e espero que me estenda a mesma cortesia.

Embaixo do desafio, grampeei meu cartão de passeadora de cachorros. Não tinha esperanças de que Dash fosse aceitar a proposta do boneco de neve e nem tentar me ligar, mas achei que, se quisesse fazer contato direto comigo de novo, o mínimo que eu podia oferecer era não fazer com que ele passasse por vários de meus parentes.

Depois da última coisa que escrevi no caderninho, colei uma parte de uma página que havia escaneado e recortado, na biblioteca da sala da Sra. Basil E., do livro de referência *Poetas contemporâneos*.

Strand, Mark

[Blá blá blá informações biográficas, riscadas com caneta permanente.]

Estamos lendo a história de nossas vidas
Como se estivéssemos nela,
Como se a tivéssemos escrito.

quinze

–Dash–

28 de dezembro

Acordei ao lado de Sofia. Em algum momento da noite, ela se virou de costas para mim, mas deixou uma das mãos para trás, apoiada na minha. Um contorno de luz do sol envolvia as cortinas do quarto do hotel, sinalizando a manhã. Senti sua mão, senti nossa respiração. Senti-me com sorte, grato. O som do trânsito vinha da rua, misturado com partes de conversas. Olhei para o pescoço dela e puxei o cabelo dali para beijá-lo. Ela se mexeu. Eu me questionei.

Ficamos de roupa o tempo todo. Ficamos de conchinha, procurando não sexo, mas consolo. Navegamos juntos para o sono, com mais facilidade do que eu jamais imaginaria.

Toc. Toc. Toc.

BAM. BAM. BAM.

A porta. Três batidas na porta.

Uma voz de homem:

— *Sofia. ¿Estás lista?*

A mão dela segurou a minha. Apertou.

— *Un minuto, Papa!* — gritou.

No fim das contas, as camareiras do Belvedere eram muito caprichosas na hora de aspirar, então, quando me escondi embaixo da cama, não fui atacado por ratos nem por traças. Só pelo medo banal de um pai vingativo entrando num quarto de hotel.

Mais batidas. Sofia foi até a porta.

Tarde demais, percebi que meus sapatos pairavam no chão, longe de mim, mas ao alcance da mão. Quando o pai de Sofia entrou, um homem grande, mais ou menos com o formato de um ônibus escolar, fiz uma tentativa desesperada de pegá-los, mas fui chutado pelos pés descalços de Sofia. Meus sapatos vieram em seguida, em uma rápida sucessão, quando Sofia os chutou bem na minha cara. Soltei um gritinho involuntário de dor e susto, que ela encobriu ao dizer para o pai em voz alta que estava quase pronta para sair.

Se reparou que ela estava usando as roupas do dia anterior, não disse nada. Apenas foi chegando mais e mais perto da cama. Antes que eu pudesse me ajeitar, ele deixou o peso cair sobre o colchão, e me vi de rosto colado com o afundamento causado pelo seu considerável traseiro.

— *¿Dónde está Mamá?* — perguntou Sofia.

Quando ela se abaixou para pegar os sapatos, lançou-me um olhar sério de *fique aí*. Como se tivesse escolha. Estava basicamente preso ao chão, com a testa sangrando pelo ataque de meu próprio sapato.

— *En el vestíbulo, esperando.*

— *¿Por qué no vas a esperar con ella? Bajo en un segundo.*

Não estava acompanhando direito a conversa, apenas rezando para que fosse rápida. Então, o peso acima de mim se deslocou, e o pai de Sofia estava de volta ao chão. De repente, o espaço debaixo da cama parecia do tamanho de um loft no centro. Tive vontade de rolar de um lado para o outro, só porque podia.

Assim que o pai saiu, Sofia entrou debaixo da cama comigo.

— Foi um despertador engraçado, não foi? — perguntou ela. Em seguida, afastou o cabelo para olhar minha testa. — Caramba, você está machucado. Como isso aconteceu?

— Bati a cabeça — respondi. — Ossos do ofício, se seu ofício é dormir com ex-namoradas.

— Esse ofício paga bem?

— Obviamente.

Fiz um movimento para beijá-la, e bati de novo com a cabeça.

— Venha — chamou Sofia, começando a deslizar para longe de mim. —Vamos levar você a um lugar mais seguro.

Rastejei atrás dela, depois fui até a pia me lavar. Enquanto isso, no outro aposento, ela trocava de roupa. Dei espiadinhas pelo espelho do closet.

— Consigo ver você tanto quanto consegue me ver — observou Sofia.

— Isso é um problema? — interpelei.

— Na verdade —- constatou, tirando a blusa pela cabeça —, não.

Precisei lembrar a mim mesmo de que o pai dela a esperava. Agora não era hora para saliências, por mais que o impulso saliente estivesse surgindo.

Uma nova blusa foi vestida, e Sofia andou até mim, colocando o rosto ao lado de meu no reflexo do espelho do banheiro.

— Oi — disse ela.

— Oi — respondi.

— Nunca era divertido assim quando estávamos namorando, era? — perguntou.

— Garanto a você que nunca foi tão divertido.

Sabia que ela ia embora. Sabia que não iríamos namorar a distância. Sabia que não teria sido possível algo assim quando estávamos namorando, então não fazia sentido lamentar o que não tinha acontecido. Desconfiava que o que acontece em quartos de hotel raramente perdurava fora deles. Desconfiava que, quando alguma coisa era começo e fim ao mesmo tempo, significava que só podia acontecer no presente.

Mesmo assim. Queria mais daquilo.

— Vamos fazer planos — arrisquei.

Sofia sorriu e disse:

— Não, vamos deixar nas mãos do acaso.

Estava nevando lá fora, o que ungia o ar com um assombro silencioso, compartilhado por todos os passantes. Quando voltei ao apartamento da minha mãe, sentia uma mistura de euforia, emoção, felicidade e confusão entorpecida; não queria deixar nada com relação a Sofia nas mãos do acaso e, ao mesmo tempo, apreciava esse passo distanciado de tudo. Fui cantarolando até o banheiro, verifiquei meu ferimento provocado pelo sapato e voltei à cozinha, onde abri a geladeira e percebi que faltava iogurte. Rapidamente me agasalhei com um chapéu listrado e um cachecol listrado e luvas listradas (vestir-se para a neve pode ser o retorno mais legal e mais facilmente permitido ao jardim de infância) e andei pela University, atravessei o Washington Square Park e fui até o Morton Williams.

Só no caminho de volta é que encontrei os arruaceiros. Não faço ideia do que fiz para provocá-los. Aliás, gosto de acreditar que não houve provocação alguma; seu alvo fora tão arbitrário quanto seu mau comportamento era direcionado.

— O inimigo! — gritou um deles.

Sequer tive tempo de proteger a sacola de iogurtes antes de ser bombardeado com bolas de neve.

Como cachorros e leões, as criancinhas conseguem pressentir o medo. O menor desvio, a menor indisposição, e elas pulam sobre você e o devoram. Neve quicava no meu tórax, nas minhas pernas, nas minhas compras. Nenhuma das crianças parecia familiar; eram nove, talvez dez, e tinham 9, talvez 10 anos.

—Atacar! Ali está ele — gritaram, embora eu não tivesse tentado me esconder. — Peguem ele!

Tudo bem, pensei, agachando para juntar um pouco de neve, embora isso deixasse minha parte de trás aberta a um ataque.

Não é fácil jogar bolas de neve enquanto se segura uma sacola plástica de compras, então meus primeiros esforços foram abaixo da média e erraram o alvo. As nove ou talvez dez crianças de 9 ou talvez 10 anos zombaram de mim; se me virasse para mirar uma delas, quatro outras me flanqueavam e disparavam de todos os lados. Como se dizia antigamente, estava entrando em uma fria e, enquanto um adolescente mais desdenhoso talvez apenas fosse embora e outro mais agressivo tivesse largado a sacola e dado uma surra neles, fui lutando com bola de neve contra bola de neve, rindo como se Boomer e eu brincássemos no pátio da escola, jogando bolas com entrega invernal, desejando que Sofia estivesse ao meu lado...

Até que acertei um garoto no olho.

Não houve mira alguma envolvida. Apenas joguei uma bola de neve e... pou! Ele caiu. Os outros garotos dispararam o restante de seus projéteis e correram até o amigo para ver o que tinha acontecido.

Também me aproximei e perguntei se ele estava bem. Não parecia ter sofrido uma concussão, e o olho parecia ok. Mas, agora, havia vingança nos olhos deles, e não era uma vingancinha fofa. Alguns pegaram celulares para tirarem fotos e chamarem as mães. Outros começaram a fazer mais bolas de neve, tomando o cuidado de criá-las a partir de áreas em que a neve estivesse misturada com cascalho.

Fugi. Corri pela Quinta Avenida, desviei pela rua 8, me escondi em um Au Bon Pain até que a turba do ensino fundamental tivesse passado.

Quando voltei para o prédio da minha mãe, o porteiro tinha um pacote para mim. Agradeci, mas decidi esperar até chegar ao apartamento para abri-lo, porque esse era o porteiro famoso por "coletar o dízimo" dos moradores ao roubar uma em cada dez de nossas revistas, e não queria compartilhar nenhuma potencial gostosura com ele.

Quando estava entrando no apartamento, o telefone tocou. Boomer.

— Oi — disse ele, quando atendi. — Temos planos para hoje?

— Acho que não.

— Deveríamos!

— Claro. O que está fazendo?

— Pesquisando sua fama! Vou mandar um link!

Tirei as botas e as luvas, desenrolei o cachecol, coloquei o gorro de lado e segui até o laptop. Abri o e-mail de Boomer.

— WashingtonSquareMommies? — perguntei, pegando de novo o telefone.

— É! Clique aí!

O site era um blog de mães, e, na primeira página, uma manchete gritava:

ALERTA CARMIM!
AGRESSOR NO PARQUE
Postado às 11h28, 28 de dezembro
por **elizabethbennettvive**

Estou ativando o alerta carmim porque um jovem (fim da adolescência, talvez 20 e poucos anos) agrediu uma criança no parque dez minutos atrás. Observem essas fotos e, se o virem, alertem a polícia imediatamente. Sabemos que ele faz compras na Morton Williams (vejam a sacola) e foi visto pela última vez na rua 8. *Ele não hesita em usar força contra as crianças, então fiquem alertas!!!*

empurrademaclaren acrescenta:
pessoas assim deviam morrer

zacephron acrescenta:
pervertido

christusaarmani acrescenta:
alguém pode me explicar de novo a
diferença entre um alerta carmim e um
alerta fúcsia? jamais consigo lembrar!

As fotos que acompanhavam a postagem mostravam mais meu chapéu e cachecol que qualquer outra coisa.

— Como soube que era eu? — perguntei a Boomer.

— Foi uma mistura das roupas, sua marca de iogurte e sua mira horrível. Bem, pelo menos até você acertar aquele garoto.

— E o que estava mesmo fazendo no WashingtonSquare-Mommies?

— Adoro como elas são tão cruéis umas com as outras — disse Boomer. — Está nos meus favoritos.

— Bom, se não se importar de andar com o culpado por um alerta carmim, venha para cá.

— Não me importo. Na verdade, acho meio empolgante!

Assim que desligamos o telefone, desembrulhei o pacote (papel pardo amarrado com barbante) e descobri que o Moleskine vermelho tinha voltado para mim.

Sabia que Boomer não demoraria a chegar, então comecei a ler na mesma hora.

Desculpe-me por não ter devolvido o caderninho.

Isso já parecia ter acontecido há tanto tempo.

Você não parece um estranho para mim.

Fiquei com vontade de perguntar *Como é um estranho?* Não para ser espertinho ou sarcástico, mas porque eu queria mesmo saber se havia diferença, se havia uma forma de ficar realmente conhecido de alguém, se não havia sempre alguma coisa que fazia você continuar estranho, mesmo para as pessoas para quem você não era nada estranho.

Sempre torci para que, depois que o príncipe encontrasse Cinderela e eles partissem na carruagem magnífica, ela se virasse para ele depois de alguns quilômetros e dissesse: "Pode me deixar na estrada, por favor? Agora que finalmente fugi de minha horrível vida de exploração, gostaria de ver um pouco do mundo, sabe?"

Talvez o príncipe ficasse aliviado. Talvez estivesse cansado das perguntas sobre com quem se casaria. Talvez só quisesse voltar para a biblioteca e ler centenas de livros, só que todo mundo o ficava interrompendo, dizendo que ele não podia sequer se permitir ficar sozinho.

Acho que teria gostado de dançar com você, se posso ser ousada o bastante para dizer isso.

Pensei:
Mas isso não é uma dança? Isso tudo não é uma dança? Não é o que fazemos com as palavras? Não é o que fazemos quando conversamos, quando disputamos, quando fazemos planos ou deixamos ao acaso? Parte disso é coreografada. Alguns passos vêm sendo feitos há séculos. E o resto, o resto é espontâneo. O resto tem que ser decidido na pista, no momento, antes da música terminar.

Estou tentando abraçar o perigo...

Não sou perigoso. Só as histórias são perigosas. Só as ficções que criamos, principalmente quando se tornam expectativas.

Acho que está na hora de experimentar a vida fora do caderninho.

Mas você não vê? É isso que estávamos fazendo.

Lamento muito.

Não precisa pedir desculpas. Não precisa dizer *o jogo acabou*. Sua decepção me entristece.

E, então, Mark Strand:

Estamos lendo a história de nossas vidas
Como se estivéssemos nela,
Como se a tivéssemos escrito.

Mark Strand, cujos versos mais famosos são:

Em um campo
Sou a ausência
de campo

Então peguei meu quarto cartão-postal e escrevi:

Cartão-postal 4: Times Square na véspera de Ano-Novo
Em um campo, sou a ausência de campo. Em uma multidão, sou
a ausência de multidão. Em um sonho, sou a ausência de sonho.
Mas não quero viver como ausência. Mexo-me para manter as
coisas inteiras. Porque, às vezes, me sinto bêbado de positividade.
Às vezes, fico impressionado com o emaranhado de palavras e
vidas, e quero ser parte desse emaranhado. "O jogo acabou", você
diz, e não sei com o que mais discordo, o fato de dizer que acabou

ou o fato de você dizer que é um jogo. Só acaba quando um de nós ficar com o caderninho de vez. Só é um jogo se houver ausência de importância. E já fomos longe demais para isso.

Só mais dois cartões-postais.

Cartão-postal 5: O Empire State Building no nascer do Sol
Nós SOMOS a história de nossas vidas. E o caderninho vermelho é para contarmos essa história. O que, no caso de vidas, é o mesmo que contar a verdade. Ou o mais próximo disso que conseguirmos chegar. Não quero que o caderninho ou nossa amizade terminem só porque tivemos um encontro infeliz. Vamos rotular esse incidente como algo menor e seguir em frente. Acho que não deveríamos tentar nos encontrar de novo; há uma grande liberdade nisso. Em vez disso, vamos deixar nossas palavras continuarem a se encontrar. (Veja o próximo cartão-postal.)

Guardei o último cartão-postal para o próximo destino do caderninho. A campainha tocou, era Boomer, e rabisquei instruções rápidas.

— Você está aí? — gritou Boomer.

— Não! — gritei em resposta, enquanto prendia cada cartão-postal em uma página do caderninho.

— É sério, você está aí? — repetiu Boomer, batendo de novo.

Não foi minha intenção quando o chamei para ir até minha casa, mas já sabia que mandaria Boomer em outra missão. Porque, por mais curioso que estivesse para ver o boneco de neve de Lily, eu sabia que, se começasse a conversar com a tia-avó dela ou entrasse naquela casa de novo, acabaria ficando lá bastante tempo. E era exatamente disso que o caderninho não precisava.

— Boomer, meu amigo — falei —, estaria disposto a ser meu Apolo?

— Mas não é preciso ser negro para cantar lá? — Essa foi a resposta de Boomer.

— Meu mensageiro. Meu correio. Meu transporte.

— Não me importo de ser mensageiro. Isso tem a ver com Lily?

— Sim, tem.

Boomer sorriu.

— Legal. Gosto dela.

Depois dos contratempos com Thibaud na noite anterior, era animador ter um de meus amigos homens sorrindo com simpatia.

— Quer saber, Boomer?

— O quê, Dash?

— Você restaura minha fé na humanidade. E, ultimamente, ando pensando que um cara pode fazer coisas bem piores do que se cercar de pessoas que restauram sua fé na humanidade.

— Como eu.

— Como você. E Sofia. E Yohnny. E Dov. E Lily.

— Lily!

— Sim, Lily.

Estava tentando escrever a história da minha vida. Não era muito questão de enredo. Era mais sobre os personagens.

dezesseis

(Lily)
29 de dezembro

Os homens são a espécie mais incompreensível.

O tal Dash nunca foi ver o boneco de neve. *Eu* teria aparecido se alguém tivesse construído um boneco de neve para mim, mas *eu* sou mulher. Lógica.

A Sra. Basil E. me ligou para dizer que o boneco de neve derreteu. Pensei: *Que droga ser você, Dash. Uma garota fez um boneco de neve usando biscoitos lebkuchen para fazer os olhos, o nariz e a boca, só para você. Nem ao menos sabe o que perdeu.* Embora, de acordo com a Sra. Basil E., o falecimento do boneco de neve não deveria ser causa de preocupação.

— Se o boneco derreter — disse ela —, faça outro.

Mulheres representam: a lógica.

O ilógico Langston acordou da gripe e, na mesma hora, terminou com Benny, pois ele iria visitar sua *abuelita* em Porto Rico durante duas semanas. Eles decidiram que o relacionamento ainda era novo e frágil demais para sobreviver a uma ausência de duas semanas, então o rompimento foi um consenso. Fizeram isso com a promessa de que talvez reatassem quando Benny voltar, mas de que, se algum dos dois conhecesse outra pessoa nessa janela de duas semanas, tinham luz verde para seguir adiante. Não faz sentido nenhum para mim. Com esse tipo de lógica, eles se merecem, ou merecem não ter um ao outro, como é o caso. Os garotos são loucos. Tanto drama.

O pior contraventor masculino? Vovô. Vai para a Flórida no Natal pedir Mabel em casamento, mas ela recusa, aí ele volta apressadamente a Nova York no dia de Natal, convencido de que o relacionamento acabou. Quatro dias depois, dia 29 de dezembro, volta à Flórida após ter mudado completamente de ideia.

— Vou resolver essa história com Mabel — anunciou vovô no café da manhã. — Estou partindo em poucas horas.

Mesmo não ficando animada pela ideia de vovô e Mabel em uma união mais permanente, achava que podia me acostumar com isso se fosse fazer o coroa feliz. E, do ponto de vista prático, tirar vovô da nossa cidade teria o bônus adicional de impedir que ele ficasse me perguntando aonde eu ia o tempo todo, bem quando as coisas começavam a ficar interessantes no Lilyverso.

— Como pensa em resolver a história? — perguntou Langston.

O rosto ainda estava pálido, a voz, rouca, e o nariz, escorrendo, mas meu irmão comia o segundo ovo mexido e já havia devorado uma pilha de torradas com geleia, obviamente se sentindo bem melhor.

— O que eu estava pensando com a ideia de "temos que nos casar"? — questionou-se vovô. — É um conceito ultrapassado. Vou propor que Mabel e eu apenas sejamos exclusivos. Nada de aliança, nada de casamento, só... companheirismo. Eu seria o único namorado dela.

— Adivinhe quem tem namorado, vovô? — brincou Langston, de forma ameaçadora. — Lily!

— Não tenho, não! — rebati, mas de um jeito calmo e nada Escandalily.

Vovô se virou para mim.

—Você só tem permissão para namorar daqui a uns vinte anos, ursinha Lily. Na verdade, sua mãe ainda não tem permissão para namorar, pelo que me lembro. Mas, de alguma forma, ela conseguiu escapar.

Ao ouvir a menção à minha mãe, percebi que estava com saudade. Muita. Fiquei ocupada demais com o caderninho e outras desventuras na semana anterior para me lembrar de sentir saudade dos meus pais, mas, de repente, os queria em casa *naquela hora*. Queria entender por que achavam que morar em Fiji era boa ideia, ver seus rostos infelizmente bronzeados e ouvir suas histórias, rirmos juntos. Queria ABRIR MEUS PRESENTES DE NATAL.

Apostava que eles estavam começando a sentir saudades de mim da mesma forma. Apostava que estavam se sentindo péssimos de tanta saudade e por me abandonarem no Natal, e por possivelmente me obrigarem a mudar para um canto remoto do fim do mundo, quando estou perfeitamente feliz morando bem aqui, no centro do mundo que é a ilha de Manhattan.

(Mas, talvez, experimentar um lugar novo pudesse ser interessante. Talvez.)

Encarei essa verdade como evidente: não havia como não descolar um filhotinho como consequência dessa situação. Tanta culpa por parte dos pais, tanta necessidade de Lily por um cachorro. E acreditava que poderia deixar claro que evoluí como numana e como dona de cachorro, em vez de apenas passeadora. Dessa vez, conseguiria lidar com a propriedade de um animal.

Feliz Natal, Lily.

Falando de forma prática, não havia a menor possibilidade de eu aceitar um coelhinho.

Quase não havia tido tempo de fazer uma pesquisa sobre sites de abrigos de cachorros em Fiji em busca de um filhotinho adotável quando recebi uma mensagem de meu primo Mark.

Ursinha Lily: meu colega Marc precisa
viajar para o norte do estado para cuidar
da mãe, que está sofrendo de envenenamento
por gemada. Você tem espaço em sua lista
de clientes para o cachorro dele, Boris?
Precisa ser alimentado e passear duas
vezes por dia. Só por um ou dois dias.

Claro, respondi. Admito que parte de mim tinha esperança de que a mensagem de Mark fosse envolver um encontro com Dash, mas um novo cachorro com o qual trabalhar era uma distração adequada.

Pode passar aqui na loja para pegar a
chave dele?

Daqui a pouco estou aí.

A Strand estava a mistura de sempre de pessoas agitadas e lacônicos leitores de corredor. Mark não estava na mesa de informações quando cheguei, então decidi olhar um pouco os livros. Primeiro, fui para a seção de animais, mas já lera quase todos os livros ali, e havia um limite para o quanto eu podia olhar para fotos de filhotes sem precisar fazer carinho em um real em vez de só babar na imagem. Andei aleatoriamente e me vi no porão, onde uma placa em uma estante nos cantos mais escondidos do fundo anunciava SEXO & SEXUALIDADE COMEÇA NA PRATELEIRA DA ESQUERDA. A placa me fez pensar em *A alegria do sexo gay* (terceira edição), que, por sua vez, claro, me fez corar, e depois pensar em J. D. Salinger. Voltei para Ficção, no andar de cima, e encontrei um rapaz bem curioso colocando o caderninho vermelho familiar entre *Franny e Zooey* e *Levantem bem alto a cumeeira, Carpinteiros & Seymour, uma Introdução*.

— Boomer? — perguntei.

Assustado e com cara de culpa, como se tivesse sido fla-
grado roubando, Boomer pegou desajeitadamente o caderninho
vermelho na prateleira, fazendo várias edições de capa dura de
Nove estórias caírem com um estrondo. Boomer apertou o caderninho vermelho contra o peito, como se fosse uma Bíblia.

— Lily! Não esperava ver você aqui. Quero dizer, eu meio
que tinha esperanças, mas também não tinha, então me acostu-
mei com a ideia, mas aqui está você, bem quando estou pensando em não ver você e...

Estendi as mãos.

— Esse caderninho é para mim? — indaguei.

Estava com vontade de arrancar o caderninho de Boomer e
lê-lo correndo, mas tentei parecer casual, como quem diz *Ah,
sim, essa coisa velha. Vou ler quando tiver tempo. Talvez demore.
Estou superocupada não pensando em Dash e no caderninho e
tudo mais.*

— É! — disse Boomer.

Mas não fez nenhum sinal de entregá-lo para mim.

— Posso pegar?

— Não!

— Por quê?

— Porque não! Você tem que encontrá-lo na prateleira!
Quando eu não estiver aqui!

Não havia me dado conta de que havia uma série de regras
para a troca do caderninho.

— Então que tal se eu me afastar, você recolocar o caderninho nas prateleiras e for embora, e aí sim eu voltar para pegá-lo?

— Tudo bem!

Comecei a me virar para executar o plano, mas Boomer gritou, me chamando.

— Lily!

— O quê?

— Max Brenner fica do outro lado da rua! Esqueci disso!

Boomer estava se referindo a um restaurante a uma quadra da Strand, um local extravagante com chocolate como tema, bem no estilo Willy Wonka. Uma armadilha certa para turistas, mas do melhor tipo, não muito diferente do Madame Tussauds.

— Quer dividir uma pizza de chocolate? — ofereci a Boomer.

— Quero!

— Encontro você lá em dez minutos — falei, enquanto me afastava.

— Não se esqueça de vir buscar o caderninho quando eu não estiver olhando! — lembrou Boomer.

Fiquei, ao mesmo tempo, perplexa e intrigada que alguém tão aparentemente melancólico quanto Dash fosse muito amigo de uma pessoa tão usuária de exclamações quanto o animado Boomer. Desconfiava de que isso fosse um ponto positivo para Dash: o fato de ser capaz de apreciar esse tipo de pessoa.

— Pode deixar! — gritei em resposta.

Chamei meu primo Mark para se juntar a nós no Max Brenner, já que levar um adulto queria dizer que Mark pagaria a conta, mesmo que fosse provável que apenas repassasse para vovô.

Boomer e eu pedimos a pizza de chocolate, uma massa quente e fina no formato de uma pizza, com camada dupla de chocolate derretido servindo como molho e marshmallows e avelãs açucaradas em cima, depois cortada em fatias triangulares como uma pizza de verdade. Mark pediu a seringa de chocolate, que era exatamente o que parecia: uma seringa de plástico cheia de chocolate que você podia despejar direto na boca.

— Mas podíamos dividir a pizza com você! — ofereceu Boomer, depois que Mark pediu a seringa. — É mais divertido quando a infusão de açúcar é uma verdadeira experiência comunal.

— Obrigado, garoto, mas estou tentando diminuir os carboidratos — disse Mark. — Vou ficar com o chocolate puro.

Não preciso acrescentar mais carboidratos à cintura. — A garçonete se afastou, e Mark se virou para Boomer em total seriedade.
— Agora nos conte tudo sobre seu amigo punk, Dash.

— Ele não é punk! É bem careta, na verdade!

— Nenhum registro criminal? — perguntou Mark.

— Só se contar o alerta carmim!

— O quê? — Eu e Mark nos sobressaltamos.

Boomer pegou o celular e mostrou um site chamado WashingtonSquareMommies.

Mark e eu lemos a postagem do alerta carmim, inspecionando as evidências dispostas no site.

— Ele come *iogurte?* — perguntou Mark. — Que tipo de adolescente ele é?

— Tolerante à lactose! — respondeu Boomer. — Dash ama iogurte e qualquer coisa com creme de leite, e gosta especialmente de queijos espanhóis.

Mark se virou para mim com ar confortador.

— Lily. Querida. Você percebe que esse Dash pode não gostar de garotas?

— Dash gosta de garotas, sem dúvida! — anunciou Boomer.
— Tem uma ex-namorada linda chamada Sofia, por quem acho que ainda tem uma quedinha, e, além do mais, no sétimo ano, fizemos um jogo de verdade ou consequência e foi minha vez, e eu girei a garrafa e ela parou apontando para Dash, mas ele não quis me deixar beijá-lo.

— Não prova nada — murmurou Mark.

Sofia? *Sofia?*

Eu precisava de uma pausa para ir ao banheiro.

Acho que não deveríamos tentar nos encontrar de novo; há uma grande liberdade nisso.

E agora, como truque final, Dash me insultou.

Cartão-postal 6: O Metropolitan Museum of Art

Met, passado e particípio de **MEET** *meet \mēt\ 1 a: estar na presença de:* **ENCONTRAR** *b: estar junto princ. em um lugar ou momento particular c: entrar em contato ou conjunção com:* **JUNTAR** *d: aparecer na percepção de...*

— Você está bem, Lily? — perguntou uma pessoa na pia do banheiro ao meu lado, enquanto eu lia a mensagem mais recente e inexplicável (o que não faz sentido; *ver: GAROTOS*) de Dash.

Fechei o caderninho vermelho e ergui o rosto. Pelo espelho, vi Alice Gamble, uma garota da escola que também era do time de futebol.

— Ah, oi, Alice — cumprimentei. — O que está fazendo aqui?

Esperava que ela se virasse e me deixasse ali, pois eu não pertencia à "galera legal" da escola. Talvez por estarmos no meio das festas de fim de ano, ela não o fez.

— Moro bem na esquina — explicou Alice. — Minhas irmãzinhas gêmeas amam este lugar, então sou arrastada para cá sempre que nossos avós estão na cidade.

— Os garotos não fazem sentido — falei para ela.

— Não mesmo! — concordou Alice, parecendo feliz por ter um assunto mais interessante que irmãos mais novos e avós. Ela olhou para o caderninho vermelho com curiosidade. — Tem algum garoto em particular em mente?

— Não faço ideia!

E não fazia mesmo. Não conseguia entender, pela última mensagem, se Dash estava dizendo que deveríamos nos encontrar de novo ou se deveríamos nos corresponder apenas pelo caderninho. Não conseguia entender por que ainda me importava. Principalmente, se havia outra garota chamada Sofia na história.

— Quer ir tomar um café amanhã para discutir e analisar a situação melhor? — perguntou Alice.

— Seus avós são tão chatos assim?

Não conseguia imaginar Alice querendo passear e fazer coisas de menina comigo, como falar sobre garotos sem parar, a não ser que estivesse muito desesperada.

— Meus avós são bem legais, mas nosso apartamento é pequeno e fica lotado com pessoas demais nos visitando na época de festas. Preciso sair de casa. E seria divertido, sabe, finalmente conhecer você melhor.

— Sério? — indaguei.

Eu me questionei se esse tipo de convite sempre esteve disponível para mim, mas não tinha reparado, tomada demais pelo medo que Escandalily sentia.

— Sério! — disse Alice.

— Você também! — devolvi.

Marcamos um café para o dia seguinte.

Quem precisava de Dash?

Eu não, com certeza.

Quando voltei para a mesa, meu primo Mark estava jogando o chocolate direto na boca com a grande seringa de plástico.

— Fantástico! — exclamou, com a voz úmida.

— Mas isso não deve ser chocolate proveniente de comércio justo! — explicou Boomer.

— Pedi sua opinião? — perguntou Mark.

— Não! — retrucou Boomer. — Mas não me importo de não ter pedido!

Havia um assunto sobre o qual eu queria a opinião de Boomer.

— Dash gostou do Muppet Hostil que fiz para ele?

— Não muito! Disse que parecia a cria de Miss Piggy e Animal se eles fizessem sexo.

— Meus olhos! — gritou Mark. Não, ele não tinha jogado chocolate nos olhos por engano. — Que pensamento nojento. Vocês, adolescentes, têm umas ideias tão pervertidas. — Mark repousou a seringa de chocolate na mesa. — Me fez perder o apetite, Boomer.

— Minha mãe me diz isso o tempo todo! — comentou Boomer, então virou-se para mim. — Sua família deve ser como a minha!

— Duvido — disse Mark.

Meu pobre Hostil. Jurei silenciosamente resgatar meu pequeno queridinho de feltro e lhe oferecer o lar amoroso que Dash jamais ofereceria.

— Esse tal de Dash — prossegui Mark. — Me desculpe, Lily. Não gosto dele.

— Ao menos o conhece? — perguntou Boomer.

— Sei o bastante sobre ele para julgá-lo — admitiu Mark.

— Dash é um cara legal, de verdade — defendeu Boomer. — Acho que a palavra que a mãe dele usa para descrevê-lo é *genioso*, o que é meio verdade, mas, acreditem, ele é uma boa pessoa. O melhor! Principalmente levando em consideração que os pais dele passaram por um divórcio terrível e nem se falam mais. Não é estranho? Ele provavelmente não gostaria que eu contasse isso, mas Dash foi arrastado para uma luta terrível pela guarda dele quando era pequeno, com o pai tentando obter guarda total só para irritar a mãe, e Dash tendo que ir a vários encontros com advogados e juízes e assistentes sociais. Foi *horrível*. Se ficasse preso no meio disso, conseguiria ser uma pessoa supersimpática depois? Dash é o tipo de cara que sempre teve que resolver tudo sozinho. Mas sabe o que é mais legal nele? Ele sempre consegue! É o amigo mais irado que uma pessoa pode ter. É difícil ganhar sua confiança, mas, depois que consegue, não há nada que ele não faça por você. Não há nada para o qual não se possa contar com ele. Às vezes ele é meio solitário, mas acho que não é por ser um assassino em série em potencial. É só que, às vezes, ele é a melhor companhia para si próprio. E fica à vontade com isso. Acho que não tem nada de errado com isso.

Admito que fiquei tocada pela defesa sincera que Boomer fez de Dash, mesmo ainda estando meio zangada por causa de Hostil, mas Mark deu de ombros.

— Pfft — balbuciou.

Perguntei ao meu primo:

— Você não gosta de Dash porque o acha de verdade uma pessoa detestável, ou porque tem um pouco de vovô em você, que não quer que eu tenha novos amigos se forem garotos?

— Sou seu amigo e sou garoto, Lily — declarou Boomer. — Você gosta de mim, não gosta, Mark?

— Pfft — repetiu Mark.

A resposta ficou clara: Mark não se importava com Dash, desde que não fosse uma pessoa por quem eu estivesse potencialmente interessada. Boomer também.

Boris, o cachorro que precisava passear, estava mais para um pônei que precisava correr. Era um bulmastife que chegava à altura da minha cintura, um cervo jovem com toneladas de energia, que literalmente tentou me arrastar pelo Washington Square Park. Boris quase não me deu tempo de grudar em uma árvore o cartaz que criei. Tinha a foto do alerta carmim no meio, com uma mensagem que dizia: *PROCURADO: este adolescente, não pervertido, não arruaceiro, apenas um garoto que gosta de iogurte. PROCURADO: este garoto, para que se explique.*

Mas eu não precisava ter pendurado o cartaz.

Porque cinco minutos depois que o fiz, Boris começou a latir alto para um adolescente que se aproximou de mim na hora em que eu estava recolhendo o maior cocô de cachorro que já vi.

— Lily?

Ergui o rosto do saco plástico cheio de cocô gigante.

É claro.

Era Dash.

Quem mais me encontraria bem naquele momento? Primeiro, me encontrou bêbada, agora me encontrou limpando cocô de um pônei que latia e estava prestes a entrar em modo de ataque.

Perfeito.

Não era surpresa alguma que eu nunca tenha tido um namorado.

— Oi — falei, tentando parecer supercasual, mas ciente de que minha voz estava saindo superaguda e um tanto Escandalily.

— O que está fazendo aqui? — perguntou Dash, recuando alguns metros para longe de mim e Boris. — E por que está com tantas chaves? — Ele apontou para o enorme chaveiro preso à minha bolsa, que tinha as chaves de todos os meus clientes com cujos cachorros eu passeava. — Você é zeladora de prédio, por acaso?

— PASSEIO COM CACHORROS! — gritei por cima dos latidos de Boris.

— OBVIAMENTE! — berrou Dash. — Mas parece que é ele quem está passeando com você!

Boris entrou em ação de novo e me arrastou na outra direção, com Dash correndo ao nosso lado, mas mantendo distância, como se não soubesse ao certo se queria participar do espetáculo.

— O que você está fazendo aqui? — perguntei.

— Meu iogurte acabou — respondeu Dash. — Saí para comprar mais.

— E para defender seu bom nome?

— Ah, caramba. Você soube do alerta carmim?

— Quem não soube? — brinquei.

Ele ainda não devia ter visto meu cartaz pendurado. Seria possível retirá-lo antes que ele chegasse à árvore?

Puxei a coleira de Boris para nos virar na direção oposta, para o sul, longe do arco da Washington Square. Por algum motivo desconhecido, a mudança de direção acalmou Boris, e ele passou de seu galope intenso para um trotar mediano.

Logicamente, baseada no que sabia genericamente sobre garotos e especificamente sobre Dash, esperava que ele já tivesse disparado na direção oposta a essa altura.

Mas apenas perguntou:

— Aonde está indo?

— Não sei.

— Posso ir junto?

Sério?

Respondi:

— Seria incrível. Aonde acha que devemos ir?

— Vamos andar por aí e ver o que acontece — sugeriu Dash.

dezessete

–Dash–

29 de dezembro

Foi meio constrangedor, considerando que os dois estavam oscilando entre a possibilidade de alguma coisa e a possibilidade de nada.

— Bem, em que direção devemos ir? — perguntou Lily.

— Não sei. Em que direção você quer ir?

— Qualquer uma.

— Tem certeza?

Ela era mais atraente sóbria, como a maioria das pessoas. Tinha uma qualidade cativante agora, mas de uma forma inteligente, em vez de sem conteúdo.

— Nós poderíamos ir até a High Line — sugeri.

— Não com Boris.

Ah, Boris. Ele parecia estar perdendo a paciência conosco.

— Você usa alguma rota de passeio com cachorros? — questionei.

— Sim. Mas não precisamos segui-la.

Estagnação. Estagnação total. Ela me lançando olhares furtivos. Eu lançando olhares furtivos para ela. Oscilando oscilando oscilando.

Finalmente, um de nós foi decisivo.

E não fui eu nem Lily.

Foi como se uma orquestra de apitos para cachorro tocasse, de repente, a *Abertura 1812*, de Tchaikovsky. Ou um desfile de esquilos tivesse atravessado para o outro lado do Washington Square Park e começasse a se esfregar com óleo. Independentemente de qual a provocação, Boris disparou. Lily, desequilibrada, foi arrastada por uma área escorregadia e totalmente derrubada. O saco com o cocô saiu voando pelo ar. Para minha diversão, quando Lily caiu, ela soltou um estridente "FILHO DA LUTA!", um xingamento que eu não tinha ouvido até então.

Ela caiu desajeitadamente, mas sem se machucar. O saco de cocô quase atingiu sua têmpora. Enquanto isso, Lily soltou a coleira de Boris, que, tolamente, tentei pegar e consegui. Agora, era eu quem tinha a sensação de estar esquiando sobre a calçada.

— Faça-o parar! — gritou Lily, como se houvesse algum botão que eu pudesse apertar e que desligaria o cachorro. O que fiz foi acrescentar lastro inútil enquanto ele seguia disparado.

Estava claro que ele tinha um alvo em mente. Disparava na direção de um grupo de mães, carrinhos e crianças. Com horror, vi que estava mirando na presa mais vulnerável do local, um garoto de tapa-olho comendo uma barrinha de aveia.

— Não, Boris. Não! — vociferei.

Mas Boris estava seguindo seu caminho, quer eu estivesse de acordo ou não. O garoto o viu se aproximando e liberou um grito que era, sinceramente, mais apropriado a uma garota de metade da sua idade. Antes que a mãe pudesse tirá-lo do caminho, Boris se chocou contra o garoto e o derrubou, me puxando atrás de si.

— Desculpe — pedi, enquanto tentava fazer Boris parar. Era como fazer cabo de guerra com um grupo de *linebackers* de futebol americano.

— É ele! — apontou o garoto. — É O AGRESSOR!

— Tem certeza? — perguntou uma mulher que eu só podia supor ser a mãe.

O garoto levantou o tapa-olho e revelou um olho perfeitamente bom.

— É ele. Eu juro — anunciou.

Outra mulher se aproximou com o que parecia ser um pôster de procurado com meu rosto.

— ALERTA CARMIM! — berrou ao léu. — O ALERTA MANGA AGORA SUBIU PARA CARMIM!

Outra mãe, prestes a tirar o bebê do carrinho, soltou-o para poder soprar um apito: quatro toques curtos, o que eu imaginava corresponder a carmim.

O apito não foi uma boa ideia. Boris ouviu, se virou e atacou.

A mulher pulou para sair do caminho. Não deu para fazer o mesmo com o carrinho. Atirei-me no chão e tentei me tornar o mais pesado possível. Boris, confuso, se chocou com o carrinho e desalojou o bebê que estava ali dentro. Em câmera lenta, pude vê-lo levantar voo, uma expressão chocada no rosto dócil.

Queria fechar os olhos. Não tinha como eu conseguir chegar ao bebê a tempo. Estávamos todos paralisados. Até Boris parou para olhar.

No canto do olho: movimento. Um grito. E, então, a visão mais magnífica: Lily voando pelo ar. Cabelo se espalhando. Braços esticados. Totalmente alheia à aparência, ciente apenas do que estava fazendo. Um pulo pelo ar. Um pulo sincero, real. Não havia pânico no rosto dela. Só determinação. Posicionou-se embaixo daquele bebê e o pegou. Assim que ele caiu em seus braços, começou a chorar.

— Meu Deus — murmurei. Jamais vira algo tão hipnotizante.

Achei que a multidão explodiria em aplauso. Mas Lily, ao se recuperar do salto, deu alguns passos, e uma mãe atrás de mim gritou:

— Ladra de crianças! Detenham-na!

Mães e outros transeuntes estavam com os celulares na mão. Algumas do círculo de mães estavam discutindo sobre quem daria o alerta carmim e quem chamaria a polícia. Enquanto isso, Lily ainda estava em seu momento de ouro, alheia à confusão. Segurava o bebê, tentando acalmá-lo depois do voo traumático.

Tentei me levantar do chão, mas, de repente, havia um peso incrível em minhas costas.

—Você não vai a lugar nenhum — disse uma das mães, sentando-se sobre mim com firmeza. — Considere isso uma prisão civil.

Mais duas mães e o garoto com o tapa-olho juntaram-se a ela. Quase soltei a coleira. Por sorte, Boris parecia ter tido agitação suficiente por um dia e agora estava latindo para ninguém em particular.

—A polícia está vindo! — gritou alguém.

A mãe do bebê correu até Lily, que não fazia ideia de que ela era a mãe. Vi Lily dizer "um segundo" enquanto tentava fazer o bebê parar de chorar. Acho que a mãe estava agradecendo, mas algumas outras mães se aproximaram e circularam Lily.

—Vi isso em *Dateline* — disse uma delas, com voz mais alta. — Criam uma distração e roubam o bebê. Em plena luz do dia!

—Isso é absurdo! — protestei.

O garoto começou a pular no meu traseiro.

Dois policiais chegaram e foram imediatamente recebidos por versões da história. A verdade foi amplamente sub-representada. Lily parecia confusa quando devolveu o bebê; ela não tinha feito a coisa certa? O policial perguntou se me conhecia, e ela respondeu claro que sim.

—Estão vendo! — gritou uma das mães. — É cúmplice!

O chão estava frio e escorregadio, e o peso das mães começava a esmagar alguns de meus melhores órgãos internos. Talvez até confessasse um crime que não cometi para poder sair dali.

Não ficou claro se seríamos presos ou não.

— Acho que vocês deveriam vir conosco — sugeriu um dos policiais. Não parecia que *na verdade, prefiro não ir* fosse uma resposta apropriada.

Não nos algemaram, mas nos acompanharam até a viatura e nos fizeram sentar no banco de trás com Boris. Só quando estávamos lá dentro, com algumas mães pedindo vingança e a mãe do bebê voador concentrada em ter certeza de que ele estava bem, foi que tive a oportunidade de dizer alguma coisa para Lily.

— Bela agarrada — elogiei.

— Obrigada — disse ela.

Ela estava em estado de choque, olhando pela janela.

— Foi lindo. De verdade. Uma das coisas mais bonitas que já vi.

Lily olhou para mim pelo que pareceu a primeira vez. Ficamos assim por alguns momentos. A viatura se afastou do parque. Nem se importaram em ligar as sirenes.

— Acho que sabemos aonde estamos indo agora — falou.

— O destino tem um jeito estranho de fazer planos — concordei.

Lily tinha parentes por todos os cinco *boroughs* de Manhattan, mas infelizmente nenhum trabalhava com segurança pública.

Ela listou muitos deles para mim, tentando descobrir quem seria o melhor para nos tirar dessa enrascada.

— Tio Murray já foi acusado, o oposto do que precisamos. A tia-avó Sra. Basil E. namorou alguém da promotoria por um tempo... mas acho que não terminou bem. Um de meus primos foi da CIA, mas não posso dizer qual. Isso é tão frustrante!

Felizmente, não fomos trancados em uma cela. Havíamos sido levados para uma sala de interrogatório, embora ninguém tivesse ido nos interrogar. Talvez só estivessem nos observando pelo espelho para ver se confessaríamos alguma coisa um para o outro

Fiquei surpreso com o quanto Lily estava aceitando bem nosso encarceramento. Longe de ser uma pequena fera temerosa; na verdade, fui eu quem ficou reclamando quando fomos levados para a delegacia. Nenhum dos policiais parecia impressionado por não termos pais por perto para pagar nossas fianças. Lily acabou ligando para o irmão. Liguei para Boomer, que por acaso estava com Yohnny e Dov no momento.

— Está no noticiário! — exclamou Boomer. — Algumas pessoas estão chamando vocês de heróis, e outras dizem que são criminosos. Os vídeos estão por toda internet. Acho que talvez até apareçam no noticiário das seis.

Não era assim que tinha imaginado que o dia seria.

Não leram nossos direitos e nem ofereceram advogados, então supus que ainda não havíamos sido acusados de nada.

Enquanto isso, Boris estava ficando com fome.

— Eu sei, eu sei — respondeu Lily ao choramingo dele. — Com sorte, seu papai não tem internet onde está.

Tentei pensar em tópicos interessantes de conversa. O nome dela era por causa da flor? Há quanto tempo passeava com cachorros? Não estava aliviada por nenhum dos policiais ter pensado em usar um cassetete contra nós?

— Você está atipicamente quieto — comentou, sentando-se à mesa de interrogatório e tirando o caderninho vermelho do bolso do casaco. — Quer escrever algo e me passar?

— Tem uma caneta? — perguntei.

Ela balançou negativamente a cabeça.

— Está na minha bolsa. E pegaram minha bolsa.

— Acho que vamos ter que conversar, então — alertei.

— Ou podemos nos negar a falar.

— É sua primeira vez na prisão? — questionei.

Lily assentiu.

— Você?

— Certa vez, minha mãe teve que pagar fiança para soltar meu pai, e não havia ninguém em casa para cuidar de mim. Então, fui junto. Devia ter 7 ou 8 anos. Primeiro, me dissera que ele sofreu um pequeno acidente, o que me fez pensar que ele tinha feito xixi na calça em algum lugar inconveniente. Depois, me contaram que foi "conduta imprópria". Nunca foi a julgamento, então não sobrou registro em papel para que eu pudesse investigar.

— Que horrível — simpatizou Lily.

— Acho que é mesmo. Na época, só pareceu normal. Eles se divorciaram pouco tempo depois.

Boris começou a latir.

— Não é fã de divórcio, estou vendo — observei.

— Os petiscos dele também estão em minha bolsa — disse Lily, com um suspiro.

Por um ou dois minutos, ela fechou os olhos. Só ficou sentada ali deixando tudo se afastar, ficar sem importância. Não me importava de também estar desaparecendo. Parecia precisar de uma pausa, e eu estava disposto a dar isso a ela.

— Aqui, Boris — chamei, tentando ser simpático com a fera. Ele olhou para mim com cautela e começou a lamber o chão.

— Acho que estou nervosa por conhecer você — admitiu Lily, ainda de olhos fechados.

— Igualmente — garanti. — É raro eu chegar à altura de minhas palavras. E como me conhece mais pelas palavras, há tantas formas pelas quais posso decepcionar você.

Ela abriu os olhos.

— Não é só isso. É que na última vez em que me viu...

— ... você não era você mesma. Pensa que não sei?

— Claro. Mas não é possível que *fosse* eu mesma naquela hora? Talvez aquela seja quem eu deva ser, só que não a liberto muito.

—Acho que gosto mais da Lily passeadora de cachorros, agarradora de bebês e que fala a verdade — avisei. — Se tem alguma importância para você.

E essa era a pergunta, não era? Tinha alguma importância?

— Essa Lily nos trouxe para a cadeia — observou Lily.

— Ah, você queria perigo, não queria? E, tecnicamente, foi Boris quem nos trouxe para a cadeia. Ou foi o caderninho vermelho que nos trouxe para a cadeia. O caderninho vermelho foi uma excelente ideia, aliás.

— Foi ideia do meu irmão — admitiu Lily. — Desculpe.

— Mas foi você quem comprou a ideia, não foi?

Lily assentiu.

— Se tem alguma importância para você.

Puxei a cadeira para ficarmos ao lado um do outro à mesa de interrogatório.

— Claro que tem importância — falei. — Muita. Ainda não nos conhecemos, certo? E admito, achei que poderia ser melhor se ficássemos só no papel, passando o caderninho de um para o outro até termos 90 anos. Mas está claro que não era para ser assim. E quem sou eu para ir contra o vento?

Lily corou.

— "E o que fizeram no primeiro encontro, Lily?" "Ah, fomos até a delegacia e bebemos água em copos de isopor." "Isso parece bastante romântico." "Ah, foi *mesmo*."

— "O que fizeram no segundo encontro?" — prossegui. — "Ah, achei que teríamos que roubar um banco. Só que acabou sendo um banco de esperma, e fomos atacados por futuras mamães zangadas na sala de espera. Aí, fomos de novo para a cadeia." "Parece incrível." "Ah, foi mesmo. E não parou por aí. Agora, quando preciso me lembrar de um encontro, basta consultar meu registro criminal."

— "E o que o atraiu nela?" — perguntou.

— "Bem" — respondi para o entrevistador fantasma —, "devo dizer que foi o jeito como ela agarra bebês. Com requinte, na verdade. E você? O que a fez pensar *Uau, esse cavalheiro é para namorar?*"

— "Adoro um homem que não solta a coleira, mesmo quando o leva à ruína."

— Muito bem — elogiei. — Muito bem.

Achei que Lily ficaria feliz com esse elogio, mas ela apenas suspirou e afundou na cadeira.

— O que foi? — perguntei.

— E Sofia? — rebateu.

— Sofia?

— Sim. Boomer mencionou Sofia.

— Ah, Boomer.

— Você a ama?

Balancei a cabeça negativamente.

— Não posso amá-la. Ela mora na Espanha.

Lily riu.

— Acho que você ganha pontos pela sinceridade.

— Não, sério — expliquei. — Ela é ótima. E gosto dela umas vinte vezes mais agora do que quando estávamos namorando. Mas o amor precisa ter futuro. E Sofia e eu não temos futuro. Apenas nos divertimos compartilhando o presente, só isso.

— Acha mesmo que o amor precisa ter futuro?

— Sem sombra de dúvida.

— Que bom — falou. — Eu também.

— Que bom — ecoei, inclinando-me em sua direção. — Você também.

— Não repita o que eu digo — protestou, me dando um tapinha no braço.

— Não repita o que digo — murmurei, sorrindo.

— Você está sendo bobo — acusou, mas havia bobeira emanando da voz dela.

— *Você* está sendo boba — garanti.

— Lily é a garota mais incrível que já existiu.

Cheguei mais perto.

— *Lily é a garota mais incrível que já existiu.*

Por um momento, acho que tínhamos esquecido onde estávamos.

Então os policiais voltaram, e acabamos nos lembrando.

— Bem — disse o policial White, que era negro —, vão ficar felizes em saber que os vídeos das aventuras desta tarde já tiveram duzentas mil visualizações no YouTube. E foram capturados de praticamente todos os ângulos possíveis; é impressionante que a estátua de George Washington não tenha puxado um iPhone para mandar as fotos para os amigos por e-mail.

— Observamos as filmagens com atenção — informou a policial Black, que era branca — e chegamos à conclusão de que só há um culpado nesta sala.

— Eu sei, senhora — admiti. — Foi tudo minha culpa. Ela não teve nada a ver com isso, de verdade.

— Não, não, não — discordou Lily. — Fui eu quem pendurou o pôster. Era uma brincadeira. Mas fez com que as mães ficassem meio surtadas.

— É sério — insisti, virando para Lily —, você só ajudou. Era a mim que elas queriam.

— Não, fui eu quem acharam que estava roubando o bebê. E, acredite, eu nem *quero* um bebê.

— Nenhum de vocês é culpado — interrompeu o policial White.

A policial Black apontou para Boris.

— Se tem alguém responsável por isso aqui, é o que anda sobre quatro patas.

Boris recuou com atitude culpada.

O policial White olhou para mim.

— Quanto ao Johnny Tapa-Olho, não conseguimos encontrar nada de errado com ele. Então, mesmo que o tenha acertado com uma bola de neve no meio de uma lutinha, e não estou dizendo que acertou e nem que não acertou, não houve dano algum, então não há culpado.

— Isso quer dizer que estamos livres? — perguntou Lily.

A policial Black assentiu.

— Tem um comitê e tanto esperando por vocês lá fora.

A policial Black não estava brincando. Boomer estava lá não só com Yohnny e Dov, mas com Sofia e Priya também. E parecia que, liderada pela Sra. Basil E., a família toda de Lily a aguardava.

— Deem uma olhada! — disse Boomer, segurando duas páginas impressas, uma do site do *Post* e uma do *Daily News*.

Ambas tinham uma foto incrível do bebê caindo nos braços de Lily.

NOSSA HEROÍNA!, dizia o *Daily News*.

LADRA DE BEBÊ!, dizia o *Post*.

— Tem repórteres lá fora! — A Sra. Basil E. informou — A maioria deles bem indecente.

A policial Black se virou para nós.

— E aí? Querem ser celebridades ou não?

Lily e eu nos entreolhamos.

A resposta estava bem clara.

— Não — afirmei.

— Definitivamente não — acrescentou Lily.

— Então, vamos pela porta dos fundos! — anunciou a policial Black. — Sigam-me.

Com a quantidade de gente que foi nos buscar, eu e Lily nos perdemos em meio à confusão. Sofia ficou perguntando se eu estava bem, Boomer estava animado porque Lily e eu finalmente nos conhecemos, e o resto só estava tentando entender aquilo tudo.

Sequer tivemos a oportunidade de nos despedirmos. A porta se abriu, e a polícia nos mandou sair rápido, porque os repórteres logo nos alcançariam.

Lily foi para o lado dela com seu grupo, e eu fui para o outro lado com o meu.

Senti um peso no bolso.

Garota sorrateira, colocou o caderninho bem ali.

dezoito

(Lily)

30 de dezembro

As notícias do mundo viajam rápido e chegam longe. Até mesmo a Fiji.

Eles não sabiam, mas fiquei ligando e desligando o som do computador enquanto meus pais resmungavam do lado de lá da videoconferência. De vez em quando, ligava os alto-falantes para ouvir trechos da falação.

— Como podemos confiar em você sozinha, Lily, se...

Mudo.

As mãos deles sacudiam loucamente do outro lado do mundo enquanto minhas mãos se concentravam em meu novo projeto de tricô.

— Quem é esse Dash? Vovô sabe sobre...

Mudo.

Vi mamãe e papai tentarem arrumar as malas furiosamente enquanto gritavam com o computador.

— Estamos atrasados para o voo! Vai ser pura sorte se conseguirmos chegar. Sabe quantas ligações...

Mudo.

Papai parecia estar gritando com o celular por tocar de novo. Mamãe espiava a tela do computador.

— *Onde* estava Langston esse tempo todo...?

Mudo.

Continuei trabalhando em minha mais nova criação: um suéter de cachorro listrado, tipo uniforme de prisão, para Boris. Ergui o rosto e vi o indicador de mamãe balançando para mim.

Nada de mudo agora.

— E mais uma coisa, Lily!

O rosto dela chegou o mais perto possível da tela do computador. Nunca havia reparado antes, mas mamãe tinha poros excelentes, que só podiam ser um bom presságio para meu processo de envelhecimento.

— O que, mãe? — perguntei, enquanto papai se sentava na cama de hotel atrás dela, balançando os braços de novo, explicando a situação de novo para alguém que ligava para o celular dele de novo.

— Foi uma agarrada maravilhosa, querida.

Vovô estava atravessando Delaware (a capital dos pedágios no mundo das estradas, diz ele) quando o Sr. Chucrute ligou para seu celular a fim de contar sobre a notícia, o que foi seguido de ligações dos escandalizados senhores Curry e Pão Doce. Primeiro, vovô quase teve um ataque cardíaco dirigindo. Depois, foi até o McDonald's para comprar um Big Mac a fim de se acalmar. Em seguida, ligou para Langston e gritou com ele por me permitir virar detenta e celebridade internacional nas poucas horas desde que foi encarregado de cuidar de mim depois que vovô partiu para a Flórida. Em seguida, deu meia-volta e seguiu para Manhattan, chegando em casa bem na hora em que Langston e a Sra. Basil E. me traziam da delegacia para casa.

— Está de castigo até seus pais voltarem para cuidar dessa confusão! — gritou vovô, então apontou para o pobre Boris.

— E mantenha esse cachorro dos infernos longe de meu gato lá em cima!

Boris latiu alto e pareceu preparado para derrubar vovô também.

— Senta, Boris — ordenei, e a fera se sentou no chão e repousou a cabeça sobre meus pés, então deu um rosnado baixo na direção de vovô.

— Acho que Boris e eu não concordamos em ficar de castigo — disse eu para vovô.

— Isso não faz sentido, Arthur. — A Sra. Basil E. protestou. — Lily não fez nada de errado. Foi tudo um grande mal-entendido. Ela salvou um bebê! Não é como se tivesse roubado um carro e saído passeando por aí.

— Todo mundo sabe que nada de bom pode acontecer a uma mocinha que aparece na capa do *New York Post*! — berrou vovô, apontando para mim. — De castigo!

— Vá para seu quarto, ursinha Lily — sussurrou a Sra. Basil E. — Cuido disso a partir de agora. Leve esse pônei com você.

— Por favor, não conte para vovô sobre Dash — murmurei para ela.

— Não dá para esconder isso — explicou, em voz alta.

Toda a histeria parental não resultou, tecnicamente, em castigo. O que aconteceu foi que recebi ordens contundentes de ficar na minha até mamãe e papai voltarem de Fiji na véspera de Ano-Novo. Foi *recomendado* que eu permanecesse em casa e relaxasse por um tempo.

Não que eu quisesse, mas fui informada de que não tinha permissão de falar com a imprensa e que todo meu lixo devia passar por um triturador, não podia planejar o visual que usaria na capa da revista *People* (uma entrevista exclusiva, que poderia pagar todos os meus estudos na faculdade de uma tacada só), e, se Oprah ligasse, ela falaria com minha mãe primeiro, não comigo. Sinceramente, a família toda estava torcendo para que alguma celebridade morresse ou fosse exposta em um escândalo espalhafatoso o mais rápido possível, para que os tabloides pudessem esquecer a Lily Passeadora de Cachorros.

Para meu próprio bem-estar emocional, foi sugerido que não pesquisasse a mim mesma no Google.

Não há muitas pessoas em quem confiar no mundo que não sejam parentes, de acordo com os fiscais da família. Era melhor ficar no carinhoso seio familiar até tudo isso passar.

O que sei ao certo é: sempre se pode confiar em um cachorro.

Boris gostou de Dash.

Dá para saber muito sobre uma pessoa pela forma como ela trata os animais. Dash não hesitou em pegar a coleira de Boris quando a crise começou. Ele é um sujeito com quem se pode contar (ou em quem se pode sentar, de acordo com as mães do alerta carmim).

Boomer, que se parece bastante com um cachorro, também gosta de Dash.

Instintos caninos estão sempre certos.

Dash devia ser uma pessoa com muitas qualidades.

Cheguei à conclusão de que há possibilidades demais no mundo. Dash. Boris. Preciso manter a mente aberta para o que poderia acontecer, e não concluir que o mundo não tem jeito se o que eu quero que aconteça não acontecer. Porque outra coisa grandiosa pode acontecer nesse meio-tempo.

O veredicto sobre Boris, portanto, é certeiro: ele veio para ficar.

Marc, seu dono e colega de meu primo Mark da Strand, mantinha Boris ilegalmente no apartamento, em um prédio onde animais não são permitidos. Ele conseguia se safar antes porque o prédio era cuidado por uma empresa terceirizada sem zelador ou dono morando no local, mas agora que Boris está tão famoso (de acordo com uma pesquisa online no *New York Post*, 64 por cento dos pesquisados acham que Boris é uma ameaça para a sociedade, 31 por cento acham que é uma vítima inocente da própria força e 5 por cento acham que deveria ser sacrificado de forma impossível de mencionar), Marc obviamente não pode levá-lo "para casa".

Mas tudo bem, pois tomei a decisão executiva de que minha casa agora era a casa de Boris. Nas menos de 24 horas desde que está sob meus cuidados, Boris aprendeu a sentar, a andar junto, a não pedir comida à mesa de jantar e a largar (falando dos sapatos de vovô prestes a ser mastigados até virarem nada). Obviamente, o problema o tempo todo era que o dono de Boris não estava dando a ele a atenção devida e a orientação de que precisava para florescer e se tornar um membro ativo da sociedade. Além do mais, de acordo com a internet, Marc não era um coletor de cocô confiável e só usava Boris como instrumento para conhecer garotas. O mais perturbador era que Marc me mandou várias mensagens dizendo que não se importava se eu ficasse com Boris pelo tempo que quisesse. É um cachorro que precisa de atenção. Ficou claro que Marc nunca mereceu Boris.

Boris e eu passamos uma noite na cadeia juntos. Estamos unidos por toda a eternidade. Bem, passamos algumas horas em uma sala de interrogatório de uma delegacia juntos, com um garoto muito gato. Dá quase no mesmo. O lar de Boris é comigo agora, e mamãe, papai e todo mundo terão que se acostumar com isso. Família cuida de família, e Boris é da família agora.

Minha equipe de gerenciamento de crise acabou sendo Alice Gamble, com Heather Wong e Nikesha Johnson, duas outras garotas do time de futebol.

Enquanto estávamos juntas no meu quarto, Alice disse:

— Então, Lily. Apesar de nos conhecermos há muito tempo, nunca chegamos a *conhecer* você de verdade, não é? E como seu avô nos convidou para uma festa do pijama para impedir que você saia...

— A festa do pijama foi ideia minha — interrompi. — Vovô só tinha escondido meu celular antes que eu tivesse a chance de convidar vocês eu mesma.

— Onde encontrou o celular? — perguntou Alice.

— No pote de biscoitos. Tão. Óbvio. Parece que ele nem se esforçou.

Alice sorriu.

— As garotas e eu fizemos algo legal para você também. — Ela se sentou em frente ao meu laptop e abriu um vídeo no YouTube. — Como não pode se defender para a imprensa, decidimos que seu time de futebol podia fazer isso por você.

— Hã?

Nikesha falou:

— Você é uma goleira boa para caramba! E quem além de uma goleira tão boa poderia agarrar um bebê daquele jeito? Uma goleira pega bebês por instinto natural. Não por estar tentando roubá-los! Mas, sim, por estar tentando salvá-los.

Heather continuou:

— Veja.

E clicou no vídeo do YouTube.

E ali estava. Com a música "Stop", das Spice Girls, minhas colegas de time montaram uma série de fotos e videoclipes me mostrando em ação como goleira: correndo, resmungando, chutando, pulando, saltando, voando.

Não fazia ideia de que jogava tão bem.

Não fazia ideia de que minhas colegas de time reparavam nisso, ou que se importavam.

Talvez nunca tivesse me dado ao trabalho de pensar nelas como colegas de time. Talvez eu mesma tivesse sido o maior impasse dessa amizade.

Não tem *eu* em um *time*, como se diz por aí.

Quando o clipe terminou, as garotas me envolveram em um abraço de vitória no meu quarto como nunca fizemos no campo. Não consegui me controlar. Comecei a chorar. Não um choro intenso e constrangedor, mas com lágrimas profundas de alegria e gratidão.

— Nossa, meninas. Obrigada. — Isso foi tudo que consegui balbuciar.

— Escolhemos a música "Stop" porque é o que você faz: para o outro time e impede que marque gols — disse Heather.

— Assim como parou aquele bebê e impediu que caísse no chão. Nikesha falou:

— E como homenagem a Beckham também.

— Obviamente — concordamos Alice e eu.

Heather prosseguiu:

— Se ler os comentários... Já são 845 até agora, então talvez seja melhor não ler. Mas passei os olhos quando colocamos isso no ar para defender seu bom nome, e, Lily, você já recebeu cinco propostas de casamento, pelo menos quando parei de ler. Foram 95.223 visualizações... não, acabou de pular para 95.225 nesse segundo. Não aguentei mais ler pedidos de casamento e outras propostas indecentes. Tem alguns olheiros de faculdade que postaram que você deveria fazer teste para o time deles.

Boris deu um latido aprovador de sua nova caminha de cachorro, no canto do quarto.

31 de dezembro

— Benny e eu voltamos — anunciou Langston no almoço.

As garotas da festa do pijama já tinham ido embora para preparar suas comemorações de Ano-Novo, e vovô estava em seu apartamento negociando com Mabel no telefone para deixar Miami de lado e vir visitá-lo em Nova York, em *janeiro*! Isso para não ter que dirigir até a Flórida de novo, voltar para Nova York de novo, ir para a Flórida de novo e voltar para Nova York de novo, tudo em questão de poucos dias.

Os homens não conseguem decidir o que querem.

— Alguns dias separados foram demais para você e Benny? — perguntei ao meu irmão.

— Foram sim. Mas, além disso, concluímos que começamos essa história de caderninho vermelho para você. Temos um destino juntos.

— E sentiram muita falta um do outro! E espero que tenham decidido admitir isso e assumir a fidelidade.

— Eu não iria *tão* longe — argumentou Langston. — Vamos só dizer que Benny e eu temos um encontro de Ano-Novo hoje no Skype, a portas fechadas, com ele em Porto Rico. Não vou ficar cuidando de você e suas peripécias.

— Que nojento. E você nunca ficou cuidando de mim.

— Eu sei. E, acredite, vão me culpar por tudo que aconteceu pelo resto da vida.

— Obrigada por fazer um péssimo trabalho de ficar no comando, irmão. Me diverti muito. — Mas alguma coisa nas origens do caderninho vermelho ainda me incomodava. — Langston?

— Sim, ursinha celebridade Lily? Ah! Celebrilily! Vai ser meu novo nome para você.

Ignorei esse último comentário.

— E se for de você que ele realmente gosta?

— Quem? O que quer dizer?

— Dash. Encontrar o caderninho vermelho. Foi ideia sua. Escrevi as primeiras mensagens na minha caligrafia, mas as palavras e as ideias foram suas. Talvez a pessoa que Dash tenha convidado para passar o Ano-Novo com ele seja baseada num fragmento de imaginação que você criou.

— E daí se tiver? Foi você quem deu seguimento ao caderninho. Você continuou a aventura. E olhe o que aconteceu!

Fiquei tossindo no meu quarto e sem querer terminei com meu namorado. E você saiu e criou seu próprio destino com aquele caderninho!

Ele não entendeu.

— Mas Langston, e se... Dash acabar não gostando de mim? De mim-*mim*, não da *ideia* que tem de mim.

— E daí se não gostar?

Estava esperando que meu irmão pulasse em minha defesa e declarasse sua certeza de que Dash gostaria de mim.

— O quê? — protestei, ofendida.

— Se Dash não gostar quando conhecer você, e daí?

— Não sei se quero correr esse risco.

Ser magoada. Ser rejeitada. Como Langston já foi.

— A recompensa está no risco. Não pode ficar escondida debaixo da capa protetora do vovô para sempre. Parecia que você precisava crescer longe daquilo por um tempo. A viagem de mamãe e papai, o caderninho, essas coisas só ajudaram. Agora cabe a você concluir como Dash se encaixa no cenário. Como *você* se encaixa no cenário. Corra o risco.

Queria tanto acreditar naquilo, mas o medo parecia tão grande e massacrante quanto o desejo.

— E se isso tudo foi um sonho? E se estamos apenas desperdiçando o tempo um do outro?

— Como pode saber se não tentar? — Langston então citou o poeta em cuja homenagem foi batizado, Langston Hughes. — "Um sonho protelado é um sonho negado."

— Você o esqueceu?

Nós dois sabíamos que não estava me referindo a Benny, mas a quem partiu o coração de Langston de forma tão arrasadora. Seu primeiro amor.

— De certa forma, acho que nunca vou esquecê-lo — confessou Langston.

— Essa é uma resposta tão insatisfatória.

— É porque está interpretando do jeito errado. Não quero que pareça uma declaração melancólica e dramática. Quero dizer que o amor que senti por ele foi enorme e real, e, apesar de doloroso, me mudou eternamente como pessoa, da mesma forma que ser seu irmão reflete e muda a forma como evoluo, e vice-versa. As pessoas importantes em nossas vidas deixam marcas. Elas podem ficar ou não no plano físico, mas existem para sempre no coração, porque ajudaram a formá-lo. Não dá para esquecer isso.

Meu coração queria indubitavelmente abraçar e/ou ser pisoteado por Dash. Isso era certo. O risco precisaria descobrir sua própria recompensa.

Debaixo da mesa, Boris lambeu meus tornozelos. Comentei:

— Boris vai ficar conosco e está marcado no meu coração, e mamãe e papai vão ter que aceitar isso.

— Eles é que vão rir de você, Celebrilily. Seu grande presente de Natal no Ano-Novo seria que finalmente dariam permissão para que tivesse um bichinho novamente.

— É mesmo? Mas... e se nos mudarmos para Fiji?

— Nossos pais vão dar um jeito. Se decidirem mesmo ir, vão manter este apartamento, onde vou continuar morando enquanto estiver na NYU. Acho que não estão planejando morar em Fiji o ano inteiro, só durante os períodos escolares. Posso cuidar de Boris enquanto você estiver longe, se acabar indo com eles e não der para Boris passar pela alfândega. Que tal isso ser meu presente de Natal para você?

— Porque estava ocupado demais com Benny para sair e comprar alguma coisa para mim?

— Isso mesmo. E que tal se, em troca, em vez do suéter que tenho certeza de que tricotou para mim e dos milhares de biscoitos que sem dúvida assou para o Natal, você disser para o vovô não me culpar por todas as suas peripécias e o fizer largar do meu pé no Ano-Novo?

—Tudo bem — concordei. — Deixe que a garotinha decida as regras, como deveria ser.

—Falando em regras... o que vai fazer no Ano-Novo, afinal, Lily? Será que vai ter permissão para sair outra vez? O Monsieur Dashiell vai escoltá-la por nossa bela cidade esta noite?

Suspirei e balancei a cabeça negativamente. Não havia nada a fazer além de admitir.

—Ele não me ligou, nem mandou e-mail nem o caderninho desde a delegacia.

Levantei-me abruptamente da cadeira para poder voltar ao quarto e sentir muita pena de mim mesma e comer chocolate demais com privacidade.

Achava que podia mandar uma mensagem ou um e-mail para Dash (ou até mesmo *ligar* para ele — o quê?!?!?), mas essas opções pareciam invasivas depois de tudo pelo que passamos. Depois do caderninho vermelho. Dash era um cara que apreciava a privacidade e parecia vibrar com a solidão. Eu conseguia respeitar isso.

Era ele quem devia fazer contato comigo.

Certo?

O que o fato de ele não ter feito contato revelava sobre mim?

Que não era possível que ele gostasse de mim tanto quanto eu tinha começado a gostar dele. Que jamais seria tão bonita e interessante quanto aquela Sofia, enquanto o rosto bonito de Dash continuaria a aparecer nas minhas fantasias.

Não correspondido.

Não era justo que eu sentisse tanta falta dele. Não tanto da presença, mal o conhecia, mas de ter aquela ligação do caderninho vermelho com ele. De saber que estava por aí pensando ou fazendo alguma coisa que seria comunicada a mim de alguma forma surpreendente.

Deitei-me na cama, fantasiando sobre Dash, e estiquei a mão para receber uma lambida tranquilizadora de Boris, mas ele não estava ali. Estava passeando.

A campainha do apartamento tocou alto, e pulei e corri até o corredor para atender.

— Quem é? — perguntei.

— É sua tia-avó favorita. Deixei a chave dentro do apartamento quando vim passear com Boris.

Boris!

Os vinte minutos desde que ele saíra quase me destruíram. Boris nunca me ignorava como esse tal de Dash.

Abri a porta para deixar a Sra. Basil E. e Boris entrarem.

Olhei para Boris, que estava batendo com as patas nos meus tornozelos para chamar minha atenção.

Ele estava segurando na boca não um osso para cachorro nem o casaco de um carteiro. Entre os dentes, Boris me oferecia, acompanhado de muita baba, um caderninho vermelho envolto por um laço da mesma cor.

dezenove

−Dash−

30 de dezembro

Fomos para o apartamento da minha mãe depois que fui libertado da cadeia. A adrenalina em todos nós era incrível; alternávamos entre quicar e flutuar, como se a empolgação da liberdade tivesse transformado o mundo em uma cama elástica gigantesca.

Assim que entramos pela porta, Yohnny e Dov foram assaltar a geladeira e ficaram insatisfeitos com o que encontraram.

— Torta de macarrão? — perguntou Yohnny.

— É, minha mãe que fez — contei para eles. — Sempre guardo para depois.

Enquanto Priya ia ao banheiro e Boomer checava o e-mail no celular, Sofia entrou no meu quarto. Não por algum motivo lascivo, só para ver como estava mesmo.

— Não mudou muito — observou ela, enquanto olhava para as citações que prendi com tachinhas nas paredes.

— Só algumas coisinhas — falei. — Tem algumas citações novas na parede. Alguns livros novos nas prateleiras. Alguns dos lápis perderam as borrachas das pontas. Os lençóis são trocados toda semana.

— Então, apesar de parecer que nada mudou...

— ...as coisas mudam o tempo todo, em geral nos pequenos detalhes. É assim que é, acho.

Sofia assentiu.

— Engraçado como dizemos *é*. É assim que a vida é.

— *É assim que a vida está* soa tão estranho.

— Bem, às vezes dá para ver o futuro chegando, não? Às vezes ele até, digamos, agarra um bebê.

Observei o rosto dela à procura de qualquer sinal de sarcasmo ou crueldade. E tristeza; também estava procurando tristeza ou arrependimento. Mas só encontrei diversão.

Sentei na cama e segurei a cabeça com as mãos. E, então, ao perceber que isso era dramático demais, olhei para ela.

— Realmente não entendo nada disso — confessei.

Sofia permaneceu olhando para mim.

— Gostaria de poder ajudar — disse ela. — Mas não posso.

Ali estávamos nós. Antigamente, na versão de contos de fadas de namoro que vivemos, fingia ser possível amá-la quando apenas gostava um pouco dela. Agora, não tinha vontade de fingir que poderíamos nos apaixonar, mas gostava dela loucamente.

— Podemos tentar ser sábios um com o outro por bastante tempo? — perguntei.

Ela riu.

— Quer dizer se podemos compartilhar as merdas que fazemos e ver se conseguimos tirar alguma sabedoria delas?

— É — concordei. — Isso seria legal.

Senti que precisávamos selar nosso pacto. Beijar estava fora de cogitação. Abraçar parecia impertinente. Portanto, ofereci a mão. Ela a apertou. Então, voltamos para onde estavam nossos amigos.

Não consegui deixar de imaginar o que Lily estava fazendo. Como estava se sentindo. O que estava sentindo. Sim, era confuso, mas não uma confusão ruim. Queria vê-la de novo, de uma forma que nunca quis vê-la antes.

Sabia que o caderninho estava em minhas mãos. Só queria encontrar a coisa certa a dizer.

Minha mãe ligou para ver como as coisas estavam. Não havia acesso à internet no spa, e ela não era do tipo que ligava a TV quando não estava em casa. Portanto, não precisei explicar nada. Só falei que convidei algumas pessoas e que estávamos nos comportando.

Meu pai, não pude deixar de reparar, normalmente checava as notícias a cada cinco minutos no celular. Ele devia ter visto a notícia no site do *Post*, junto às fotos. Mas simplesmente não reconheceu o próprio filho.

Mais tarde, depois de uma maratona de filmes de John Hughes, deixei Boomer, Sofia, Priya, Yohnny e Dov na sala e peguei um quadro branco no escritório de minha mãe.

— Antes de irem embora — anunciei —, gostaria de conduzir um breve simpósio sobre o amor.

Peguei uma caneta vermelha (afinal, por que não?) e escrevi a palavra *amor* no quadro.

— Aqui está — verbalizei. — Amor.

Para garantir, desenhei um coração ao redor. Não do tipo realista, ventricular. Do tipo inventado mesmo.

— Existe em um estado puro, preservando seus ideais. Mas aí... chegam as palavras.

Escrevi *palavras* várias vezes, por todo o quadro branco, inclusive por cima da palavra *amor*.

— E sentimentos.

Escrevi *sentimentos* do mesmo jeito, atravessando tudo que já tinha escrito.

— E expectativas. E história. E pensamentos. Me ajude aqui, Boomer.

Escrevemos cada uma dessas três palavras pelo menos vinte vezes.

O resultado?

Pura ilegibilidade. Não só a palavra *amor* tinha sumido, mas também não dava para entender mais nada.

— É contra isso — falei, levantando o quadro — que temos que lutar.

Priya pareceu perturbada, mais por mim do que pelo que eu estava dizendo. Sofia ainda parecia estar se divertindo. Yohnny e Dov se aproximaram mais um do outro. Boomer, com a caneta ainda na mão, tentava entender alguma coisa.

Levantou a mão.

— Sim, Boomer? — perguntei.

— Está dizendo que ou você está apaixonado ou não está. E, se estiver, tudo fica assim.

— É mais ou menos isso.

— Mas e se não for oito ou oitenta?

— Não entendi o que quer dizer.

— E se o amor não for oito ou oitenta? Não é questão de *você está apaixonado* ou *não está*. Não há níveis diferentes? E talvez essas coisas, como palavras e expectativas e sei lá, não fiquem em cima do amor. Talvez seja como um mapa, e cada coisa tem seu lugar, e quando se olha do céu... uau.

Olhei para o quadro.

— Acho que seu mapa é mais limpo que o meu — concluí.

— Mas não é com isso que a colisão das duas pessoas certas na hora certa parece? Uma confusão.

Sofia riu.

— O quê? — perguntei a ela.

— *Pessoa certa, hora certa* é o conceito errado, Dash — apontou ela.

— Completamente — concordou Boomer.

— O que ela quer dizer com isso? — questionei-o.

— O que quero dizer — explicou Sofia — é que, quando as pessoas dizem *pessoa certa, hora errada* ou *pessoa errada, hora certa*, normalmente é pura desculpa. Elas acham que o destino está brincando com elas. Que somos todos apenas participantes desse reality show romântico que Deus se diverte assistindo. Mas o universo não decide o que é certo e o que não é. Você é quem decide. Sim, você pode teorizar até perder o fôlego sobre se uma coisa poderia ter dado certo em outro momento ou com outra pessoa. Mas sabe como isso deixa você?

— Sem fôlego?

— É

— Está com o caderninho, não está? — perguntou Dov.

— Espero mesmo que não o tenha perdido — acrescentou Yohnny.

— Estou — afirmei.

— Então o que está esperando? — indagou Sofia.

— Vocês todos irem embora? — sugeri.

— Ótimo — concordou ela. — Agora você tem sua tarefa de escrever. Porque, quer saber?, depende de você, não do destino.

Ainda não sabia o que escrever. Adormeci com o caderninho ao meu lado, ambos olhando para o teto.

31 de dezembro

No dia seguinte, enquanto tomava café da manhã, tive minha grande ideia.

Liguei na mesma hora para Boomer.

— Preciso de um favor — avisei.

— Quem é? — perguntou.

— Sua tia está na cidade?

— Minha tia.

Contei minha ideia para ele.

— Você quer um encontro com minha tia? — questionou.

Contei minha ideia de novo.

— *Ah* — exclamou. — Isso não deve ser problema.

Não queria revelar muito. Apenas escrevi a hora e o local do encontro. Quando deu um horário decente, fui para a casa da Sra. Basil E. e a encontrei do lado de fora, levando Boris para um passeio no quarteirão.

— Seus pais deixaram você sair? — A Sra. Basil E. quis saber.

— Digamos que sim. — Ofereci o caderninho a ela. — Supondo que ela esteja disposta a mais uma aventura — completei.

— Sabe o que dizem... — argumentou a Sra. Basil E. — ... o tédio é o tempero da vida. E é por isso que sempre devemos usar outros temperos.

Ela foi pegar o caderninho, mas Boris o pegou primeiro.

— Menina má! — repreendeu ela.

— Tenho certeza de que Boris é menino — apontei.

— Ah, eu sei — garantiu. — Só gosto de deixá-lo confuso.

E, assim, ela e Boris saíram andando com meu futuro.

Quando Lily chegou, às cinco horas, percebi que estava meio decepcionada.

— Ah, olha só — disse ela, encarando o rinque de patinação do Rockefeller Center. — Patinadores. Milhões de patinadores. Usando suéteres de todos os cinquenta estados.

Meus nervos estavam vibrando ao vê-la. Pois, na verdade, essa era nossa primeira tentativa de uma conversa seminormal, sem cachorros ou mães para interromper. E eu não era tão bom em conversas seminormais quanto em conversas escritas ou cheias de adrenalina em um momento surreal. Queria gostar dela e queria que ela gostasse de mim, e isso era mais querer do que sentia com qualquer pessoa em muito tempo.

Depende de você, não do destino.

Verdade. Mas também dependia de Lily.

Essa era a parte mais complicada.

Fingi estar magoado pela reação não entusiasmada ao clichê que foi o local que escolhi.

— Não quer patinar no gelo? — protestei, fazendo beicinho. — Achei que seria tão *romântico*. Como em um *filme*. Com Prometeu tomando conta de nós. Porque, sabe, o que é mais adequado que Prometeu *acima de um rinque de gelo*? Tenho certeza de que foi por isso que roubou o fogo para nós: para que pudéssemos fazer rinques de gelo. E, depois, quando terminarmos de patinar nesse engarrafamento de gente, poderíamos ir a Times Square para ficarmos cercados de *dois milhões de pessoas* sem *nenhum banheiro* pelas próximas sete horas. Vamos lá. Você sabe que quer.

Foi engraçado. Estava claro que ela não soube para que se vestir, então desistiu e se vestiu para si mesma. Eu admirava isso. Assim como a repulsa que ela não conseguia esconder com a ideia de não ficarmos nem um pouco sozinhos em uma multidão.

— Ou... — continuei. — Poderíamos escolher o plano B.

— Plano B — assentiu, imediatamente.

— Gosta de ser surpreendida ou prefere saber de antemão?

— Ah — disse ela. — Surpreendida, sem dúvida.

Começamos a nos afastar de Prometeu e seu rinque. Depois de uns três passos, Lily parou.

— Quer saber — confessou. — Foi uma grande mentira. Prefiro saber de antemão.

Então, contei para ela.

Ela me deu um tapa no braço.

— Ah, sim — falou.

— Ah — repeti. — Sim.

— Não acredito em uma palavra do que está dizendo... mas diga de novo.

Falei de novo. E, dessa vez, tirei uma chave do bolso e balancei-a na frente dos olhos de Lily.

A tia de Boomer é famosa. Não vou citar nomes, mas é um nome que todo mundo conhece. Ela tem a própria revista. Praticamente, o próprio canal de TV a cabo. Sua linha de produtos de cozinha vendida em uma rede de lojas importante. O estúdio de cozinha é famoso no mundo todo. E eu estava com a chave dele na mão.

Acendi todas as luzes, e ali estávamos nós: no centro do palácio de cozinha mais glamouroso de Nova York.

— E agora, o que quer fazer? — perguntei a Lily.

— Você está brincando — disse ela. — Podemos *tocar nas coisas*.

— Não estamos no tour da NBC — garanti a ela. — Olhe. Mantimentos. Você é excelente na cozinha, por isso merece material de primeira.

Havia potes e panelas de cobre de todos os tamanhos. Todos os ingredientes doces e/ou salgados e/ou ácidos que a alfândega americana poderia permitir.

Lily mal conseguia controlar a euforia. Depois de mais uma fração de segundo de hesitação, começou a abrir gavetas e pegar ingredientes.

— Aquele é o armário secreto — avisei, apontando para uma porta separada.

Lily foi até lá e a abriu.

— Uau! — gritou ela.

Aquele fora o lugar mais mágico do mundo para mim e para Boomer quando éramos crianças. Agora, parecia que tinha 8 anos de novo, e Lily também. Nós dois parecíamos suplicantes impressionados olhando para o prêmio à frente.

— Acho que nunca vi tantas caixas de biscoito de arroz — comentou Lily.

— E não se esqueça dos marshmallows e dos pós. Tem todos os tipos de marshmallow e de coisas em pó.

Sim, mesmo com cada arranjo floral que a tia de Boomer acertava *na mosca* e todos os tours de vinho feitos no nome dela, sua comida favorita era biscoito de arroz, e seu objetivo de vida era aperfeiçoar a receita.

Expliquei isso a Lily.

— Bem, vamos começar — anunciou.

Biscoito de arroz é uma receita de preparo que não faz sujeira: não leva farinha, não precisa peneirar, não vai ao forno.

Mesmo assim, Lily e eu conseguimos fazer a maior sujeira do mundo.

Em parte, foi tentativa e erro com os pós: tudo, desde chocolate com manteiga de amendoim a cerejas secas e uma aventura malsucedida com batatas fritas. Deixei Lily dar o tom, e ela por sua vez liberou os instintos de cozinheira. Antes que percebesse, havia marshmallows derretendo por toda parte, caixas de cereal empilhadas e flocos de arroz dando um jeito de entrar em nosso cabelo, sapatos e, não tinha dúvida, em nossas roupas íntimas.

Não importava.

Achava que Lily seria metódica, o tipo de cozinheira que faz lista de tarefas. Para minha surpresa e deleite, ela não era nada assim. Era impulsiva, instintiva, combinava ingredientes arbitrariamente. Ainda havia uma certa seriedade em sua atitude; ela queria acertar, mas também havia um jeito brincalhão. Porque ela percebeu que *era* uma brincadeira, afinal.

— Snap! — disse Lily, enquanto me dava um biscoito de arroz com Oreo.

— Crack — sussurrei, enquanto servia a ela um de creme de banana.

— Pop! — dissemos juntos, dando na boca um do outro pedaços de biscoito de arroz com ameixa e Brie, que ficou horrível.

Ela me pegou olhando para ela.

— O quê?

— Sua leveza — afirmei, sem nem saber direito o que estava dizendo. — É desconcertante.

— Bem — disse ela —, tenho uma coisinha para você também.

Olhei para as travessas e mais travessas de biscoitos que fizemos.

— Diria que temos coisinhas para todo mundo da sua família e agregados — apontei. — E isso é muito.

Ela balançou a cabeça.

— Não. Um tipo diferente de coisinha. Você não é o único capaz de fazer planos secretos, sabe.

— O que é?

— Bem, você gosta de ser surpreendido ou prefere saber de antemão?

— Saber de antemão — falei, mas, quando ela abriu a boca para me contar, interrompi-a: — Não, não, não, gosto de ser surpreendido.

— Tudo bem, então — assentiu, sorrindo de um jeito que era quase diabólico. — Vamos embrulhar essas barrinhas, limpar a cozinha e levar o show para a rua.

— Para algum lugar em que haja bebês para se agarrar — brinquei.

— E palavras para se encontrar — acrescentou ela, com malícia.

Mas não quis dizer mais nada.

Preparei-me para a surpresa.

vinte

(Lily)
31 de dezembro

Imagine isso:

Você pode não ter um amigo chamado Boomer, que consegue a chave do estúdio de cozinha da tia famosa.

Mas fica mais que feliz em ser beneficiária do citado tesouro. Snap. Crack. Dash, humm.

Em troca do citado privilégio, talvez exista a oportunidade de procurar uma tia-avó com o apelido de Sra. Basil E. e pedir que ela ligue para um primo chamado Mark e o perturbe para que dê a você a chave de um tipo de reino bem diferente.

O *que você faz?*

A resposta é óbvia:

Você consegue essa chave.

— Golpe baixo, Lily — falou meu primo Mark, na porta da Strand. — Da próxima vez, peça você mesma.

— Você teria dito não se eu tivesse pedido.

— Verdade. E você não poderia deixar de manipular o amor que sinto pela tia-avó Ida. — Mark olhou para o pobre Dash e apontou um dedo para ele. — E você! Nada de gracinhas aqui esta noite, entendeu?

Dash disse:

— Garanto que eu não seria capaz de contemplar nada do que chama de gracinha, considerando que sequer tenho ideia do motivo de eu estar aqui.

Mark riu com deboche.

— Seu pervertido livresco.

— Obrigado, senhor! — agradeceu Dash alegremente.

Mark girou a chave da porta da frente e abriu a loja para nós. Eram onze da noite da véspera de Ano-Novo. Pessoas em festa andavam pela Broadway, e conseguíamos ouvir reuniões altas e festivas a algumas quadras, na Union Square.

A livraria silenciosa, nosso destino naquela noite, havia fechado horas antes.

Para nós, e só para nós, abriu na véspera do Ano-Novo.

Ter contatos compensa.

Ou pelo menos ter contatos com pessoas dispostas a ligar para certos primos para lembrá-los de quem abriu a poupança muitos anos antes com o intuito de guardar dinheiro para sua faculdade, e que só pedem em troca um pequenino favor para uma certa ursinha Lily.

Dash e eu entramos na Strand, e Mark fechou e trancou a porta. Ele disse:

— A gerência pediu que, em troca desse privilégio, os dois posem para algumas fotos publicitárias usando camisetas e segurando sacolas da Strand. Gostaríamos de ganhar dinheiro com a fama de vocês antes que os tabloides os esqueçam.

— Não — respondemos Dash e eu.

Mark revirou os olhos.

— Esses jovens de hoje. Acham que tudo vem de graça.

Ele pausou por um instante, como se esperasse que fôssemos mudar de ideia.

Esperou mais alguns segundos e ergueu as mãos.

Para mim, Mark falou:

— Lily, tranque a porta quando sair.

Para Dash, Mark alertou:

— Se tentar qualquer coisa com essa garotinha preciosa…

— PARE DE ME SUFOCAR! — gritou Escandalily.

Ops.

Com voz mais baixa, acrescentei:

— Vamos ficar bem, Mark. Obrigada. Vá embora, por favor. Feliz Ano-Novo.

— Não vão mudar de ideia sobre as fotos publicitárias?

— Não — declaramos Dash e eu novamente.

— Ladrões de bebês — murmurou Mark.

— Você vai lá em casa para o jantar de Natal no Ano-Novo, não vai? — perguntei a Mark. — Mamãe e papai chegam de manhã.

— Estarei lá — afirmou Mark, e se inclinou para beijar minha bochecha. — Te amo, garota.

Beijei a bochecha dele também.

— Eu também. Tome cuidado para não virar um velho rabugento como vovô.

— Não terei essa sorte — disse Mark.

Em seguida, ele destrancou a porta da Strand e saiu em direção à noite da véspera de Ano-Novo.

Dash e eu ficamos lá dentro, nos olhando.

Ali estávamos nós, juntos no local livresco mais sagrado da cidade, na noite mais esperada das festas da cidade.

— E agora? — perguntou Dash, sorrindo. — Outra dança?

No metrô, no caminho do estúdio de cozinha até a Union Square e a Strand, havia um grupo de mariachis tocando. Era uma banda de cinco pessoas, com roupas tradicionais mexicanas e um bonito cantor com bigode usando um sombreiro e cantando uma linda música romântica. Acho que era uma música romântica; ele cantou em espanhol, então não tenho certeza (recado mental para mim mesma: aprender espanhol!). Mas dois casais diferentes sentados ali perto começaram a se beijar quando o cara estava cantando, e tenho que acreditar que foi porque a letra da música era muito romântica, e não porque não queriam dar dinheiro para o músico que estava passando recolhendo trocados.

Dash jogou um dólar no chapéu.

Arrisquei e aumentei o valor:

— Cinco dólares se você *bailar* comigo.

Dash tinha me convidado para sair na noite de Ano-Novo. O mínimo que eu podia fazer era devolver o favor e convidá-lo para dançar. Alguém tinha que tomar a iniciativa.

— Aqui? — perguntou Dash, parecendo envergonhado.

— Aqui! — afirmei. — Duvido.

Dash balançou a cabeça. As bochechas ficaram bem vermelhas.

Um mendigo caído em um assento no canto gritou:

— Dance com a garota logo, vagabundo!

Dash olhou para mim e deu de ombros.

— Pode pagar, moça — pediu.

Coloquei uma nota de cinco dólares no chapéu do músico, e a banda tocou com energia renovada. A expectativa da multidão de festeiros no metrô parecia alta. Alguém murmurou:

— Aquela não é a ladra de bebês?

— Salvadora! — defendeu Dash.

Ele estendeu as mãos para mim.

Jamais imaginei que meu desafio seria aceito. Inclinei-me para perto do ouvido de Dash.

— Eu danço muito mal — sussurrei.

— Eu também — respondeu baixinho no meu ouvido.

— Dancem logo! — exigiu o mendigo.

As pessoas aplaudiram para nos animar, e a banda tocou com mais intensidade ainda, mais alto.

O metrô parou na estação rua 14 Union Square.

As portas se abriram.

Coloquei os braços nos ombros de Dash, e ele posicionou as mãos na minha cintura.

Saímos do metrô dançando polca.

As portas se fecharam.

Nossas mãos voltaram para as laterais dos corpos dos respectivos donos.

Estávamos parados à porta de uma sala de depósito especial no porão da Strand.

— Quer tentar adivinhar o que tem aqui? — perguntei a Dash.

—Acho que já sei... Um suprimento novo de caderninhos vermelhos, e você quer que os enchamos com pistas sobre os trabalhos de, digamos, Nicholas Sparks.

— Quem? — perguntei. Por favor, chega de poetas melancólicos. Não conseguiria acompanhar.

— Não sabe quem é Nicholas Sparks? — perguntou Dash.

Balancei a cabeça negativamente.

— Por favor, nunca descubra — disse ele.

Peguei a chave da sala em um gancho ao lado da porta.

— Feche os olhos — ordenei.

Não precisava pedir a Dash que fechasse os olhos. O porão estava frio e escuro e ameaçador o bastante, exceto pelo belo aroma bolorento de livros por todo o lado. Mas parecia que devia haver algum elemento surpresa. Além do mais, queria tirar uns flocos de arroz que caíram dentro do meu sutiã sem que ele percebesse.

Dash fechou os olhos.

Girei a chave e abri a porta.

— Fique com os olhos fechados só um pouco mais — pedi, então tirei mais um floco de arroz grudento de marshmallow do sutiã, peguei uma vela na bolsa e a acendi.

A sala fria e bolorenta cintilou.

Segurei a mão de Dash e o guiei lá para dentro.

Enquanto os olhos dele ainda estavam fechados, tirei os óculos para parecer, sei lá... mais sexy?

Deixei a porta se fechar atrás de nós.

— Agora abra os olhos. Isto não é um presente para levar para casa. Só uma visita.

Dash abriu os olhos.

Ele não reparou no meu visual novo sem óculos. (Ou talvez eu estivesse cega demais para perceber a reação dele.)

— Não acredito! — exclamou Dash.

Mesmo com a visibilidade tão baixa, ele não precisou de explicação para as pilhas de livros empilhadas contra a parede de cimento.

— Os volumes completos do *Oxford English Dictionary*! Uau, uau, UAU! — Dash vibrava com a alegria palpável de Homer Simpson quando diz "Hummm... donuts."

Feliz Ano-Novo.

Peço desculpas por fazer uma declaração tão boba e óbvia, mas havia algo muito... *elegante* em Dashiell. Não era o chapéu que estava usando e nem o quanto a camisa azul realçava os olhos da mesma cor; era mais o todo do rosto, uma mistura de bonito e fofo, jovem e sábio, a expressão maliciosa e ao mesmo tempo gentil.

Queria parecer descolada e indiferente, como se esse tipo de coisa me acontecesse o tempo todo, mas não consegui.

— E aí, gostou? Gostou? — perguntei, com toda ansiedade de uma criança de 5 anos provando o melhor cupcake do mundo.

— *Adorei* para caralho — disse Dash, tirando o chapéu e fazendo um gesto de agradecimento.

Ai. Um palavrão. Não tão elegante.

Decidi fingir que ele dissera "adorei para caramba".

Sentamos no chão e escolhemos um volume para explorar.

— Gosto da etimologia das palavras — admiti para Dash. — Gosto de imaginar o que estava acontecendo quando a palavra nasceu.

O caderninho vermelho estava meio para fora da minha bolsa. Dash o pegou e procurou uma palavra no volume da letra *F* do *OED* e escreveu no caderninho vermelho.

— Que tal essa? — sugeriu.

Ele tinha escrito *folia*. Peguei o volume da letra *F* e procurei a palavra.

— Humm — murmurei. — Folia. *Circa* 1100, "festejo animado, alegre e barulhento". O que mais? "Bagunça, brincadeira, agitação."

Ao lado da *folia* de Dash no caderninho vermelho, escrevi: *Esvazie essa tina, mulher. É Ano-Novo! Vamos fazer uma folia abatendo aquele pobre porquinho inocente para comer bacon no café da manhã. F-O-L-I-A.*

Dash leu o que escrevi e riu.

— Agora você escolhe a palavra.

Abri o volume *H* e escolhi uma palavra aleatória: *hipógino*.

Só depois de copiar a palavra no caderninho é que fui ler o que significava. *Hipógino*: que se insere abaixo do ovário (diz-se de peça floral ou da flor com essas peças).

Teria sido possível escolher palavra mais sugestiva?

Dash agora pensaria que eu era uma meretriz.

Deveria ter escolhido a palavra *meretriz*.

O celular de Dash tocou.

Acho que ambos ficamos aliviados.

— Oi, pai — cumprimentou Dash ao atender. A elegância pareceu sumir por um momento quando os ombros penderam e a voz ficou controlada e... *tolerante* era a única palavra em que eu conseguia pensar para o tom que Dash usou com o pai.

— Ah, meu Ano-Novo de sempre. Bebida e mulheres. — Pausa.

— Ah, sim, soube disso? História engraçada... — Pausa. — Não, não quero falar com seu advogado. — Pausa. — Sim, estou sabendo que você volta para casa amanhã à noite. — Pausa. — Incrível. Não há nada que eu ame mais que nossa conversa de pai e filho sobre os assuntos importantes de minha vida.

Não sei que ousadia tomou conta de mim, mas o peso determinado da atitude de Dash ameaçou esmagar minha alma. Meu mindinho se esgueirou e se aninhou contra o dele em busca de conforto. Como um ímã, o mindinho dele se entrelaçou no meu.

Gosto muito de ímãs.

— Quanto àquela palavra — recomeçou Dash, depois da conversa com o pai. — *Hipógino.*

Na mesma hora me levantei e saí em busca de um novo livro de referência com palavras menos constrangedoras. Peguei uma edição de uma coisa chamada *The Speakeasy Urban Dickshun-yary*. Abri em uma página aleatória.

— Ter um esprevisto — falei em voz alta. — Quando você se atrasa porque parou para comprar um espresso.

Dash voltou a escrever no caderninho vermelho.

Me desculpe por não ter chegado a tempo ao seu bar mitzvah, tive um esprevisto.

Peguei a caneta e acrescentei *Desculpe, derramei café no seu smoking também!*

Dash olhou para o relógio.

— Quase meia-noite.

Minha zona hipógina ficou preocupada. Será que Dash pensaria que o fechei no depósito para prendê-lo naquele horrendo (ou maravilhoso?) ritual da meia-noite do beijo de Ano-Novo?

Se ficássemos muito mais tempo naquela sala, Dash talvez descobrisse o quanto eu era completamente inexperiente nos assuntos em que queria desesperadamente obter experiência. Com ele.

— Tem uma coisa que preciso contar para você — falei. *Não sei o que estou fazendo. Por favor, não ria de mim. Se for um desastre, seja gentil e me dispense com delicadeza.*

— O quê?

Queria contar a ele, de verdade. Mas o que saiu de minha boca foi:

— O Muppet Hostil foi devolvido para mim pelo tio Carmine. Ele pediu para vir morar nesse depósito, cercado de livros de referência. Prefere os tomos bolorentos e velhos a sufocar dentro de um quebra-nozes.

— Hostil esperto.

— Promete visitar o Hostil?

— Não posso fazer essa promessa. É ridículo.

— Acho que deveria prometer.

Dash suspirou.

— Prometo tentar. Se seu primo rabugento Mark me deixar entrar de novo na Strand.

Olhei para um relógio na parede atrás da cabeça de Dash. Meia-noite já havia passado.

Ufa.

1 de janeiro

— É uma rara oportunidade essa que temos, Lily. Sozinhos na Strand assim. Acho que deveríamos tirar total vantagem disso.

— Como?

Seria possível que meu coração estivesse tremendo tanto quanto minhas mãos?

— Deveríamos dançar pelos corredores lá de cima. Revirar volumes de livros sobre aberrações de circo e naufrágios.

Esmiuçar os de culinária em busca da melhor receita de biscoito de arroz. Ah, e precisamos encontrar a quarta edição de *A alegria do...*

— Tudo bem! — gritei. — Vamos subir! Adoro livros sobre aberrações. — *Porque sou uma delas. Você talvez seja também. Vamos ser aberrações juntos?*

Fomos andando para a porta do depósito.

Dash se inclinou na minha direção de um jeito misterioso. Paquerador. Ergueu uma sobrancelha e declarou:

— A noite é uma criança. Temos volumes e mais volumes do OED para os quais voltar.

Estendi a mão para a maçaneta e a girei.

A maçaneta nem se mexeu.

Reparei em um cartaz manuscrito ao lado do interruptor de luz que não me dei ao trabalho de ligar quando entramos na sala, de tão absorta que estava no efeito do brilho da vela em nossa atmosfera. O cartaz dizia:

ATENÇÃO!

*Caso não tenha lido o cartaz enorme na parede
do outro lado desta porta, leia este:
CARA! Quantas vezes é preciso lembrar?
A porta do depósito é trancada por FORA.
Lembre-se sempre de ficar com a chave para abri-la por
dentro, senão você não vai conseguir sair daqui.*

Não.

Não não não não não não não.

NÃO!!!!!!!!!!!!!!!!!!!!

Virei-me para encarar Dash.

— Hã, Dash?

— Hã, o quê?

— Eu meio que nos tranquei aqui dentro.

* * *

Não tive escolha além de ligar para meu primo Mark e pedir ajuda.

— Você me acordou, Lily passeadora de cachorros — gritou ele ao telefone. — Sabe que é minha tradição estar dormindo bem antes da descida daquela bola idiota na Times Square.

Expliquei o problema.

— Ai, ai — disse Mark. — Tia-avó Ida não pode salvar você dessa, pode?

— *Você* pode, Mark!

— Talvez escolha não o fazer.

— Você não faria isso.

— Faria. Pela sua chantagem emocional que botou você e seu amigo punk nessa situação.

Ele tinha razão.

Ameacei:

— Se não vier nos ajudar, vou ligar para a polícia para nos tirar daqui.

— Se fizer isso, os repórteres do *Post* e do *News* vão ouvir no rádio da polícia. Você vai ser manchete uma segunda vez. No dia em que sua mamãe e seu papai vão chegar em casa e dar de cara com a banca de jornal do JFK. Vou fazer uma suposição aqui de que eles e vovô pensam que você foi passar a noite na casa de uma amiga, e não com um rapaz, e seus cúmplices Langston e a Sra. Basil E. estão apoiando sua história. Se esse escândalo se espalhar, seus pais nunca mais vão deixar você em paz. Sem falar no fato de que o incidente na mídia vai fazer com que eu perca o emprego. E, Lily?, a pior parte de tudo? Adolescentes do mundo todo vão perder acesso à coleção secreta de *OED* no porão da Strand, só porque você e seu amiguinho livresco e pervertido tiveram um desejo descuidado de consultar o dicionário na véspera de Ano-Novo. Consegue viver com isso, Lily? Ah, que horror!

Fiz uma pausa antes de responder. Dash, que tinha ouvido a conversa ao meu lado, estava rindo. Isso era um alívio.

— Não fazia ideia de que você era tão mau, Mark.

— Claro que fazia. Agora Markinho quer voltar a dormir. Como ele é muito legal, vai acordar às sete da manhã para ir salvar vocês dessa situação. Mas não antes do sol nascer.

Tentei uma última tática.

— Dash está ficando assanhado comigo aqui, Mark.

O que eu queria dizer é *Queria que Dash estivesse ficando assanhado comigo aqui.*

Dash ergueu uma sobrancelha para mim de novo.

— Não está, não — concluiu Mark.

— Como sabe?

— Porque, se estivesse, você não estaria me ligando para que os salvasse, pombinha. O negócio é o seguinte. Você queria conhecer esse cara. Essa é sua oportunidade. Têm a noite só para vocês. Estarei aí depois de uma boa noite de sono. Há um banheiro em um armário no fundo do depósito, no canto, caso não consigam segurar. Talvez não esteja muito limpo. Não deve ter papel higiênico.

— Odeio muito você neste momento, Mark.

— Pode me agradecer pela manhã, ursinha Lily.

Dash e eu fizemos o que qualquer par de adolescentes presos sozinhos na Strand fariam juntos em um depósito de porão.

Sentamo-nos lado a lado no chão frio e brincamos de forca no caderninho vermelho.

H-O-S-T-I-L.

P-L-Á-C-I-D-O.

Conversamos. Rimos.

Ele não fez nenhum gesto ousado para cima de mim.

Pensei no cenário mais amplo de minha vida e nas pessoas, particularmente os rapazes, que encontraria no futuro. Como saberia se aquele momento era certo, quando a expectativa encontrava a ansiedade e elas formavam... uma ligação?

— Lily — disse Dash às duas da manhã. — Se importa se formos dormir? Além do mais, odeio seu primo.

— Por prender você aqui comigo?

— Não, por me prender aqui sem iogurte.

Comida!

Havia me esquecido de que tinha alguns biscoitos lebkuchen na bolsa, além de uma quantidade obscena de biscoitos de arroz. Não conseguiria comer nem um biscoito de arroz a mais, senão viraria um petisco humano, então peguei o saco plástico com os outros biscoitos.

Enquanto mexia na bolsa, olhei para a frente uma única vez e vi aquele rosto incrível apenas *olhando* para mim. Daquele determinado jeito que eu sabia que tinha que significar alguma coisa.

— Você faz biscoitos muito gostosos — elogiou Dash, com aquela voz de *Hummm... donuts.*

Deveria esperar que ele fizesse alguma coisa, ou ousar fazê-la eu mesma?

Como se estivesse se perguntando a mesma coisa, ele se aproximou. E ali estava. Nossos lábios finalmente se tocaram, em um impacto de cabeça que não chegou nem perto de um beijo romântico.

Ambos recuamos.

— Ai! — Nós dois exclamamos.

Pausa.

Dash falou:

— Tentamos de novo?

Jamais me ocorrera que o assunto fosse exigir conversa primeiro. Esse negócio de manobrar lábios era complicado. Quem imaginaria?

— Sim, por favor...?

Fechei os olhos e esperei. E, então, o senti. A boca encontrou a minha, os lábios roçaram de leve nos meus, brincalhões. Sem saber o que fazer, imitei os movimentos dele e explorei seus lábios com os meus, com delicadeza e felicidade. O contato prosseguiu assim por um bom minuto.

Não havia palavra adequada no dicionário para descrever a sensação além de *sensacional*.

— Mais, por favor — pedi eu, quando nos separamos para respirar, com as testas encostadas.

— Posso ser sincero com você, Lily?

Oh-oh. Era agora. Todas as minhas esperanças e medos estavam prestes a ser esmagados pela rejeição. Eu beijava mal. Antes mesmo de poder começar direito.

Dash disse:

— Estou tão cansado, de verdade, que sinto que vou desmaiar. Podemos parar para dormir e continuar amanhã?

— Com mais frequência?

— Sim, por favor.

Eu aceitaria uma colisão de cabeças seguida de um beijo intenso com a duração sensacional de um minuto. Por enquanto.

Apoiei a cabeça no ombro dele, e ele apoiou a dele na minha. Adormecemos.

Assim como havia ameaçado, meu primo Mark chegou depois das sete na manhã de Ano-Novo para nos salvar. Minha cabeça ainda estava apoiada no ombro de Dash quando ouvi os passos de Mark descendo a escada e vi uma luz surgir por baixo da porta.

Precisava acordar Dash. E acreditar que tudo não tinha sido um sonho.

Olhei para o caderninho vermelho no colo de Dash. Ele devia ter acordado à noite quando eu estava dormindo e escrito nele. A caneta ainda estava em sua mão, e o caderninho estava aberto em uma nova página ocupada com a caligrafia dele.

Havia escrito a palavra e o significado de *expectativa*, ao lado da qual tinha escrito com letras de forma: *DERIVAÇÃO: EX-PECTANTE.*

Abaixo disso, tinha desenhado duas pessoas que pareciam heróis em um desenho animado. O desenho mostrava dois adolescentes de capa, um garoto de chapéu e uma garota de óculos pretos e botas brancas, passando um caderninho vermelho de um para o outro. *Os Expectantes*, escrevera como título do desenho.

Sorri e mantive aquele sorriso no rosto enquanto me preparava para acordá-lo. Queria que a primeira coisa que ele visse quando abrisse os olhos fosse o rosto simpático de alguém que gostava muito dele; alguém que, nessa nova manhã, nesse novo ano, faria o melhor para apreciar essa nova pessoa, cujo nome ela finalmente sabia.

Cutuquei o braço dele.

Então falei:

— Acorde, Dash.

Este livro foi composto na tipologia Berling LT Std,
em corpo 10/14,5, e impresso em papel off-white,
no Sistema Cameron da Divisão Gráfica
da Distribuidora Record.